KB190389

보이지 않는 것들

DE USYNLIGE
Copyright ⓒ CAPPELEN DAMMAS 2016

Korean language edition ⓒ 2021 by ZHAN PUBLISHING
Korean translation rights arranged with CAPPELEN DAMM AS
through EntersKorea Co., Ltd., Seoul, Korea.

Translated from THE UNSEEN
translated from the Norwegian by Don Bartlett and Don Shaw
MACLEHOSE PRESS, QUERCUS, LONDON

이 책의 한국어판 저작권은 (주)엔터스코리아를 통한 저작권사와의 독점 계약으로
도서출판 잔에 있습니다. 저작권법에 의해 한국 내에서 보호를 받는 저작물이므로
무단전재와 무단복제를 금합니다.

보이지 않는 것들

로이 야콥센 지음
공민희 옮김

잔

차례

1

바람 한 점 없는 7월 어느 날, 연기 한 줄기가 하늘로 피어올랐다. 요하네스 맘베르게트 목사는 섬을 향해 노를 저었고, 섬의 합법적인 소유주이자 유일한 가구의 가장인 어부 겸 농부 한스 바뢰이가 목사를 맞이할 채비를 했다. 한스는 선조들이 해변에서 주워 온 돌을 쌓아 지은 승선장에 서서 섬으로 다가오는 페링 보트를 쳐다보았다. 노를 젓는 두 사공의 불룩한 등과 검고 납작한 모자 뒤로 말끔하게 면도한 얼굴에 미소를 띤 목사가 보였다. 배가 가까이 다가왔을 때 한스가 소리쳤다.

"아, 목사님, 어서 오세요."

맘베르게트 목사는 보트에서 일어나 해변과 넓은 초원을 따라 이어진 작은 숲에 들어선 가옥을 바라보았다. 해안가 험준한 바위마다 바다갈매기와 검은등갈매기가 거위 떼처럼 모여 앉아 끼룩거리고, 제비갈매기를 비롯해 다리가 긴 새들이 환한 햇살 아래 눈처럼 흰 해변에 고개를 처박고 먹잇감을 찾는 광경도 눈에 들어왔다.

목사가 페링 보트에서 내려 모래 위로 불안하게 몇 걸음을 옮기는데 한 번도 본 적 없는 낯선 무언가가 눈길을 사로잡았다.

바뢰이섬에서 바라본 자신의 터전인 육지였다. 교역소와 건물들, 농장과 산림지대에 난 도로, 무리 지어 있는 작은 보트들이 생경하게 느껴졌다.

"세상에, 정말 작군. 집들이 조막만 해서 잘 보이질 않네."

한스 바뢰이가 말을 받았다. "아, 저는 잘 보이는군요."

"자네가 나보다 시력이 좋은 거겠지." 목사는 지난 30년간 살아온 자신의 마을을 빤히 쳐다보며 말했는데, 이렇게 참신한 위치에서 본 것은 처음이었다.

"여기 오신 적이 없으니까요."

"두 시간 동안 열심히 노를 저은 보람이 있군."

"돛을 안 올리고요?" 한스 바뢰이가 물었다.

"바람이 안 불었다네." 목사는 마을에 시선을 고정한 채 말했지만, 사실 그는 바다가 무서워 여전히 몸이 떨렸고 무사히 건너온 것을 기뻐했다.

사공들은 두 사람을 등지고 앉아 파이프 담배를 피웠다. 마침내 진정된 목사가 한스 바뢰이와 악수를 나누었고, 집에서 나오는 그의 가족들이 눈에 들어왔다. 한스의 늙은 아버지 마틴은 10년 전 아내가 세상을 떠나 홀아비가 되었고 한스와 터울이 많이 나는 여동생 바브로는 미혼이었다. 이 섬의 여주인인 마리아는 세 살 된 잉그리드를 품에 안았다.

모두가 일요 예배를 위한 가장 좋은 옷을 입은 걸 보고 목사는 흡족했다. 지금은 북쪽 바다에 떠 있는 검은 모자 정도로밖에 보이지 않는 오테르홀만섬을 돌아 들어오는 목사의 보트를 보고 준비한 것이다.

목사는 가만히 서서 땅바닥만 쳐다보는 가족을 향해 걸었다. 그리고 일일이 악수를 했는데 어느 누구도 고개를 들지 않았고 심지어 늙은 마틴조차 붉은 울 모자만 벗을 뿐 목사와 눈도 마주치지 않았다. 마지막으로 잉그리드의 새하얀 손을 잡았다. 손톱은 때도 없고 물어뜯은 자국도 없이 잘 다듬었고 옴폭 들어간 작은 부분마다 관절이 자리했다. 목사는 예술 작품 같은 조그만 손을 잡고 가만히 서서 얼마 지나지 않아 이 손도 열심히 일하는 여성의 손, 힘줄이 튀어나오고 흙 때가 잔뜩 끼고 굳은살이 박인 거친 남자의 손, 여기 있는 가족들의 나뭇조각처럼 투박한 손으로 변할 것을 직감했다.

목사가 입을 열었다. "오, 드디어 보는구나. 넌 하느님을 믿니?"

잉그리드는 대답하지 않았다.

"네. 이 아이는 믿고 있어요." 가족 중 처음으로 마리아가 목사와 시선을 맞추며 말했다.

그런데 갑자기 목사가 다시금 새로운 것을 발견한 듯 성큼성큼 걸음을 옮겨 물 위에 떠 있는 듯한 보트 창고를 지나 전망이 훨씬 좋은 작은 언덕으로 올라갔다.

"아이고! 여기서는 목사관도 보이네."

한스 바뢰이가 목사 옆을 지나 걸음을 옮기며 말했다. "여기서는 교회도 보입니다."

목사는 서둘러 그의 뒤를 따랐고 흰색 도료를 칠한 교회 건물을 바라보았다. 충치가 많은 입 안의 흰 치아처럼 검은 산맥에 듬

성듬성 남은 눈 아래 서 있는 교회는 오래되어 바랜 우표의 그림 같았다.

두 사람은 언덕을 더 오르며 세례와 물고기, 오리털 이불을 화제에 올렸고, 목사는 바뢰이섬에 대해 열정적으로 칭찬을 늘어놓았다. 목사가 사는 육지에서 보기에는 그저 지평선에 놓인 검은 바위에 지나지 않았는데 알고 보니 가장 푸른 하느님의 땅이라고. 스탕홀만, 스베인쇠야, 루트베르, 스카르벤, 마스베르, 하브스테인 등 이곳의 많은 섬은 오로지 한두 가구만 거주하며 얼마 안 되는 사람들이 얕은 토양을 경작하고 깊은 바다에서 물고기를 잡고 자식을 키우며 살아갔다. 그 자식들 또한 같은 땅을 일구고 같은 바다에서 물고기를 잡았다. 이곳은 암울한 불모의 해안이 아니라 진주와 금 목걸이 같은 축복의 땅이라 목사는 섬에 오면 가장 영감 넘치는 설교를 하는 습관이 있었다. 그런 목사가 왜 자주 찾지 않는 걸까?

바로 바다 때문이었다.

목사는 겁 많은 육지 사람이며 1년에 며칠만 바다로 나오는데도 고작 그런 일 가지고 여름 내내 걱정이 태산이었다. 그런데 풀로 뒤덮인 헛간 다리에 서서 중세 시대 하느님의 땅에 세운 목사관을 바라보니 지금까지 목사관이 어떤 모습이었는지 제대로 몰랐다는 생각이 퍼뜩 들었다. 그 오랜 세월 눈앞에 베일을 친 듯 평생 속아 온 것처럼 신앙 공동체의 크기뿐 아니라 전도 활동까지 이토록 초라한 것이었을까?

다행히 그런 의구심은 위협적이기보다는 살짝 동요하는 정도에 지나지 않았으며 먼바다라는 거리를 두고 보면서 느끼는 형이상학 같은 것이라 금세 다른 생각에 빠져들었고, 바뢰이 가족들이 그에게 다가왔다. 마틴은 다시 울 모자를 썼고 우아한 마리아가 바로 그 뒤에 있었다. 여러 가지 그리고 불분명한 이유로 과거 목사가 견진성사를 해 주지 못한 창창한 바브로도 있었다. 바브로는 바다 위 작은 섬에 사는 하느님의 말 없는 아이였지만 보석 같은 여성으로 성장했다.

목사는 세 살 난 잉그리드의 세례에 대해 가족들과 이야기를 나누었다. 긴 갈색 머리에 반짝이는 눈동자, 10월이 오기 전에는 신발 신은 모습을 보지 못할 작은 발. 가난한 사람들에게서 볼 수 있는, 둔감하고 멍청한 느낌이라고는 전혀 찾아볼 수 없는 눈동자를 이 아이는 어디서 얻었을까?

목사는 기쁜 목소리로 세례식에서 바브로의 노래를 듣고 싶다고 말했다. 그가 기억하기로 그녀의 목소리는 매우 아름다웠다.

그 말에 가족들이 부끄러워하며 모두 얼굴을 붉혔다.

한스 바뢰이가 목사를 한쪽으로 데려가서 바브로의 목소리가 아름다운 것은 맞지만 찬송가 가사를 모르고 자기가 옳다고 생각하는 소리로 흉내만 낼 뿐이라면서, 바로 이런 점이 다른 이유와 더불어 바브로가 견진성사를 받지 못한 까닭인데 목사도 기억할 거라고 덧붙였다.

요하네스 맘베르게트는 그 문제를 접어 두기로 했으나 한스 바뢰이와 상의할 일이 더 있었다. 한스의 어머니가 원하는 대로 묘비에 새긴 아리송한 시구에 관한 것인데, 목사의 교회 경내에 묻힌 뒤로 그는 쭉 신경이 쓰였다. 묘비명으로 적절하지 않게 모호하기도 하고 인생은 살 가치가 없다고 주장하는 문구였다. 그러나 한스는 이 문제도 별로 심각하게 생각하지 않았고, 목사는 오리털 이불 이야기로 돌아가서 자기 집에 두 채가 더 필요한데 남은 것이 있는지 물어보았다. 이 동네에서 오리털은 금만큼 값어치가 나간다고들 하는 터라 목사는 바뢰이가 시장이나 교역소에서 받는 것보다 값을 후하게 쳐줄 용의가 있었다.

마침내 그들은 세속적이고 분명한 주제에 대해 이야기를 나누며 집으로 들어갔고, 마리아는 응접실 테이블에 테이블보를 깔고 노르웨이 전통 빵인 납작한 레프세와 커피를 내왔다. 서로 의견 일치를 보고 나니 목사는 긴장이 풀리고 졸음이 몰려와서 눈꺼풀이 무거워지고 숨소리가 한층 곤하고 길어졌다. 그는 무릎에 손을 올려둔 채 마틴의 흔들의자에서 졸았고, 바뢰이 가족들은 자신의 집에서 잠든 목사를 보는 것이 놀랍기도 하고 터무니없기도 했다. 그들은 목사 주변에서 가만히 기다렸고, 목사는 자신이 어디에 있는지 모르는 듯 다시 눈을 뜨고 입을 쩝쩝거렸다. 그러다 이내 가족들을 알아보고 고개를 끄덕였다. 마치 감사의 인사를 하듯이. 그들은 목사가 무엇을 고마워하는지 몰랐다. 그를 보트로 배웅하는 길에도 목사가 아무 말도 하지 않아 알 수 없었다.

가족들은 목사가 오리털 이불 자루와 갈매기 알이 든 작은 통을 꽉 붙든 채 선미에 수북이 쌓인 어망에 드러누워 다시 눈 감는 걸 지켜보았다. 보트가 출발할 때 목사는 잠든 것처럼 보였다. 연기 한 줄기가 여전히 하늘을 향해 피어올랐다.

2

섬에서 값나가는 물건은 전부 외지에서 들여온 것이었다. 물론 섬에는 흙이라는 귀중한 자원이 있지만 가족들은 흙 때문에 이곳에 사는 것이 아니고, 그 사실 하나는 제대로 알고 있었다. 지금 한스 바뢰이는 마지막 남은 긴 낫자루를 부러뜨리는 바람에 어쩔 수 없이 건초 작업을 멈췄다. 낫자루는 물푸레나무를 써야 하는데 섬에서는 구할 수 없으니 교역소에 가서 사거나 돈을 들이지 않으려면 다른 나무를 직접 찾아야 했다.

그는 날만 남은 낫을 건초 시렁 꼭대기에 던져 버리고는 풀이 무성한 길을 성큼성큼 걸어서 선착장으로 갔고, 페링 보트를 에메랄드빛 바다로 밀어 넣고 막 배에 오르려다 마음을 바꿔 집으로 돌아갔다. 마리아가 남향 벽에 기대앉아 바지를 깁다가 남편이 모퉁이에서 나타나자 고개를 들었다.

"우리 아가씨는 어쩌고 있어?" 그는 잉그리드가 자기를 찾아내어 품에 안고 빙빙 돌려 주길 바라는 마음으로 숨어 버린 걸 알고 일부러 과장된 목소리로 크게 외쳤다.

마리아가 딸이 어디 있는지 알려 주려고 감자 창고 쪽으로 고갯짓을 했다.

한스는 다시금 큰 목소리로 지금 안 나오면 스탕홀만에 못 간다고 외친 뒤 해안가로 걸어갔다. 몇 미터 걷지도 않았는데 뒤에서 잉그리드의 발소리가 들렸다. 그가 적절한 순간에 몸을 웅크리자 딸이 그의 등으로 뛰어올라 두 팔로 목을 감쌌다. 그는 마치 한 마리 말이 된 듯 언덕을 달리며 둘이 있을 때만 내는 울음소리로 힝힝거렸다.

그 소리에 딸이 웃음을 터뜨렸다.

한스 바뢰이는 딸에게 양가죽을 챙겨 갈까, 물었다.

"좋아." 딸이 박수를 치며 대답했다.

그는 보트 창고에서 양가죽을 가져와 페링 선미에 깔고 침대처럼 만든 뒤 다시 해안가로 잽싸게 걸음을 옮겨 딸을 배에 태웠다. 잉그리드는 선미에 등을 대고 앉아 뱃전에서 노를 젓는 아빠의 모습을 지켜보다 고개를 이리저리 돌리며 타르를 칠한 진갈색 보트 측면 위로 작은 손가락을 흰 갯지렁이처럼 꼼지락거렸다.

그리고 웃었다.

한스는 수많은 작은 섬과 암초를 지나 곶을 향해 노를 저으며 스탕홀만 쪽으로 방향을 잡고 3주 전에 있었던 딸의 세례식에 대해 혼잣말을 중얼거렸다. 교회는 주변 섬에서 온 아이들을 위해 매우 화려하게 꾸몄고, 세례를 받는 여덟 명의 아이 중에서 잉그리드가 유일하게 자기 발로 세례반까지 걸어가 목사가 이름을 물었을 때 대답했다. 한스 바뢰이는 딸을 향해 아기처럼 양가죽에 누워 있지 말고 뭔가 쓸모 있는 일을 하라고 말했다. 노를 젓거나 낚싯줄이라도 잡아서 새 낫자루를 만들 나무뿐 아니라 명태 한두 마리라도 집으로 가져갈 수 있게 말이다.

딸은 더 이상 자라고 싶지 않다는 대답을 하고는 가만히 앉아 있으라는 그의 말을 듣지 않고 뱃전 이곳저곳에 매달렸다. 그는 오테르홀만에서 몰톨만 남쪽 마가나무가 서 있는 지점으로 방위를 바꾼 다음 여든 번 노를 저은 뒤 다시 이 시간에 가장 물이 깊은 룬더스케레 산호초 틈 사이로 방향을 돌렸다. 노를 뒤로 저어 작은 섬 내륙의 바위틈 사이로 후진한 다음 바위에 강철 못을 박았다.

한스는 딸에게 정박용 밧줄을 갖고 해안가로 가라고 한 다음 잉그리드가 줄에 묶인 소처럼 얌전히 서 있는 동안 특별한 볼거리라도 있는 양 보트에서 내려 주위를 둘러보았다. 하늘을 날아다니는 새들과 자신이 사는 바뢰이섬 너머 본토의 산맥이 눈에 들어오고 제비갈매기의 강렬한 울음소리와 머리 위에서 흑백으로 번뜩거리는 섬광이 느껴졌다.

그는 땅으로 발을 내딛고 잉그리드에게 밧줄을 감아 매는 법을 보여 주었다. 딸은 따라 하지 못하고 성질을 부리다가 그가 다시 한번 보여 주면서 묶는 걸 도와주자 마침내 못 주변으로 반매듭을 걸고 웃음을 터뜨렸다. 그는 숲에는 벌레가 너무 많으니 아빠가 갔다 올 동안 바위 웅덩이에서 물장구를 치고 있으라고 당부했다.

"옷은 벗고 놀아야 한다."

한스는 북쪽에서 남쪽으로 이어지는 계곡 아래쪽 작은 숲에서 곧은 나무 네 개를 찾았다. 물푸레나무가 아니라 원래 이런 먼 북쪽에서는 자라지 못하는 종류이며 그중 하나는 밑동 바로 위부터 구부러져 어깨에 걸치기 딱 좋았는데 그가 원한 것보다 괜찮은 수확이었다.

그는 나무를 어깨에 짊어지고 다시 언덕과 골짜기를 돌아 바위 웅덩이로 내려왔다. 잉그리드는 겨드랑이까지 차오른 물속에 앉아 손을 쳐다보고는 양손을 모아서 물을 퍼 올렸다가 다시 떨구어 물방울을 얼굴에 튀기고 눈을 찡긋하며 신이 나서 웃었다. 한스 바뢰이는 아이가 태어난 뒤로 내내 불안했다.

그는 몸을 뒤로 젖혀서 삐죽삐죽한 돌에 어깨를 기대고 머리를 댄 채 제비갈매기 떼를 물끄러미 바라보며 여느 아이처럼 조잘대는 딸의 목소리를 들었다. 딸이 함께 물장구를 치자고 졸랐다. 그는 물방울이 튀는 소리와 서늘한 동풍과 입가에 느껴지는 바다 땀방울의 짭조름한 맛에 빛과 어둠의 소용돌이 속으로 빠져들었다가 다시 떠올라서 실눈을 뜨고 햇살 아래 알몸으로 서 있는 딸을 쳐다보았다. 딸이 그의 옷을 걸치고 몸을 말려도 되는지 물었다.

"이걸 받으렴."

그가 셔츠를 벗어 건네주었다. 잉그리드는 몸은 하얗고 팔과 목은 석탄처럼 까만 한스를 보고 웃음을 터뜨렸다. 그 모습이 딸에게 가지고 놀라고 만들어 준 서로 어울리지 않는 조각을 이어 붙인 인형을 연상시켰다. 아이들은 늘 이런 인형을 좋아하는데 그가 딸에게 준 인형의 이름은 오스카지만 어떤 때는 애니가 되었다.

돌아오는 길에 명태 세 마리를 잡았고, 물고기는 그의 셔츠를 입고 웅크려 앉은 딸의 발아래 나란히 놓였다. 그는 저녁이 되어 날이 쌀쌀해지니 셔츠를 달라고 말했다. 딸은 양가죽 위로 나동 그라져서 두 팔로 종아리를 감싼 채 무릎 너머로 장난기 어린 표정을 지었다.

"넌 새로운 것만 보면 웃는구나." 그는 딸이 장난과 진심의 차이를 안다는 걸 알고 말했다. 딸은 울거나 반항하거나 거역하는 법이 없었고 한 번도 아프지 않았으며 자신에게 필요한 게 뭔지 배워 나갔다. 이런 딸을 걱정하는 마음은 그만 떨쳐 버려야 한다.

"물고기를 손질하지 않겠니?" 그가 명태 쪽으로 고갯짓을 하며 말했다.

"저건 불쾌해."

"그런 말은 어디서 배웠어?"

"엄마한테."

"엄마가 그런 말을 하다니 좀 의왼데. 우린 안 그렇잖아?"

딸은 손가락 두 개를 입에 가져다 대고 그 말뜻을 생각했다.

"갈매기들은 배가 고파." 딸이 말을 돌렸다.

잉그리드는 가장 큰 명태의 배 속에 오른손을 집어넣더니 내장을 꺼내서 징그럽다는 눈길로 쳐다보았다. 그는 계속 노를 저으며 방향을 틀었다. 딸은 내장을 한옆으로 던지고는 갈매기들이 먹으러 내려와 푸드덕거리며 사투를 벌이는 광경을 지켜보다가 다음 물고기의 내장을 꺼내 새들에게 주었다. 마지막 남은 명태의 내장도 꺼낸 다음 뱃전으로 몸을 구부리고 물고기를 한 마리씩 헹군 뒤 바닥에 나란히 늘어놓았다. 가장 큰 물고기는 오른쪽, 두 번째로 큰 것은 가운데, 가장 작은 것은 왼쪽에. 그리고 천천히 꼼꼼하게 손을 씻었다. 한스 바뢰이는 눈을 반쯤 감은 채 딸이 정신적으로 아무 결함이 없다는 점을 인정했다. 잉그리드가 여전히 한쪽으로 체중을 실어서 수면에 그림을 그리느라 배가 기울어졌다. 그는 경사를 고스란히 느끼며 집으로 보트를 몰았고, 선착장에 배를 반쯤 걸친 뒤 썰물에 쏠려 가지 않도록 뱃전 아래에 버팀다리를 받쳤다.

잉그리드는 손질한 명태를 질질 끌며 앞장서서 걸었고, 물고기에서 떨어진 마지막 핏방울이 가녀린 종아리로 흘러내렸다. 한스는 어깨에 나뭇가지 네 개를 올리고 겨드랑이에 도끼를 끼우고 손에는 딸의 마른 옷을 들고 걷다가 잠시 멈춰 서서 북서쪽에 떠 있는 해를 바라보았다. 해는 점점 옅어지고 흐려져서 이내 달로 바뀔 것이다. 그렇게 밤이 찾아오고 있었다. 그는 곧바로 낫자루를 수리할지, 아니면 몇 시간 자고 다음 날 아침 로즈에이커에 이슬이 맺히기 전에 작업을 시작할지 고민했다. 이슬은 항상 이상한 붉은 풀이 자라는 로즈에이커에 가장 먼저 맺혔다.

3

섬으로 무엇이 휩쓸려 오든 찾는 사람이 임자고 섬사람들은 많은 것을 건졌다. 코르크나 나무 통, 대마나 부유목이 떠밀려 올 때도 있고 어망이 가라앉지 않도록 해 주는 초록색과 갈색 유리 공 같은 부유물일 때도 있었다. 마틴 바뢰이 노인은 폭풍이 지나가면 해초 더미에 걸려 있는 이런 것들을 떼어 낸 다음 보트 창고에 자리를 잡고 앉아 새 어망을 단단히 매어 둔 뒤 새것처럼 수선했다. 잉그리드에게 줄 나무 장난감이나 물고기 담을 상자나 노, 갈고리, 구부러진 롤러, 파래박, 작대기, 널빤지나 보트의 잔해가 나오기도 했다. 어느 겨울 저녁, 조타실 전체가 해안으로 휩쓸려 왔다. 가족들은 말을 데려가서 조타실을 육지로 끌어올린 뒤 섬 남쪽에 놔두었다. 잉그리드는 조타실에서 선장의 회전의자에 앉아 황동과 마호가니로 만든 키를 돌리며 초원과 섬을 파도처럼 감싼 돌담을 바라보았다.

섬에는 적어도 여덟 개의 돌담이 있었다.

바다에 유리가 떠오르듯 땅 위로 솟아오른 돌을 모아다 쌓은 것인데, 물론 유리처럼 자주 나오는 게 아니라서 돌담을 쌓기까지 여러 번의 겨울이 지났다. 가족들은 봄에 돌을 모아서 담을 더 높이 쌓았고, 이 담이 섬을 아홉 개 구역 혹은 그들이 칭하는 에이커로 나누었다. 사우스에이커는 섬에서 가장 많이 노출되어 사나운 바다와 부딪혔다. 보솜에이커는 누가 그런 이름을 붙였는지 모르지만, 원뿔 모양의 초록색 건초 더미와 튀어나온 바위에 흩뿌리듯 돋아난 풀 때문에 크고 작은 가슴처럼 보였다. 건초 만드는 일이 끝나면 양들이 이곳에서 풀을 뜯어 사슴의 가슴을 한층 둥근 모양으로 다듬었다. 그 옆의 스톤에이커는 다른 곳보다 돌이 많은 지역이고, 익지 않은 마가나무의 빨간 열매처럼 붉은 풀이 자라는 로즈에이커가 있었다. 카우반에이커는 섬의 건물을 감싸고 에덴동산은 북쪽을 향하고 있지만 가장 비옥한 곳이라 매년 감자를 수확했다. 그리고 스캡에이커, 노스에이커, 니디에이커는 모두 그 이름과 같은 특징을 지녔는데 니디에이커는 가장 숲이 울창한 구역이라 두툼한 초록색 엄지장갑처럼 보트 창고와 선착장을 품고 있었다.

그러나 섬으로 휩쓸려 온 것은 대다수가 쓰레기였다.

죽은 돌고래, 바다쇠오리, 배에 가스가 가득 찬 가마우지가 밀려오거나 썩은 해조류를 치우면 신발 한 짝, 모자, 완장, 목발이 나오기도 했다. 또한 섬사람들이 단 한 번 들어 본 적도, 결코 만날 일도 없는 먼 지역의 삶의 단편들이 호화로움, 모호함, 상실과 부주의함, 불운을 보여 주기도 했다. 간간이 알지 못할 이야기를 담은 물건들도 나타나는데 영국 신문과 담배가 주머니에 가득 든 코트, 화환을 쓴 수장된 시신, 깃대에 꽂힌 프랑스 삼색기, 이국적인 여성의 매우 사적인 소지품이 담긴 날렵한 관도 있었다.

드물게 편지가 담긴 병도 발견하는데 발견할 사람에 대한 기대와 사적인 비밀이 담긴 편지는 정해진 수신인이 있는 경우 섬사람들이 그 대상에게 전해 주려고 백방으로 노력하기도 했다. 하지만 지금은 다들 무심해져서 병을 열고 편지에 적힌 언어를 이해할 수 있으면 그 피상적이고 애매모호한 내용을 살핀 다음 병속에 담긴 메시지는 동경, 희망, 이루지 못한 삶을 전해 주는 신비로운 매개이기에 소유도 폐기도 아닌 물품보관함에 집어넣었다. 병은 끓는 물에 소독해서 레드커런트 주스를 담거나 빈 채로 헛간 창가에 놓아두는데, 햇살이 병 속에 들어와 파랗게 빛을 내고 바닥에 흩어진 마른 풀 위로 반짝였다.

어느 가을 아침, 한스 바뢰이는 폭풍우가 뿌리째 뽑아서 섬의 남쪽 끄트머리에 가져다 놓은 나무를 발견했다. 엄청나게 큰 나무였다. 눈으로 보고도 그 광경이 믿기지 않았다.

폭풍과 함께 성난 바다는 이제 잠잠해졌고, 나무는 선사시대 괴물 혹은 고래의 해골처럼 뿌리와 가지가 온전한 채로 그 자리에 누웠다. 뾰족한 잎사귀와 껍질은 바다가 다 먹어 치워 사라져 버렸지만, 그 속에 품은 흰 송진은 유명 바이올리니스트의 활을 코팅해 풍부한 순음을 내게 하므로 전 세계에서 매우 유용하다. 그 러시아낙엽송은 수백 년간 사람 손이 닿지 않은 크라스노야르스크 남부의 예니세이 강둑에서 튼튼하게 자랐고, 그곳의 아주 매서운 바람은 북반구 냉대기후의 침엽수림인 타이가에 끈끈한 머리를 빗질한 듯한 자국을 남겼다. 시간이 흘러 봄의 홍수가 날카로운 얼음 이빨로 나무를 강에 쓰러뜨리고 3,000~4,000킬로미터 북쪽에 있는 카라해로 보내자 그곳의 염분 많은 조류가 북쪽 빙하의 끝자락으로 데려갔다. 그리고 다시 서쪽으로 표류해 노바야젬랴와 스피츠베르겐제도를 거쳐 그린란드와 아이슬란드의 해안까지 올라왔다가 거기서 따뜻한 해류를 타고 다시 북서쪽으로 방향을 틀어 10~20년 동안 거대한 지구를 반 바퀴 돌고 난 뒤 마침내 폭풍우가 노르웨이 해안의 섬으로 휩쓸어 보냈고, 10월 어느 날 아침 일찍 한스 바뢰이가 발견한 것이다. 그러니 놀라서 입이 턱 벌어질 수밖에.

거대한 나무는 이 지역에서 절대 볼 수 없는 종류였다.

그는 가족들을 부르러 집으로 달려갔다.

가족들은 나무를 분해하는 작업에 착수했다. 우선 불쏘시개로 쓸 뿌리와 가지를 쳐내서 헛간의 북쪽 벽에 쌓아 둔 다음 몸통을 옮기려고 했다. 그러나 그들 앞에는 13미터에 달하는 로마 기둥 같은 단단한 나무 몸통이 떡하니 버티고 있었다. 말과 도르래를 동원하고 다섯 명이 달라붙어 애를 썼지만 농장으로 옮길 수 없었다. 나무를 밧줄로 단단히 고정한 다음 지치고 멍하지만 만족감을 느끼며 일단 집으로 돌아와 하룻밤 자면서 생각해 보기로 했다. 하지만 다음번 조류에서 나무를 몇 미터 높게 드는 데 성공했을 뿐 여전히 옮기지 못하고 넘어진 대리석 기둥처럼 그 자리에 놔두었다.

한스와 마틴이 몸통 두 부분을 더 잘라 내는 데 꼬박 하루가 걸렸다. 송진이 가득 든 심재가 점점 더 붉어지며 속살을 드러냈고, 중심부 가까이 갈수록 송진은 유리처럼 딱딱했지만 여전히 칼날로 긁을 수 있었다. 송진을 파내서 손가락으로 비비고 냄새를 맡아 보니 이 굉장한 표본을 난로용 땔감으로 쓸 수 없었다. 나무는 통째로 보존해야 하는 유기물이고 언젠가 그 용도를 찾을 것이다. 그게 언제인지도 모르고 팔 수 있을지도 모르지만 분명 엄청난 가치가 있었다.

가족들은 마지막 남은 힘까지 전부 끌어올려서 나무를 세 번더 굴린 끝에 풀이 있는 깨끗한 땅으로 옮겼다. 양쪽으로 바닥에 기둥 네 개를 세우고 강철 못으로 기둥과 나무를 고정했다. 이 기둥은 100년이 지난 지금도 그 자리에 누워서 바다 옆 거대한 흰색 원기둥으로 남아 있다. 혹자는 이 나무를 잊어버리고 방치한 게 아니냐고 생각할지도 모르고 그렇게 보일 수도 있지만, 한때 이 나무는 제 기능이 있었고 시간이 흐르면서 없어서는 안 될 존재가 되었다.

4

아무도 섬을 떠날 수 없다. 간단히 말하면 섬은 곧 우주고 별은 눈 아래 풀 속에서 잠을 잔다. 하지만 간혹 섬을 떠나려고 시도하는 이들도 있다. 동풍이 거세지 않은 날에 말이다. 한스 바뢰이는 돛을 끌어올렸다. 날씨와 상관없는 세로돛이라 교역소까지 건너기에 괜찮았다. 이번 여정에 믿음이 없는 마틴 노인만 섬에 남고 온 가족이 출동했다.

그들은 바브로와 헤어져야 했다. 바브로는 스물셋이고 하녀로 일할 때가 되어 가족들이 일자리를 찾아 주었다.

교역소 부두에 배를 정박하자마자 잉그리드가 잡화점과 마을이 있는 쪽으로 앞장섰다. 나무가 하늘까지 이어지고 알록달록 채색된 집들이 다닥다닥 붙어 있어서 코트를 걸치지 않고도 한 집에서 다른 집으로 갈 수 있었다.

바브로는 곧 있을 이별을 알기에 잉그리드 말고는 누구와도 손을 잡지 않고 걸었다. 육지에서는 섬사람을 보는 게 매우 드문 일이라 모두가 가족들을 쳐다보는 가운데 상점 앞에 멈춰 섰다. 잉그리드는 파란 원피스에 깃과 소매에 초록색 얼음 모양 장식이 들어간 회색 카디건을 걸쳤다. 노란 원피스에 이제는 좀 많이 작

은 모직 재킷을 입은 바브로는 록 슈거(바위 모양으로 굳힌 설탕. 과실주
나 리큐르 등을 만들 때 사용한다.─옮긴이)가 필요하다고 말했다.

한스가 둘에게 다가와 사도 된다고 허락했다. 그런데 상점을
나오자 바브로는 농장으로 일하러 가고 싶지 않았다. 농장주의
아내인 그레타 사비나 톰메센이 숙식을 제공하는 조건에 바브로
를 하녀로 쓰겠다고 약속한 터였다. 한스와 마리아는 그 집으로
바브로를 끌고 가야 했고, 잉그리드는 가족의 행렬 뒤에서 멀리
그들을 따라오는 동네 아이들의 눈치를 살폈다. 교회나 상점에
서 본 얼굴들도 있고 그중 두 명은 이름을 아는 데다 다른 네 명도
알아보았지만 어느 누구도 미소 짓지 않았기에 잉그리드도 오래
쳐다보지 않고 식구들을 따라 흰 저택을 감싸는 정원으로 들어가
니 육중하고 진한 패널 문이 열리면서 다른 세상을 보여 주었다.

그레타 사비나 톰메센이 역시 섬 출신으로 바브로보다 한참 어
린 다른 하녀와 함께 쓸 방을 보여 주면서 그녀를 세 번이나 '멍
청이'라고 불렀다. 농장의 여주인은 청어잡이 배가 들어오면 한
밤중이라도 이 집의 다른 여자들처럼 멍청이도 교역소로 가야 한
다고 말했다.

"저 애가 물고기 손질은 할 수 있나요?"

"아, 물론입니다." 마리아가 대답했다. "요리도 할 수 있어요.
양털도 빗고 실도 잣고 양말도 뜰 수 있답니다."

"청결한가요?"

"보면 알잖아요."

"내가 무슨 말을 하는지 알아듣겠어, 바브로?" 여주인이 바브

로에게 소리쳤다.

바브로는 고개를 끄덕이고는 머리 위에 매달린 크리스털 샹들리에를 쳐다보았다. 두 눈동자가 반짝이는 창공에 깊숙이 빨려들어가 그 안에 머물렀고 고개도 고정했다. 그레타 사비나 톰메센이 마리아를 향해 바브로가 가져온 것 말고 옷이 더 생길 일은 없을 거라고 말하자 한스는 여전히 새로운 태양계를 응시하는 여동생을 쳐다보고는 결정을 내린 듯 그녀의 손을 잡고 다른 손에는 작은 여행 가방을 들었다. 저택을 성큼성큼 걸어 나와 상점 앞으로 돌아가서 마리아와 잉그리드가 따라오길 기다렸다. 부부는 서로를 쳐다보았다. 그는 문 쪽을 향해 고개를 끄덕였다. 마리아도 고개를 끄덕였다. 둘은 다시 상점으로 들어가 설탕과 커피, 10센티미터짜리 못 두 팩, 타르 한 통, 쌀알 모양의 흰 전분 조금, 계피, 굵은소금 한 포대를 사고 호밀 가루 대자 세 포대를 주문했다. 호밀 가루는 나흘 뒤에 받으러 오기로 한 뒤 구입한 물건을 들고 항구로 돌아가서 페링에 올라 출항했다.

순풍이 그들을 집으로 데려다주었다.

한스는 바브로를 쳐다볼 수 없었다. 그는 여동생과의 사이에 돛이 놓여 있는 맞은편 키 손잡이 쪽에 앉았다. 그렇지만 마리아의 눈길에서 벗어날 수는 없었다. 스물일곱의 마리아는 다른 섬에서 온 강인한 여성으로 가정학을 공부했고 어디서든 일자리를 찾을 수 있었지만 남편과 함께 바뢰이섬에 정착했다. 한스 바뢰이는 서른다섯이고 여동생을 피해 숨어서 부끄러워하는 중이었다. 부끄러움과 회피는 동전의 양면 같아서 자신이 멍청이였다는 사실을 인정하고 고개를 끄덕이기까지 마리아의 시선에서 자유롭지 못했다. 이제야 마리아가 눈길을 파도로 돌렸다. 화난 것처럼 입꼬리를 당겨서 한층 강인해 보였다.

마틴 노인은 해변에서 기다리다가 큰 소리로 웃으며 가족들을 반겼다.

"내가 뭐랬어!"

그는 힘겹게 걸음을 옮기며 다가와 여행 가방을 해안가로 가져간 다음 딸을 데리고 집으로 향했다. 그 옆을 따라가며 육지에 있었던 일을 재잘거리는 잉그리드의 목소리는 이내 갈매기들의 비명 소리에 묻혀 버렸다. 마리아와 한스는 선착장에 서서 손수레를 가져올지, 물건들을 그냥 집까지 들고 갈지 이야기를 나누었다.

"집까지 들고 가도 그리 멀지 않잖아요?"

마리아가 앞장섰다. 한스는 들고 가던 것을 내려놓은 뒤 아내의 엉덩이를 붙잡아 무성한 풀숲으로 끌어당겼다. 하느님도 볼수 없는 그곳에서 반쯤 억누른 그녀의 비명은 제자리를 맴돌았다. 마리아가 온갖 종류의 이름으로 남편을 부르며 다시 온몸으로 전율을 느끼는 찰나에 미소가 사라질 뻔했지만 한스는 이내 그 미소가 돌아오게 만들었다. 그들은 집으로 가는 길을 다시 걸을 생각이 없어져 그 자리에 누워 밤하늘을 쳐다보았다. 마리아가 어린 시절 부요이섬에 살 때 지붕 한쪽에 눈이 너무 쌓여서 외양간이 무너졌다는 이야기를 들려주었다. 한스는 그녀의 이야기를 들으며 언제나처럼 이 이야기가 어디로 흘러갈지 궁금했다.

마리아는 무슨 생각을 하고 무슨 말을 하려는 걸까? 그때 갑자기 잉그리드가 나타나서 어디 있었느냐고 물으며 바브로 고모가 저녁으로 청어, 명태 혹은 할아버지가 어제 후릿그물로 잡은 큰 넙치 중에서 무얼 먹을 것인지 알고 싶어 한다고 덧붙였다.

"넙치가 좋겠어."

한스가 대답하며 자리에서 일어났다. 그는 결국 손수레를 가져와 상점에서 산 물건과 잉그리드까지 실었고, 수레가 언덕을 올라가는 동안 마리아는 그 자리에서 꼼짝도 하지 않았다. 섬의 철학자인 마리아는 사물을 다른 시각으로 보았다. 다른 섬에서 온 터라 비교 대상이 있기에 이런 걸 경험, 더 나아가 지혜라고 부를 수 있지만, 그 점은 또한 바라보는 시선 혹은 섬이 얼마나 다르냐에 따라 정신분열을 가져다줄 수도 있었다.

5

바뢰이섬에는 버드나무 세 그루, 자작나무 네 그루, 마가나무 다섯 그루가 있었다. 몸통 한가운데 큰 상처가 있는 마가나무 한 그루는 늙은 마가라고 부르는데 열두 그루 모두 자연이 시키는 대로 구부러졌다.

섬 서쪽의 험준한 바위에도 작고 성긴 자작나무들이 서로를 포옹하듯 서 있어 작은 사랑의 숲이라고 부르지만 바람이 불면 사방으로 흩어져 흔들렸다.

그리고 땅을 따라서 누워 있는 것처럼 보이는 장대한 버드나무 한 그루가 있었다. 가족들의 기억에는 늘 거기 있었고 나무의 무릎은 로즈에이커와 보솜에이커의 경계에 걸쳤다. 그들의 선조는 나무를 자르지 않고 그 주위에 돌담을 쌓았다. 이 섬에서 베어 넘어뜨릴 수 없는 유일한 나무일 것이다. 다른 나무는 쉽게 벨 수 있다는 말이 아니라 나무는 소중하고 필요하지만 벤다고 생각하면 마음이 좋지 않았다. 아무도 두 에이커 사이에 걸친 버드나무를 잘라 낼 생각을 하지 못했고, 나무는 이미 그 위치에 누워서 무덤처럼 신성하게 자리했다.

집들 주위에 있는 가장 큰 마가나무에 가장 큰 까치 둥지가 자리를 잡았다. 까치는 먹을 걸 훔쳐 가고 아무 데나 똥을 싸서 섬사람들은 까치를 욕하며 둥지를 없애 버리자고 이야기했다. 물론 그 일도 결코 일어나지 않았다. 가지에 튼 커다란 둥지가 폭풍우에 흔들렸지만 떨어지지 않고 살아남자 섬사람들은 이번에도 피해를 보지 않고 넘어간 것에 크게 안도하면서 항상 그렇지만은 않을 거라고 생각했다.

아주 드물게 비나 눈이 곧게 떨어지는 날은 늙은 마가나무의 둥지 아래만 풀이 둥글게 말라서 양들이 비를 피했다. 특히 새끼 양들은 비를 싫어했고, 그곳에서 용변도 봤기에 모든 둥지 밑에는 검은 진흙 같은 생명의 원이 천지였다. 사람이 몸을 앞으로 구부린다고 해서 반으로 쪼갤 수 없는 것처럼 이 원들도 서로 연결되었다.

군도에 있는 다른 수천 개의 섬에서도 일어나는 일이었다.

수만 개의 섬에서.

지형이 개방적으로 노출되어 있으니 누군가는 가문비나무나 소나무 같은 상록수를 해안가에 심어 방풍림으로 쓰고 노르웨이의 이상적인 묘목장으로 키우자는 좋은 생각을 할지도 모른다. 작은 가문비나무 묘목을 크기와 상관없이 섬마다 무상으로 나눠주면서 이 나무를 땅에 심어 키우면 후대에 연료와 목재로 쓰일 거라고 말한다. 바람이 토양을 바다로 쓸어 가는 것을 막고 그 전까지는 낮이고 밤이고 늘 바람에 시달렸던 인간과 동물 모두에게 쉴 곳과 안식이 찾아올 것이다. 게다가 섬은 더 이상 지평선에 떠 있는 관자놀이처럼 보이지 않고 잡초가 무성한 버려진 땅과 북쪽 선창을 닮을 것이다. 아니, 누구도 지평선을 망가뜨리는 이런 짓을 생각하지 않을 것이다. 지평선은 그들에게 가장 중요한 자원이고 티가 나지 않지만 꿈속에서 떨리는 시신경처럼 그 자체로 중요하다. 아니, 이 나라가 파멸의 기로에 들어서는 엄청난 부를 얻기 전까지는 어느 누구도 이런 일을 생각하지 않을 것이다.

6

다시 봄이 찾아오고 하늘은 섬 위로 드높고 바람은 이따금 변덕을 부려 차갑게 느껴졌지만 곧 따뜻한 공기를 몰고 왔다. 검은 머리물떼새가 해변으로 돌아와 희고 검은 닭처럼 종종거리며 걷거나 고개를 까닥이며 붉은 긴 부리를 모래 속에 처박고 또 처박으며 쩍쩍거렸다. 바보 새라서 다른 건 전혀 할 줄 모르지만 언제나 봄과 함께 찾아왔다.

피오르 한가운데 갑자기 바람이 잦아들었다.

한스 바뢰이는 돛을 내리고 노를 젓기 시작했다. 마리아도 남편 뒤에 앉아 노를 저었는데 그녀의 손등이 계속 자신의 등에 부딪히자 한스는 아프다고 소리쳤다. 여자들은 노를 전혀 저을 줄 모른다. 작은 여행 가방을 놓아둔 선미의 양가죽에 앉은 바브로와 잉그리드는 그 광경에 웃음을 터뜨렸다. 둘 다 딱 붙는 원피스를 입었는데 바브로는 파란색, 잉그리드는 노란색이었다. 둘 사이에는 아무도 잡지 않은 키가 놓여 있었다.

"노 좀 똑바로 저어."

"난 잘하고 있어요."

마리아가 노 하나를 멈추자 페링이 한쪽으로 틀어졌다. 바브로는 앞으로 무슨 일이 벌어질지 알면서도 또 웃었다. 지난번과 마찬가지로 가족들이 자신을 떨구려 하는 것이다.

그들은 교역소에 닻을 내리고 목적지를 향해 걸었다. 여행 가방을 든 한스가 앞장서고 바브로와 잉그리드가 손을 잡고 뒤를 따랐다. 오늘은 차려입은 마리아가 맨 뒤에 섰다. 가족들의 옷차림이 이번 일이 중요하다는 점과 그들의 결심을 강조해 주었다. 지난번 일이 잘못된 터라 지금은 모두 굳게 입을 다물었다.

이번에도 가족들은 상점에 들러 록 슈거를 챙긴 뒤 목사관으로 갔고, 목사의 아내 캐런 루이스 맘베르게트가 그들을 맞이했다. 그녀는 3년 전까진 캐런 루이스 허스비크였고 목사 옆에 서기에는 이상하리만치 젊어 보였는데, 요하네스 맘베르게트는 캐런 루이스를 목사관과 자신의 인생으로 맞아들이기 전에 두 번이나 아내를 잃었다. 그녀는 아이가 없어도 목사는 아들이 다섯이나 있었지만, 모두가 고향을 잊고 영원히 떠나 버린 것처럼 대도시 어딘가에서 신학대학에 다니며 발길을 하지 않았다.

캐런 루이스는 밝은색 원피스에 흰색 앞치마를 길게 걸치고 집 안에 있으면서도 스타킹과 신발을 신었다. 그녀는 바브로와 인사하며 악수를 하고 환영한다고 말했다. 바뢰이 가족들을 기다린 듯 수다를 떨며 가벼운 발걸음으로 가족들에게 집을 안내한 뒤 가구와 재봉틀, 다리미를 보여 주고 바브로의 방에 대해 설명했다. 1층에 자리한 밝고 매력적인 방은 벽지도 발랐고 작은 꽃병이 놓인 서랍장과 파란 무늬가 찍힌 포슬린 요강도 있었다.

목사의 아내는 바브로가 할 일을 알려 주었다.

일은 별로 많지 않아서 캐런 루이스가 말벗 혹은 친구를 찾는 것처럼 들렸고, 두 사람의 나이 차도 그리 크지 않았다. 그녀는 하얀 주방에서 성경만 한 요리책을 들고는 바브로가 글을 읽을 수 있는지 가족들에게 물었다.

아무도 대답하지 않았다.

캐런 루이스는 바보 같은 질문을 했다며 사과하고는 얼른 잼이 있는 곳으로 가서 바브로가 만들 잼에 대해 이야기하며 창밖에 여섯 기둥처럼 곧게 서 있는 다양한 과실수를 가리켰다. 나무는 정원 먼 끝 말뚝 울타리까지 뻗어 있었다. 겨울이 지나 아직 열매가 갈색이지만 바위 너머로 블랙커런트, 레드커런트, 구스베리, 라즈베리가 자리했다. 바브로는 바뢰이섬에도 있는 나무들이라며 섬에는 레드커런트도 있어서 설탕을 얼마나 넣어야 하는지 안다고 말했다.

이제 한스 바뢰이는 앉을 자리를 찾아야 했다.

그는 응접실과 응접실 사이에 그저 장식용으로 세워 둔 의자에 무심히 앉았고, 그 순간 누구도 이 의자에 앉은 적이 없다는 것을 알았다. 그러나 다시 일어나지 않았다. 몸을 앞으로 숙이고 팔꿈치를 무릎에 올린 자세로 양손에 얼굴을 파묻고 마음속 깊은 곳에 자리한, 그가 발견할 수 없는 무언가를 열심히 찾다가 불현듯 다른 사람들이 발길을 멈추고 자신을 쳐다보는 걸 느꼈다.

그는 고개를 들고 뭐라고 말하더니 목사가 어디 있는지 물었다.

캐런 루이스가 목사는 볼일이 있어 섬 북쪽에 갔다고 대답했다.

그들은 한동안 요하네스 맘베르게트가 찾아간 이들에 대해 이야기를 나누었는데 알고 보니 한스가 아는 사람들이었다. 다시 집 구경이 시작되었고, 한스는 홀로 쓸모없는 의자에 앉아서 마침내 자신이 찾던 게 뭔지 알아내고는 자리에서 일어나 가족들을 쫓아 다른 방으로 뛰어가더니 동생 손을 잡고 마당까지 끌고 나왔다. 바브로는 이 멋진 집에 머물고 싶어서 거칠게 반항했다. 다른 사람들도 둘을 따라 나와 넓은 돌계단에 서서 놀란 얼굴로 그를 쳐다보았다. 마리아가 뭐라고 소리쳤다. 매우 화난 얼굴이었다.

"난 여기 있고 싶어." 바브로가 소리쳤다.

"그럴 수는 없어."

한스는 동생을 문으로 데려가서 거리에 내다 밀고는 거친 숨을 내쉬었다. 마리아와 잉그리드가 두 사람에게 다가왔다. 마리아가 여행 가방을 챙겨 들고 뭐가 문제인지 물었다. 여전히 화난 얼굴이지만 흡사 슬퍼하는 것처럼 보였다.

"아무것도 아니야." 한스가 혼잣말처럼 대답했다.

그들은 조용히 상점을 지나쳐 걸었다. 오늘은 더 이상 물건을 사지 않을 거라서 교역소까지 그대로 걸어가 페링 보트에 올랐다. 한스 바뢰이는 바람이 방향을 바꾸어 지금은 남서쪽으로 분다는 걸 알았다. 돛을 올리고 집으로 가는 정확한 방향을 찾느라 애썼다. 그리고 비가 내리기 시작했다. 그들이 피오르 입구로 다가갈수록 빗줄기가 더욱 거세졌다. 바브로와 잉그리드는 양가죽 속으로 들어가서 냉랭한 상황에 아랑곳하지 않고 웃으며 놀았다. 이제 한스는 누구의 시선도 피할 생각이 없었다. 중요한 건 마리아의 눈길도 마찬가지라는 것인데, 비를 등지고 앉은 그녀의 갈색 머리

채가 점점 검어져서 떠다니는 해초 같았다. 한스는 구원과도 같은 아내의 미소가 살아날 징조를 어디서도 찾을 수 없었다.

밤늦게까지 비가 내리고 강풍이 그들을 덮쳤다. 강풍은 서쪽과 북쪽으로 향하면서 더 차가워졌지만 맹렬함은 줄어들었다. 하늘이 밝아지면서 더 이상 빗줄기가 창문을 두드리지 않을 때 마리아는 눈을 떴고 옆자리가 빈 것을 알았다. 손으로 만져 보니 온기가 없었다.

그녀는 자리에서 일어나 바브로와 잉그리드의 방으로 뛰어갔다. 두 사람에게 옷을 입고 스토브를 켜 두지 않은 부엌으로 가자고 했다. 둘은 무슨 일인지 물었다. 마리아는 대답하지 않았다. 스토브에 불을 지피고 말이 없는 마틴과 아침을 먹은 다음 보트 창고로 가 보니 페링 보트가 사라졌다. 그들은 북쪽 교역소, 교회, 흩어진 집들을 볼 수 있도록 양쪽 문을 열어 둔 채 어망을 수리하면서 조용하지만 힘겹게 집중했고, 마침내 거친 바다 위로 톱날처럼 비스듬히 기운 돛이 솟았다 내려오는 모습을 발견했다. 심하게 요동치는 페링 보트였다. 그리고 어느새 저녁이었다.

한스 바뢰이가 돛을 내리자 페링이 해안가로 밀려들어 멈춰 섰다. 그는 배를 두 번이나 왔다 갔다 하며 선수에서 몸을 구부리고 꿈틀거리는 무언가를 집어다 해안가에 내려놓았다. 새끼 돼지가 꽥꽥거리며 흰 모래사장을 뛰어다녔다. 12크로네를 주고 산 돼지는 귀가 하나뿐이고 이마에는 총알 자국처럼 검은 점이 있었다. 아직 이름이 없기에 가족들 마음대로 부를 수 있었다. 한스는 또한 갈색 봉지에 담긴 록 슈거도 챙겨 와 그걸 바브로에게 건넨 다음 밧줄을 가지러 보트 창고로 가서 한쪽 끝에 고리가 있는 동물용 사슬을 만든 뒤 풀을 뜯기 시작하는 새끼 돼지를 쳐다보고 서 있는 잉그리드에게 건넸다.

"이번이 마지막인 줄 알아요." 마리아는 남편과 돼지에게서 등을 돌리고 저녁을 준비하러 집으로 올라갔다.

한스는 얼굴에 미소를 지으며 그 자리에 서 있었다. 잉그리드는 처음 보는 미소였다. 딸은 엄마가 저녁 내내 그리고 다음 날 하루 종일 화가 난 걸 알았다. 다행히 알 수 없는 변화가 찾아왔고 엄마의 이상함도 사라졌다. 돼지는 그러브라고 부르기로 했다.

7

바뢰이섬의 집들은 서로 비스듬하게 바라보며 서 있다. 위에서 내려다보면 누군가 아무렇게나 던져 놓은 네 개의 주사위처럼 보이고 겨울에는 감자를 보관하는 이글루가 들어선다. 집들 사이엔 판석으로 보도를 깔고 빨랫줄과 사방으로 뻗친 풀길이 있지만, 혹독한 날씨를 견디도록 설계된 건물이라 온 바다가 섬으로 밀려 들어온다 해도 넘어질 리 없었다.

농장 안마당의 기발한 배치가 자기 생각이라고 주장하는 사람은 없었다. 씁쓸한 경험을 통해 축적되고 이어져 온 지혜의 산물이었다. 하지만 시대를 이어 온 좋은 지혜가 있어도 겨울에는 걷잡을 수 없이 쏟아지는 눈이 농가와 헛간 사이에 쌓이는 걸 막을 수 없었다. 결국 양동이와 커다란 운반용 우유통을 들고 축사를 힘겹게 오가야 했다. 사람들은 '눈파도'라고 부르며 다른 몇 가지 자연 현상과 더불어 아주 싫어했는데 눈파도는 12월, 1월과 2월, 심지어 3월에도 동물과 사람 사이에 눈장막을 세워 삽으로 퍼내도 소용이 없는 데다 곧바로 다시 쌓였다. 보통은 남자들이 눈을 치우고 여자들이 물과 우유를 나르는 터라 여자들은 다른 대안 없이 눈파도를 헤치며 집과 헛간을 오가야 했는데 똑바로 서 있기도 힘든 세찬 바람이 불 때면 그 길이 더욱 멀게 느껴졌다.

그런데 집들이 원래부터 나무와 과실수가 무성한 가장 높은 산등성이에 자리해 온 것은 아니고 한때는 좀 더 아래 동쪽으로 몇백 미터 더 떨어진 카르비카만 후미에 있었다. 지금 그곳에는 기초벽 두 개 그리고 해초와 모래로 뒤덮인 보트 승선장의 잔해만 남았다. 섬사람들은 아무도 이곳 생각을 하지 않을뿐더러 실제로 여기에 누군가 살았다는 걸 인식하지 못했다. 육지 사람이라면 조금만 골똘히 생각해도 카르비카에 더 이상 집이 없는 이유가 있을 거라고 추측할 것이다. 카르비카에 무슨 일이 일어났고, 왜 아무도 살지 않을까?

그 진실은 확실히 비극이고 어쩌면 끔찍할 수도 있다.

이 섬에서 가장 오래 산 사람은 마틴 노인이다. 그는 마을에서 가장 높은 어른이고 모든 지식의 출처이며 당연히 이 문명이 언제, 왜 막을 내렸는지에 대해 의견이 있었다. 하지만 그건 선조들의 걱정거리였고 그에 관한 이야기와 대화의 잔해가 어린 시절의 기억으로 드문드문 남아 있을 뿐이다. 게다가 그는 더 이상 집안에서 가장 신뢰받는 존재가 아닌 데다 나이를 먹어 자연스럽게 노화가 찾아오면서 기억을 잠식해 버렸고 젊은 사람들이 보기에 이상한 생각과 특이함이 생겨났다. 모든 세대는 자신만의 방식으로 기억하고 싶은 일만 기억하는 것이 당연한데, 그 생각은 분명 어딘가 목적지가 있고 최악의 경우 같은 자리를 빙빙 돌다가 시간이 지나면 되돌아온다.

섬사람들은 카르비카의 폐허와 집 두 채가 사라진 이유를 알지 못해도 여전히 폐허를 존중했다. 가족들은 발길을 피하고 아이들은 놀지 못했다. 새들도 둥지를 틀지 못했는데 흔한 솜털오리조차 그럴 수 없었다. 하물며 집을 허물어 나온 돌조차 에이커 사이의 다른 돌담과 기초벽에 쓸 생각을 하지 않았다. 차라리 새로운 돌을 찾는 편을 택했고, 그래서 폐허는 그 자리에 기념비 혹은 묘지처럼 남아 쐐기풀과 분홍바늘꽃이 무성한, 너무 춥고 또 너무 더운 음산한 분위기를 풍겼다. 높은 언덕에서 폐허를 바라보면 서로 다른 손이 쓴 한자처럼 보였다. 겨울이면 눈이 폐허 꼭대기에 쌓여 완전히 하얗게 뒤덮이기 전에 죽은 갈색 풀 위로 폐허가 한층 두드러졌다.

8

바뢰이 가족이 거듭 머리를 맞대고 의논한 일이 있었다. 어느 방에서 잘 것인지 결정해야 했다. 북쪽 방은 겨울에 북동풍이 불면 엄청 추워서 사람이 머물 수 없지만 여름에는 서늘하고 좋다. 게다가 보통 비는 남서쪽에서 오기 때문에 조용하고, 여름이건 겨울이건 상관없이 남쪽 방에서 나는 지긋지긋한 소음으로부터도 자유롭다.

한스 바뢰이는 특히나 꿉꿉한 여름에 들판이나 건조대에서 건초를 말릴 수 없으면 이렇게 말한다. "좋아, 북쪽으로 옮길까? 여기 있을 수 없잖아." 겨울이 되어 오리털 이불에 얼음 결정이 생기면 이번에는 남쪽 방으로 옮기자고 말한다. "여기 있다간 얼어죽겠어."

가족들은 날씨와 계절에 따라 이불을 들고 북쪽 방에서 남쪽 방으로 혹은 그 반대로 움직였다. 천장이 없는 방마다 커다란 침대가 있어서 북쪽 침실, 남쪽 침실이라고 불렀다. 잉그리드는 이 두 방 사이 서쪽을 향하는 작은 방에서 잤는데, 계절에 따라 한밤중에 햇살이 들어올 때면 다른 방으로 옮겼다. 바브로는 밝은 햇살이 찾아오는 동쪽 방을 썼다.

마틴 노인은 아래층 응접실에 칸막이를 친 작은 밀실에서 잤
다. 그는 가끔 문을 열어 두는데 늘 몸에 한기가 있어 난로에 불을
가득 지펴 놓는 터라 이 지방 사람들이 응접실을 쓰지 않는 시기
에도 아주 따뜻해서 10월이나 3월의 평범한 일요일이면 바뢰이
가족은 응접실에서 저녁을 먹기도 했다. 그래서 마리아가 응접실
테이블에 흰 테이블보를 깔아 두었다.

가장자리가 좁은 테이블보는 붉고 노란 작은 꽃들이 초록색 덩
굴로 이어지는 무늬가 있는데, 전체적으로는 흰색이었다. 마리아
의 어머니가 직접 수놓은 것이다.

마리아는 남쪽 방에서 자는 것이 좋았다. 날씨가 좋은 여름에
는 너무 덥고 여름과 겨울에 날이 궂으면 엄청 시끄럽지만, 창문
으로 바뢰이섬 전체와 남쪽의 작은 섬들을 훤히 볼 수 있고 화창
한 날은 자신이 나고 자란, 비교의 대상이 되는 부요이섬도 보이
기 때문이었다. 게다가 남쪽 방은 북쪽 방보다 넓어서 벽에 옷장
도 세워 둘 수 있고 아버지가 결혼 선물로 준 협탁 두 개를 놓을
공간도 있었다. 아버지는 고물이라고 했지만 협탁은 오직 강한
자만 남기고 지역 사람들의 목숨을 맹렬히 앗아 간 전염병에 걸
려 일찍 세상을 뜬 어머니가 쓰던 거였다.

"여행자처럼 이리저리 돌아다니지 말고 평범한 사람들처럼 우
리도 한자리에 정착하면 안 돼요?" 마리아는 묻곤 했다.

새끼 돼지 그러브가 온 뒤로(돼지는 지금 빈 토탄 창고에 있
다) 한스는 주도적인 모습을 보여야겠다고 생각하여 솜털오리
축사를 수리하고, 감자를 심고, 이제 곧 해가 더 길고 날이 따뜻해

져서 토탄을 잘라야 하는 시기가 되었을 때 끌과 큰 망치, 다이너마이트를 들고 섬 북서쪽 후미의 암반으로 갔다. 타르를 칠한 기둥이 해저에 수직으로 잠겨 있는데, 50센티미터 간격을 두고 바위에 볼트로 연결해 놓은 터라 날씨가 허락할 때면 교역소의 화물선이나 새해를 맞이하여 로포텐에 갈 때 한스와 그의 낚시 장비를 실어 주는 얼링 형의 중간 크기 보트를 정박할 수 있었다. 한스는 로포텐 보트하우스라고 부르는 보트 창고에 소중한 로포텐 장비를 넣어 두고 1년 내내 닫아 놓았다.

이 섬에 부족한 것을 꼽자면 바로 괜찮은 부두였다. 부두 없이 거의 80년을 살아온 마틴 노인은 농가 안마당에서 북쪽을 바라보며 아들이 마침내 피할 수 없는 문제를 직면하러 간 것인지 궁금해했다. 그들은 한 세대 가까이 부유목을 모아 왔고 이제 자재는 충분했다.

그러나 한스 바뢰이는 다른 계획이 있었다. 그는 드릴로 깊은 구멍 열 개를 뚫고 다이너마이트를 넣은 뒤 3세제곱미터마다 뇌관을 달아서 폭파했다. 터져 나간 바위 조각이 너무 커서 큰 망치로 잘게 부숴야 했다.

그는 말과 수레를 가지러 집으로 돌아왔다가 마리아에게 같이 가자고 하여 가는 길에 이렇게 모은 돌이 기초 작업용으로 더 좋다고 설명했다. 해변에서 매끈한 돌을 줍는 건 시간 낭비라고 말이다. 반면 바위를 폭파해서 얻은 돌은 표면이 거칠어 마찰력이 좋기 때문에 전혀 밀리지 않았다.

마리아가 물었다. "기초 작업이라뇨?"

그래, 잠자리와 바람의 방향을 해결하는 방법은 그들의 집을 남쪽으로 더 확장하는 것이다. 지금 사는 집은 다락이 있는 긴 단층 건물이라 확장하기에 그만이었다. 3~4미터만 더 늘리면 햇살과 비를 피하고 1년 내내 남쪽 방에 머물 수 있었다.

한스가 땅을 파고 흙을 으깬 뒤 갈퀴로 긁어 치우자 화강암이 드러났다. 수레 가득 폭파해서 얻은 돌이 있어 다음 날부터 공사를 진행했고 지금은 마틴과 바브로가 도왔다. 바브로는 중노동을 좋아하여 수레에서 커다란 돌덩이를 들고 다섯 걸음 만에 기초 공사를 하는 곳까지 오더니 어디에 놓을지 묻고는 한스가 정확한 위치를 알려 줄 때까지 그대로 들고 있었다. 한스가 동생을 놀리려고 곧바로 대답하지 않아서 바브로는 얼굴이 새빨개져 비명을 지르다 돌을 내려놓아야 했다. 그제야 남매는 돌을 같이 들고 제자리에 내려놓았다. 한스는 동생에게 일이 할 만한지 물었다.

"나쁘지 않아." 바브로가 다른 돌을 가지러 가며 대답했다.

마틴은 한스를 향해 고개를 저으며 여자들이 처음부터 기초 작업을 도와야 하느냐고 물었다. 한스는 들리지 않는 척했지만 그역시 의구심이 들었다.

한편 마리아는 맘이 편하지 않았다. 집을 확장한다면 남쪽 방에서 자고 싶은 이유가 없어져 버린다. 어린 시절을 보낸 고향이 바라다보이는 전망이 사라지는 것이다. 하지만 아무 말도 하지 않고 가만히 있다가 남편이 토대 맨 위에 문틀을 올리고 목재 골조 작업에 들어가려고 할 때 전망은 어쩔 거냐고 물었다. 그는 일주일 내내 중노동을 한 터였다.

그리고 마리아는 한 번도 보지 못한 광경을 목격했다. 한스가 남편이자 남자로서 모든 걸 다 포기할 준비가 된 사람처럼 주춧돌에 주저앉은 것이다. 마틴은 "제기랄!" 하고 외치더니 투덜거리며 나가 버렸다. 마리아 역시 남편을 달랠 수 없어서 마당을 가로질러 나갔지만 바브로는 오빠 옆에 앉아서 뭐 때문에 훌쩍이는지 물었다. 두 사람이 어릴 때 그가 그녀에게 묻던 방식이다. 한스는 대답 대신 손사래를 치며 땀을 식힌 뒤 삽과 손도끼를 들고 다시금 작업에 들어갔다. 기초벽 안쪽의 토탄층을 쳐내어 수레에 싣고 보솜에이커로 가져가 지반 높이를 맞추는 데 썼다.

"대체 왜 그래요?" 저녁 식탁에서 마리아가 물었다.

"당신 생각은 어떤데?" 한스가 되물었다.

다음 날 아침 그는 본섬으로 가서 외상으로 구매한 시멘트 자루를 페링 보트에 한가득 실어 왔다. 모래를 옮겨서 콘크리트 작업을 시작했고, 이미 세워 놓은 벽에 콘크리트로 새 벽을 세운 다음 돌바닥에 시멘트를 바르자 바닥이 울퉁불퉁했지만 물 샐 틈이 없어졌다. 이어서 나무 문틀에 못으로 판자를 고정한 뒤 시멘트가 남은 만큼 벽을 30센티미터 높이로 쌓았다. 판자를 제거하고 나니 5×3미터 넓이에 적당한 높이의 회색 상자가 더해졌다. 이렇게 확장한 부분은 빗물저수조가 되었다.

한스 바뢰이는 긴 판자를 이어 U자 형태로 만든 다음 처마 양쪽 아래에 홈통으로 고정하고 대각선으로 내려가 수조와 만나는 깔때기관도 달았다. 다음은 판자로 뚜껑을 만들기 시작했다. 빗물저수조는 바닥같이 생긴 데다 바닥처럼 단단해서 앉거나 걸어

다닐 수 있었다. 마지막으로 출입구를 만들고 양동이를 내리고 올릴 때 거추장스럽지 않도록 경첩도 달았다.

놀라운걸. 마틴 노인이 만족스러운 웃음을 지었다.

날씨가 좋은 덕분에 그날 저녁 가족들은 헛간 지붕의 홈통 수리를 마쳤고 수조 뚜껑에 앉아 저녁을 먹었다. 그 후 7월의 어느 비 오는 날 저수조가 가득 찼다. 물은 깨끗하고 맑았다. 이제 동물들의 몫이 된 더러운 갈색 물과는 차원이 달랐다. 한스는 다음에 로포텐에 가면 수동 펌프를 사다 주방에 달고 싶었다. 사실 펌프는 문제가 아니고 구리 파이프를 집 아래로 다 연결하는 것이 큰일이었다. 겨울에는 파이프가 얼어 버릴 것이다. 빗물저수조를 집 북쪽, 주방 벽 위에 만들어야 했다. 마리아가 좋아하는 방이 너무 덥거나 빗소리가 너무 심할 때면 그들은 북쪽 방에서 잤다. 마찬가지로 북쪽 방이 너무 추울 때면 오리털 이불을 들고 남쪽 방으로 내려왔다. 이런 것이 삶의 기쁨 아닐까.

9

바뢰이 가족과 다른 섬에 사는 사람들은 번식한 황소와 숫양을 교환했다. 바뢰이 가족이 숫양을 데리고 있을 때면 암양과 새끼 양하고 격리시켰다. 숫양이 지내는 작은 섬이 있었고 램홀름이라 불렀다. 숫양은 1년 내내 풀과 해조를 뜯도록 방목하다가 크리스마스쯤 한 달 정도만 집으로 데려와서 암양과 교미시켰다. 한스가 숫양을 데려오려고 섬으로 갈 때 잉그리드가 함께 갔다.

잉그리드는 숫양이 포악해서 무서웠다. 하지만 한스는 긴 막대기를 이용해 숫양을 곳으로 몰아서 단숨에 머리를 잡아 뒤집은 다음 다리를 한데 묶어 보트로 끌고 왔다. 잉그리드는 두려워하며 그 광경을 지켜보았다. 숫양은 생명력이 엄청 강하다. 미쳐 날뛰는 짐승이다. 길고 덥수룩하고 제멋대로 자란 털에 발굽에는 모래와 흙이 잔뜩 끼었고 흔들리는 두꺼운 검은 털에서 바다와 외양간 냄새가 풍겼다. 바뢰이섬에 도착하자 한스는 양의 목에 밧줄을 감았다. 양이 바다를 건너오느라 지치고 유순해져서 별다른 저항 없이 헛간으로 데려갈 수 있었다. 숫양의 의무가 끝나면 다시 램홀름으로 보내거나 아주 드물게는 방목하는 양이 없는 다른 섬으로 보냈다.

섬마다 이름이 있고, 그중 하나가 크누텐이다. 한번은 숫양이 탈출하려고 했다. 헤엄을 쳐서 크누텐으로 갔다. 가족들은 그 사실을 알고 숫양을 그냥 그 섬에 두었다. 사흘 뒤 양이 다시 헤엄쳐 돌아왔다. 양도 배운 게 있을 거야. 한스가 말했다. 잉그리드는 무서웠다. 숫양이 외로웠다면 왜 다른 양과 함께 헤엄쳐 오지 않았을까? 잉그리드는 또한 양은 눈이 안 보이는지 궁금했다. 그러면 더욱 무섭다. 하지만 눈이 안 보이는 양도 소리는 들을 수 있지 않을까?

넓은 바다라는 불길로 해가 저물 때 그들은 붉은 지평선에 드리운 숫양의 실루엣을 보았다. 바다에 떠 있는 바위처럼 생긴 뗏목에 올라탄 작은 곤충 같았다. 바람이 제 방향으로 불 때면 양의 우렁찬 울음소리가 들렸다.

"양이 하느님을 향해 외치는 거야." 바브로가 자기 생각을 말했다.

다른 동물과 마찬가지로 숫양도 죽는다. 그러면 땅에 묻었다. 숫양은 가족들이 먹지 않는 유일한 동물이다.

10

바뢰이 가족은 솜털오리도 먹지 않는다. 오리는 집에서 키우는 가축이 아니지만 작은 돌 축사를 지어 오리의 털을 얻고 수년간 현관 계단 아래 알을 품게 놔두었다. 그 몇 주 동안 고양이는 집 안에 둘 수밖에 없었다. 고양이는 마틴의 방에 있어야 했는데 찢고 놀 커튼이 없어서인지 방에 있는 걸 싫어했다. 고양이는 수컷이고 이름은 본켄이다. 새끼가 생기면 한스가 죽여야 하기에 가족들은 새끼 고양이를 낳는 암컷을 키울 수 없었다. 섬에 있는 다른 동물과 마찬가지로 고양이도 한쪽 성별만 있으니 어떻게 새끼를 낳을 수 있겠는가.

날씨가 매우 나쁜 어느 늦은 봄날, 밖에서 아무것도 할 수 없자 바브로와 마리아는 틀과 빗으로 오리털을 빗겼다. 오리털은 그들이 취급하는 가장 값지고 신비로운 물품이다. 만지고 얼굴로 가져가면 은은하고 신성한 따뜻함이 느껴진다. 털을 꽉 쥐어도 공기 말고는 아무것도 느껴지지 않으며 손바닥을 펼치면 아무 일도 없었다는 듯 회색 뭉게구름처럼 다시 펴진다.

오리털을 팔 때가 되면 가족들은 캔버스 자루에 담아 끈에 라벨을 붙이고 자루를 묶었다. 라벨에는 털을 수집한 연도, 섬의 이름과 함께 1킬로그램이라고 적는다. 1킬로그램의 오리털은 엄청난 양이지만 상상할 수 없을 만큼 가볍다. 당연히 높은 가격을 매겼다고 해도 엄청나게 적은 금액이라 오리털을 팔지 않고 가족의 몫으로 놔두었다. 한스의 생각이었다. 도시의 상류층처럼 오리털 이불을 만들어 쓰거나 외양간 위 가장 건조한 다락에 저장했다가 여름 시장에서 혹은 교역소의 톰메센에게서 받는 것보다 가격이 두 배가 될 때 파는 것이다. 오리털 가격은 사람들이 팔고자 할 때 가장 낮고 한스가 팔려고 할 때 가장 높았다. 그는 이 방식으로 성공한 유일한 섬사람이었다. 한스가 로포텐에서 어획량에 따라 수익을 얻다 보니 바뢰이 사람들이 다른 이들보다 형편이 좋아서 그런 것일 수도 있고, 그의 가족이 좀 더 인내심이 강해서일 수도 있다. 섬사람은 다른 이들보다 좀 더 인내심이 필요하다.

바브로는 손이 날렵하지 않아 오리털 빗는 일을 좋아하지 않았고, 잉그리드는 네 살이 된 여름부터 본격적으로 엄마를 도왔다. 잉그리드는 오리털을 좋아했는데 처음에는 그냥 가지고 놀면서 그들이 앉은 작은 벤치 주위를 엉망으로 만들었다. 그러다 한 손에 빗질하지 않은 오리털 뭉치를 들고 다른 손에 빗질한 털을 들고 있다가 지저분한 쪽에 눈이 갔고, 마침내 몸에서 나뭇가지나 풀, 조개껍데기를 떼어 내지 않고 놔두느니 차라리 죽는 게 낫다고 생각하기에 이르렀다.

마리아가 가르쳐 준 방법이었다. 가만히 앉아서 눈을 감고 빗질한 오리털과 빗질하지 않은 오리털의 감촉을 느껴 보는 것이다. 또한 그녀는 빗질을 하며 큰 소리로 숫자를 세다가 10이나 11

쯤 되면 손을 멈췄고, 잉그리드는 미소를 지으며 그게 무슨 의미인지 깨달았다. 마리아는 이제 절대 잊지 못할 걸 몸으로 터득해 낸 거라고 말했다.

그날부터 잉그리드는 바브로보다 빨리 오리털을 빗었고, 덕분에 이 고역에서 해방된 바브로는 헛간에 있거나 보트 창고로 가서 남자들처럼 고기잡이 그물을 수리했다.

11

바브로는 새 그물, 대구 어망, 청어 어망, 넙치 어망을 엮을 수 있고 심지어 3중망도 가능했다. 그녀는 한스가 로포텐에 가 있는 겨울 내내 어망을 짜며 시간을 보냈다. 새 그물은 깨끗하고 물기가 없어 들러붙지 않기 때문에 밖이 얼마나 춥든 상관하지 않고 주방에 앉아 등으로 스토브의 열기를 느끼며 찌와 바늘을 가지고 바느질을 하고 또 할 수 있었다.

하지만 마틴은 주방으로 일거리를 한가득 가져오는 걸 탐탁해하지 않았다. 자고로 어구는 탁 트인 공간이나 보트 창고 같은 바깥에서 작업해야 한다고 생각했다.

살을 에는 추위 속에서 어망을 씻고 수리하는 건 세상에서 가장 힘든 일인 데다 장갑을 끼고 할 수 없는 유일한 일이기에 양손이 다 망가진다. 마틴은 물기가 없는 새 그물을 다루는 건 사치라고 여겼다. 피어오르는 토탄 열기를 맞으며 집 안에서 일하는 건 불필요할 뿐 아니라 바보 같다고 생각하여 아직은 막내딸의 방식을 따를 마음이 없었다.

바브로는 아버지의 말을 별로 신경 쓰지 않았다.

다른 가족들도 마찬가지였다. 불과 몇 년 전부터 그랬는데 정확히 언제인지는 기억을 못 하지만, 하루하루가 지나면서 마틴은 더 이상 섬의 모든 것을 결정하는 존재가 아니었다. 이제 그 역할은 한스가 맡았다.

그러나 다른 누구도 아닌 마틴은 정확하게 기억했다. 러시아 나무 트렁크를 발견하고 어떻게 할지 결정하지 못했을 때부터라는 것을. 그는 아들과 함께 쇠지레를 이용해 나무를 들어 올려서 굴리려고 했는데, 그가 힘을 주자 갑자기 강철 막대가 부드럽게 젖은 땅으로 처박히면서 급격하게 힘이 빠져 버렸다. 머릿속에서 단전이 일어났다. 그는 자리에 앉아 숨을 헐떡이며 호흡을 가다듬으려 애썼고, 그의 아들이 홀로 그 모든 무게를 견뎌 냈다.

그때부터 분위기가 달라졌다.

다른 가족들 모두 눈치를 챈 것이다.

잉그리드조차 나쁜 버릇이 생겼다. 할아버지가 하지 말라고 해도 듣지 않았고 마틴이 손녀의 행동을 지적할 때마다 자기편을 들어주는 엄마한테 가 버렸다. 마리아는 기분에 따라 가끔은 시아버지 편을 들었지만 그가 그 자리에 있거나 말거나 무슨 말을 했는지 신경 쓰지 않았다.

마틴은 이런 변화를 받아들였다. 하지만 화가 났다. 젊을 때는 한 번도 화낸 적이 없는데 지금은 항상 화가 났다. 그 점 역시 아무도 신경 쓰지 않았다. 늦은 봄 저녁이면 고양이가 그의 작은 방을 찾아와 배 위에서 잠을 청했다. 얇은 벽 너머로 그의 코 고는 소리와 고양이의 가르릉거리는 소리가 가족들에게 퍼졌다. 웃기는 상황이었다. 현관 계단 아래서 솜털오리가 마침내 알을 부화

하여 작은 털북숭이들을 데리고 바다로 가는 긴 여정에 오르자 고양이는 다시 밖으로 나왔고, 남은 한 해를 주방 스토브 아래에서 잠들거나 밖에 나가 쥐와 어린 새를 잡았다.

고양이 본켄은 비극적인 죽음을 맞았다.

흰꼬리수리가 고양이를 낚아채 갔다. 건초를 만드는 계절에 벌어진 일이다. 비명 소리에 가족들이 건초 시렁과 갈고리에서 고개를 들어 보니 흰꼬리수리의 엄청난 날개 아래로 흐릿한 잉크 점 같은 것이 보였다. 고양이는 꿈틀거리고 할퀴고 씩씩거렸다. 한동안 가족들은 고양이가 풀려날 거라고 생각했다. 물론 그랬다. 하지만 이미 높이 올라간 뒤였다. 박쥐가 날개를 펼치듯 고양이가 다리를 쭉 차서 벌리고 까마득한 아래를 향해 곤두박질치다 어떤 뚜렷한 이유 없이 공중에서 발을 움직였고, 아마도 떨어지는 데 지쳐서 달리고 싶었는지 몸을 뒤집은 채 로포텐 보트 창고 옆 바위에 척추부터 떨어졌다.

한스는 고양이한테 너무 높았다고 말했다. 그 말은 섬사람의 힘으로 어쩔 수 없는 일이 생길 때면 한스가 늘 쓰는 유행어가 되었다.

잉그리드와 바브로는 본켄을 로즈에이커의 먼 끝에 묻고 조개 껍데기로 하트 모양을 만들어 무덤을 장식했다. 바브로는 콧노래를 흥얼거렸다. 잉그리드는 울었다. 그리고 일주일쯤 지나 한스가 다른 고양이를 집으로 데려왔다. 암고양이는 한스가 학창 시절 덩치가 작다고 캣맨이라 놀린 남자아이의 이름을 따서 카놋이라 불렀다. 갈색 고양이 카놋은 막 구운 캐러멜 푸딩처럼 사랑스럽고 우아하고 꼭 껴안고 싶게 생겼으며 남자들이 외출하고 없을 때면 주방 식탁에서 잠을 잤다. 밤에는 잉그리드의 침대 발치에 누웠다. 가족들은 고양이가 사람과 같은 시간에 사람만큼 자고 일어나는 걸 보며 아침형 고양이라고 불렀다. 하지만 이듬해 여름 솜털오리가 현관 계단 아래 둥지를 틀려고 찾아오자 카눗 역시 집 안 신세를 져야 했다. 솜털오리는 성스러운 동물이니까 말이다.

12

겨울은 폭풍우와 함께 시작되었다. 섬사람들은 첫 겨울 폭풍이라고 불렀다. 8월과 9월에도 일찍 폭풍이 찾아와 갑자기 일상을 무참히 바꾸기도 했다.

보통 이런 폭풍은 금방 지나갔다. 하지만 나무들은 폭풍에 잎을 일찍 잃어버린다. 섬은 나무가 많지만 과실수와 작은 자작나무, 갯버들도 천지라 늦은 여름부터 잎사귀들이 저마다의 속도에 따라 노란색, 갈색, 빨간색으로 바뀌어 9월이 되면 섬을 지상의 무지개처럼 만든다. 그러다 갑자기 폭풍이 찾아와서 나뭇잎을 쓸어다 바다에 던져 버리면 바뢰이섬은 울부짖는 갈색 털 동물로 변해 이듬해 봄까지 쭉 이어지다, 눈과 얼음으로 뒤덮인 흰 송장의 모습이 사라지고, 눈이 왔다 가고 다시 찾아와 대지에 바다를 만들려는 듯 떠다닌다. 섬사람들은 이런 폭풍우를 많이 겪었고 1년 전 마지막 폭풍우도 기억했다.

그러나 첫 겨울 폭풍은 전혀 다른 문제였다. 아주 난폭하고 맹렬해서 지난해에 겪은 것보다 더한 경험을 가져다주었다. '사람들의 기억에 살아 있는'이란 표현을 이끌어 낸 장본인이기도 하다. 어쩔 수 없이 맞닥뜨려야 하기에 가능한 한 기억에서 지워 버리는 게 상책이지만.

섬사람들은 겨울 폭풍의 한가운데 있었다. 폭풍은 하루가 지나도 맹렬한 기운을 내뿜으며 거친 눈송이를 털실다발처럼 섬 위에 흩뿌리고 우박과 사그라지지 않은 한사리(음력 보름과 그믐 무렵 밀물이 가장 높은 때-옮긴이)처럼 세찬 비도 몰고 왔다. 한스는 세간을 묶으러 세 번이나 밖에 나갔지만 묶어 두는 게 가능하다는 생각은 하지 않았다. 미처 보트 창고에 가두기 전에 양 한 마리가 바다로 휩쓸려 날아가는 것을 본 적이 있고, 아직 도축하지 않아서 다른 곳에 자리가 없는 터라 할 수 없이 양들을 페링에 묶어 둔 다음 페링은 계류용 밧줄에 단단히 고정하여 첫 겨울 폭풍에 대응한 것치고는 괜찮았다.

또한 몇 시간을 들여 새 빗물저수조 뚜껑에도 쇠줄을 단단히 감았다. 다음은 새 지붕 홈통을 전부 모아 땅바닥에 놓고 무거운 돌로 눌러 둔 뒤 기어서 집으로 들어갔다. 너무 지쳐서 얼굴을 찡그린 탓에 잉그리드는 아빠를 알아보지 못했다.

잉그리드는 집이 삐걱거리고 굴뚝에서 커다란 트럼펫 소리가 나며 온 세상을 혼란에 빠뜨리는 폭풍을 싫어했다. 엄마와 헛간에 갈 때면 바람이 폐로 들어오는 통에 찢어지게 아파서 눈물이 났고, 거센 바람이 벽으로 자신을 날려 버리고 나무들을 구부러뜨리며 온 가족이 주방과 응접실에 모이지만 누구도 잠 한숨 못 자게 만들기 때문이다. 마틴 역시 겨울 폭풍이 매섭게 섬으로 밀어닥치면 조용히 앉아 머리에 울 모자를 쓰고 커다란 손은 공허하게 무릎에 가만히 놓아두었다. 때때로 자신과 테이블, 오븐과 식료품 저장실 주위를 돌아다니다 토탄통에 앉아서 다리를 까닥거리다가 다시 와서는 마치 곰 인형의 손인 양 잉그리드가 가지고 놀게 놔두기도 했다.

어른들의 얼굴은 돌을 조각해놓은 것처럼 냉랭했다. 그들은 속삭이고 눈썹을 한일자로 모으고 웃어 보려고 했지만 가식적이라는 걸 스스로 잘 알아서 분위기가 한층 더 무거워졌다. 또한 바뢰이섬의 건물들은 지금까지 모든 것을 견뎌 왔고, 그건 사실이지만 순전히 과거를 입증하는 것일 뿐 그 이상은 아니었다. 한때 카르비카에 집이 있었지만 지금은 없는 것처럼.

아빠의 얼굴은 이제까지 본 것 중 최악이었다. 잉그리드가 몰랐다면 아빠가 두려워한다고 생각했을 수도 있지만 그는 결코 그렇지 않았다. 섬사람들은 절대 두려워하지 않는다. 만일 그랬다면 섬에서 살지 못했을 것이다. 재산을 전부 정리해서 섬을 떠나 숲이나 계곡에 사는 다른 사람들처럼 살았을 것이다. 섬사람들은 어두운 성향이 있어 두려움이 아니라 침통함에 빠져 버리기에 그런 상황이 오면 재앙과도 같을 것이다.

그러나 한스가 다시 밖으로 나갔다가 얼굴에 피를 묻히고 돌아와 웃으면서 말을 꺼내자 침통함도 사라졌다.

"바깥 날씨가 참 좋아."

이 말이 농담이라는 걸 가족들이 알아차리기까지 조금 시간이 걸렸다. 그들이 얼굴의 피를 닦아 주며 턱을 조금 벤 정도라는 것을 알아채자 한스는 커피 한 잔만 달라고 한 뒤 늙은 마가나무가 동쪽으로 기울기 시작했다고 말했다. 가족들은 다시금 바람이 끔찍한 남서풍에서 서풍으로 바뀐 것을 알아차렸다. 이는 또 다른 허리케인이 평범한 폭풍우 속으로 가라앉는 징조라 그것이 북쪽으로 방향을 틀고 온화한 강풍으로 변하고 마침내 강도가 약해져 가족들이 물을 다 날려 버리지 않고 축사까지 가져갈 수 있는 것이다. 이제 바브로와 마리아는 거의 반 이상 찬 물을 동물들에게 가져다줄 수 있었고 한스는 주방에서 턱에 난 상처를 만지작거리며 생각에 잠겼다. 그리고 갑자기 잉그리드에게 같이 나가서 바다를 보자고 했다. 불현듯 폭풍이 가장 격렬한 이 시기가 딸이 폭풍을 두려워하지 않는 법을 배우기에 적합하다는 생각이 들어서였다.

그는 왜 이런 생각이 들었는지 몰랐다.

잉그리드도 몰랐다. 하지만 그는 딸에게 코트를 입혔고 마틴은 고개를 저으며 손녀의 허리에 밧줄을 묶었다. 그들은 밖으로 나갔고 맹렬한 하늘 아래서 바람과 홍수의 강을 헤치며 남쪽으로 세 개의 돌담을 향해 걸어가 한 곳에 도착했다. 그 아래로 몸을 웅크리고 숨을 고른 뒤 다른 돌담으로 건너갔다. 한스는 모든 장애물을 거뜬히 넘었지만 잉그리드는 숨을 쉬려면 얼굴 앞으로 손을 모아야 했다. 폭풍의 마지막 보루인 러시아 나무가 누워 있는 뒤쪽 동산에 도착하니 깜깜한 어둠 위로 솟아난 물이 벽을 만들어 그들을 향해 밀려오면서 바위와 해변과 자갈에 부딪히고 모래와 조개와 얼음을 마구 던졌다. 누구도 마주할 수 없는, 혹은 이해하거나 기억할 수 없는 죽음의 트럼펫 같아서 그 자리에서 할 수 있는 일이라곤 마음속에서 그 광경을 지워 버리는 것뿐이었다.

"폭풍은 널 해치지 못해." 한스가 딸의 귀에 대고 소리쳤다.

하지만 잉그리드는 들리지 않았다. 두 사람 다 들리지 않았다. 그는 섬이 요동치고 하늘과 바다가 사나워졌지만 섬은 흔들릴지언정 물속으로 가라앉지 않으며 영원히 그 자리에 딱 붙어 있다는 걸 몸소 느껴 보라고 소리쳤다. 이 순간 딸과 공유하고픈 신앙 같은 거였다. 한스는 날이 갈수록 더 이상 아이를 가질 수 없으니 딸 하나로 만족해야 한다는 확신이 들었고, 그래서 섬이 절대 좌초하지 않는다는 기본 원칙을 가르쳐야 했다.

훗날 잉그리드는 그날 밤이 얼마나 이상했는지 되돌아보며 절대 잊지 못할 거라고 말할 테지만, 폭풍우가 지나가고 한참 뒤의 일이며 그제야 확실하게 섬이 모래알 이상이라는 사실을 깨달을 것이다. 이런 생각은 아빠가 아닌 엄마가 심어 준 거였다. 그날 부녀가 힘겹게 집으로 돌아오자 마리아는 잔소리를 퍼부었다. 바보 같은 남편이 딸의 생명을 위험에 빠뜨릴까 봐 축사에도 못 나가겠다며, 한 번만 더 미친 생각을 했다가는 이혼한 뒤 여길 떠날 거라고 으름장을 놓았다.

평범한 가정에서 이런 말이 나온 건 이번이 처음은 아니었다. 그들은 강철처럼 단단했지만, 잉그리드는 처음으로 그 말을 이해했다. 섬을 떠날 수 있다는 것이다.

잉그리드는 울음을 터뜨렸고, 한동안 마리아는 폭풍 때문이 아니라 자신이 뱉은 말 때문에 속상해서 그렇다는 걸 몰랐다. 아무 의미도 없는, 그저 화가 나서 한 소리일 뿐이었다. 하지만 사실대로 말할 수도 없고 당연히 바뢰이섬을 떠날 것도 아니었다. 그건 불가능했다. 사실 지금처럼 첫 겨울 폭풍이 삐걱거리는 벽 너머로 최후의 발악을 하면 사람들은 본모습을 잃곤 했다. 게다가 한 번 섬에 정착하면 섬이 모든 힘을 동원해서 붙잡는 통에 절대 떠날 수 없었다.

13

다음 날부터 가족들은 섬의 남쪽 해안을 따라 걸었다. 한스 바뢰이는 쇠스랑을, 마틴은 갈고리 장대를, 다른 사람들은 갈퀴를 들었다. 그들은 폭풍이 들판과 돌담에 갈색으로 쌓아 놓은 해초 더미를 걷어 낸 뒤 질기고 미끄러운 밧줄 같은 해초를 풀며 나무 토막, 통, 파래박, 뚜껑에 전갈 무늬를 새긴 신비로운 차 상자, 고장 난 벽시계, 잉크가 다 날아가고 물에 불어 버린 책 등 탄성을 지를 만한 물건들을 모았다. 그리고 고개를 숙인 채 풀을 뜯는 말이 끄는 수레에 집어넣었다. 하지만 말은 더 이상 서 있고 싶지 않은지 황소처럼 수레 축 사이에 드러누웠다.

말은 말이다. 게다가 어린 말도 아니다. 처음 섬에 올 때도 어리지 않았다. 말이 타고 온 보트는 잉그리드가 본 가장 큰 배였다. 크레인이 끌어서 뭍으로 들여와 언젠가 그들이 부두를 지을 로포텐 보트 창고의 바위땅에 안착시켰다. 말은 거칠고 무서운 얼굴에 하얀 이빨을 드러내고 발을 차고 힝힝거리며 울었다. 가족들이 할 수 있는 일이라곤 목줄을 풀어 침착해질 때까지 자유롭게 달리도록 해 주는 게 다였다. 조용한 말인 줄 알고 데려온 터였다. 교역소 풀밭에 평화롭게 서 있을 때는 확실히 그랬고, 솔직히 때를 잘 만난 덕분이었다. 한스는 말을 싸게 샀다. 완전 헐값으로.

하지만 말은 새로운 섬사람들을 보는 것이 즐거웠다. 그래서 미친 듯이 섬을 뛰어다녔다. 동쪽에서 바다를 만나자 갑자기 멈추고 더 많은 바다를 마주할 때까지 남쪽으로 달리다 다시 발길을 돌려 북쪽으로 뛰어갔다. 고개를 홱 치켜들고 갖은 발광을 하다가 다시 바다라는 장벽을 만나고 또 반복했다. 그러다 새 터전의 수많은 한적한 장소와 틈을 마주하고 결코 떠날 수 없는 섬에 왔다는 걸 깨달았다.

하지만 심성이 착한 말은 아니었다.

축사에서 다른 동물을 물고 발길질을 하는 바람에 여물통을 따로 마련해 주고 소들과 칸막이도 쳐 줘야 했다. 말을 막을 수 있는 건 오직 한스뿐이었다. 처음에는 막대기와 부츠로 무력을 쓰다가 점차 말이 하고 싶은 대로 하게 놔두기로 합의를 봤다. 건초와 토탄과 예초기를 실은 짐마차를 끌 수 있다면 그건 아무런 문제가 되지 않았다. 예초기는 가장 평평한 네 곳의 초원에서만 썼다. 한스는 이 말을 이용해 추가 비용 없이 간단히 쟁기질을 하여 감자밭도 더 크고 쉽게 만들 수 있었다. 그래서 말이 드러누워 아무 때나 자고 고개를 미친 듯이 흔들어도 모른 척했다. 그건 한스가 굴레를 잡아 줘도 잉그리드가 탈 수 없다는 뜻이기도 했다.

그런데 말은 이름이 없었다. 섬에 사는 모든 생명체는 이름이 있는데 말이다.

벌노랑이, 클로버, 미역취, 황새부리, 미나리아재비, 얼룩점박이난초, 메도스위트, 안젤리카, 실잔대, 디기탈리스, 범의귀, 메이

위드, 수영, 재갈매기, 바다쇠오리, 가마우지, 흰눈썹바다오리, 바다오리, 왜가리, 도요새, 마도요, 흰머리딱새, 검은턱할미새, 들쥐, 성게, 맛조개류, 돌개구멍, 북풍산마루, 시로미, 위성류아재비, 대황, 쐐기풀 그리고 두 계절 동안 애절하게 우는 큰 백조까지……. 그리고 길들여진 모든 것은 이름이 두 개였다. 소, 양, 고양이, 심지어 가족들이 고작 6개월만 데리고 있는 돼지까지 그런데 이 말은 이름이 없었고, 그래서 가축이면서도 다른 종류들과 달리 두 배로 이상하나 이 동물이 생겨 먹은 것이 그렇게 달랐다.

수레가 가득 차자 한스는 장화 끄트머리로 말의 갈비를 툭툭 건드려서 일어서게 했다. 혀로 소리를 내며 말 옆에서 걸어 에이커를 지나 북쪽 보트 창고로 갔고, 캔버스 자루에 건초를 넣어 말에게 준 다음 이 짐승이 발광하며 달아나지 않도록 문에 매 두었다.

가족들은 폭풍우가 해안가로 가져다준 물건들을 모두 내려서 분류했고, 다수를 차지하는 나무토막은 잘게 잘라서 쌓아 놓았다. 그런데 유리 찌가 스물여덟 개나 있었다. 마틴이 하나하나 살필 텐데, 부표가 있거나 없는 표식 다섯 개 중 하나는 5.5미터 길이의 밧줄이 달려 있어서 한스가 잘 말아 가지고 보트 창고의 고리에 걸어 두었다. 줄이 달린 그물못 네 개, 잡은 물고기를 넣어두는 보관통 다섯 개 중 일부는 로포텐 창고로 갔다. 라인 튜브 세 개 가운데 하나는 대가 없어서 마틴이 수리를 해야 했다. 건조대를 반 정도 만들 만한 작대기도 있고, 무거워서 두 사람이 온 힘을 다해 들어 올려야 하는 배의 화물칸 커버도 나왔다. 긴 방수 장화 여섯 켤레는 전부 멀쩡하고 하나만 누군가 굽을 잘랐거나 물어뜯어서 쓸 수 없었다.

그리고 카니발 가면도 있었다.

한스는 가면을 얼굴에 대고 잉그리드를 겁주려 하다가 냄새가
나서 얼른 치웠다. 가면은 뜨거운 물에 씻어야 할 것 같았다.

반짝이는 붉은 눈썹에 검은 콧수염을 달고 눈동자에 구멍이 뚫
린 악마 가면은 치아 없는 입과 흰 광대뼈가 높이 자리했고 뺨의
붉은 소용돌이는 위험하면서도 상냥해 보였다. 멍청하고 얼빠진
얼굴이지만 점액과 해초, 따개비를 떼어 내면 괜찮을 터였다. 색
상은 광택이 벗겨져 이상한 깊이를 더했다. 응접실 벽에 걸어 둬
도 손색이 없어서 그렇게 오랫동안 벽에 걸려 있다가 이 집을 찾
아온 손님의 눈에 들었다. 그는 고가에 사겠다고 제안하면서 그
돈만큼 가치가 큰 것은 아니라고 말했다. 외딴 섬 소박한 집에 이
국의 물건이 걸려 있으니 특이하나 더 흥미롭게 보이는 데다 그것
이 무슨 징조 같다면서도 더 자세한 설명은 하지 않았다.

하지만 가족들은 의구심이 들어 팔지 않았고, 가면은 응접실
벽에 계속 걸려 있다. 지금은 이 가면이 프랑스제이고 벽에 걸어
둘 가치가 전혀 없다는 것도 알지만, 그들은 징조가 아니라 하느
님을 믿었다.

그들은 타르를 칠한 기둥도 다섯 개나 찾았는데 전부 드릴 구
멍이 있고 볼트 상당수가 온전해서 새것처럼 보였다. 자연스레
같은 부두에서 건너온 잔해가 아닐까 생각했다. 누군가는 이번
폭풍에 부두 전체를 잃어버린 것이다. 완전 새 부두를. 그렇다면
장본인은 그리 멀리 있지 않을 테고, 어쩌면 남쪽 섬 중 하나에 사

는 그들의 지인일지도 모르는 일이라 한스와 마틴은 기둥을 들어 다른 것들과 함께 언젠가 자신들만의 부두를 지으려고 모아 두는 곳에 놓았지만 따로 쌓아 보관했다. 이런 귀중한 목재는 폭풍에 쓸려 온 것은 줍는 사람이 임자라는 규칙에서 예외를 두어야 한다고 이야기했다. 고유번호와 이름이 적힌 표류하는 배를 찾은 것과 마찬가지라 추가로 말이 있을 때까지는 잃어버린 사람의 소유라고 본 것이다. 이제 가족들은 자재를 꽤 모았고 이 기둥들을 지금 당장 쓰지 않더라도 한 걸음 더 나아가 생각하게 되었다. 부두 없이는 이곳에 살 수 없다는 것이었다.

14

2월의 바다는 간간이 청록색 거울로 변했다. 눈으로 덮인 바뢰이섬은 하늘에 떠 있는 구름을 닮았다. 서리가 내리자 바다는 짙은 초록색에 맑고 고요하고 젤리처럼 밀도가 높아 보였다. 그러다 투명한 필름처럼 수면이 완전히 얼었고 한 단계에서 다음 단계로 변했다. 섬이 얼음 테두리를 둘렀고, 그건 가장 가까이 있는 작은 섬들도 마찬가지여서 한층 더 크게 보였다.

잉그리드는 울로 짠 레게 부츠를 신고 바뢰이섬과 몰톨만 사이 빙판에 섰다. 발아래로 해초와 물고기, 조개들이 여름 풍경처럼 보였다. 성게와 불가사리와 볼락이 흰 모래 위에 있고 물고기는 해조류 숲 사이를 유유히 헤엄치는 광경이 투명한 얼음 돋보기를 통해 드러나서 잉그리드가 물 위에 떠 있는 것처럼 느껴졌다. 잉그리드는 이제 여섯 살이라 얼음이 얼면 그 위를 걷고 싶은 마음을 참지 못했다.

잉그리드는 얼음이 차츰 두꺼워져 안전해질 때까지 기다렸다가 돌을 던져 본 다음 몰래 가져온 아버지의 도끼로 두드려 가며 해안가에서 조금씩 앞으로 나아갔다. 도끼로 두드려도 깨지지 않는 부분이 잉그리드가 걸을 수 있는 곳이었다.

이제 잉그리드는 하늘의 구름을 닮은 몰톨만까지 순조롭게 걸어갔다. 잠시 눈 위에 앉아 숨을 고르다 육지보다 빙판이 더 위험할 건 없다는 걸 깨달았다. 그래서 다시 빙판을 걷다가 불안정하게 섰다. 바람, 새, 바다 같은 세상의 소리는 전혀 들리지 않았다.

잉그리드는 도움닫기를 하여 미끄러지고 배가 닿도록 몸을 내던져 섬 쪽으로 내려왔다. 육지에서 18미터쯤 떨어졌지만 너무 고요해서 목소리가 들렸다. 마리아가 마당에서 잉그리드를 보고 놀란 나머지 입을 턱 벌린 채 거친 몸짓으로 담장과 바위를 넘으며 눈밭을 헤치고 맹렬히 달려왔다.

하지만 그녀는 마치 장벽이라도 만난 듯 해변에서 멈추고 존재하지 않는 장애물에 걸린 것처럼 종종거렸다. 그 모습에 잉그리드가 웃음을 터뜨리고는 다시 도움닫기를 하여 미끄럼을 탔다. 마리아는 안 된다고 소리치며 보이지 않는 장벽 뒤에서 왔다 갔다 하더니 눈에서 무언가를 번뜩이며 빙판으로 발을 디뎠다. 줄 광대처럼 팔을 옆으로 쭉 뻗고 숨을 참으며 아랫입술을 깨물더니 마침내 딸을 붙잡았다. 그녀는 두 사람 다 안전한 것을 확인하고 나서야 화를 풀었다.

마리아는 물 위에 떠 있는 게 믿기지 않아 뻣뻣하게 선 채로 주위를 두리번거렸다.

"어서 가자." 그녀가 재촉했다.

두 사람은 미끄러지듯 몇 걸음을 옮겼고, 해변까지 몇 미터 남지 않았을 때 도움닫기를 하여 미끄러지며 웃고 숨을 헐떡였다. 하지만 잉그리드는 자유를 찾아 다시 빙판으로 돌아갔다. 마리아는 안 된다고 소리치면서 딸을 따라왔다. 모녀는 손을 잡고 북쪽 해안을 따라 미끄러지며 작은 암초와 섬들 사이의 만과 둥근 곳으로 들어갔는데 목소리가 들려서 쳐다보니, 바브로가 보트 창고에서 의자를 가지고 걸어오다 겁에 질린 표정으로 두 사람을 쳐다보았다. 모녀는 해안까지 나와 바브로를 빙판으로 끌고 가서 의자에 앉힌 다음 빙글빙글 돌려 주고 섬의 북쪽 끝자락으로 밀어 주었다. 바브로 역시 재미가 들려 뭍으로 가지 않았기에 모녀는 계속 돌려 주었다. 바브로는 소리를 치고 침을 흘리며 예터네셋을 돌아 카르비카의 폐허까지 갔다.

세 사람은 눈밭을 걸어 의자를 가지고 집으로 돌아왔다. 바브로는 의자를 밖으로 가져가선 안 되었다. 어망을 수리하러 보트 창고에 갈 때도 마찬가지였다.

빙판에 나가지 않은 사람은 마틴뿐이었다. 그는 집 안에 머물며 얼음이 얼었다는 사실을 믿지 않았다. 가족들이 계속 말했지만 이 섬에 얼음이 언 적이 한 번도 없었고 조류가 있기에 아무리 강한 서리가 내리거나 바다가 고요해도 그건 불가능하다고 여겼다. 그는 쳐다볼 생각조차 없었다. 하지만 아들이 로포텐에서 다시금 안전하게, 검은머리물떼새들과 같은 시기에 집에 돌아와서는 새 소식이 있는지 묻자 올겨울 섬 주위에 얼음이 얼었다고 말해 주었다. 불과 몇 시간일 뿐이지만 아주 두껍게 얼어서 빙판을 걸어 다닐 수 있었고, 강풍이 얼음을 깨서 뭍으로 가져다 놓았고, 몇 주 동안 부서진 유리 파편처럼 그렇게 있다가 3월 말이 되어서야 녹았다고 말이다.

아들은 아버지가 제정신인지 물었고, 마틴 노인은 아들에게 괜한 이야기를 했다고 후회했다.

15

새해 이틀 전 가족들은 겨울 어둠 속에서 불빛을 보았다. 얼링의 보트가 밤을 뚫고 나타나 해머라고 부르는 바위 위로 출렁거리자 그들은 정신을 가다듬었다. 도착하기까지 그리 오래 걸리지 않을 것이다. 모두가 이 순간을 손꼽아 기다렸다.

날씨가 좋으면 한스는 해머와 보트 난간 사이에 널빤지를 놓고 서커스 공연을 하는 사람처럼 올라가 라인 튜브 열 개, 찌 세 상자, 부표 열두 개, 삭구, 인부의 도움을 받아 옮긴 무거운 로포텐 서랍장 하나, 러그와 신 우유가 든 통, 방수포를 날랐다. 그러는 동안 얼링은 조타실 창문 밖으로 몸을 내밀어 날씨를 살피며 주머니에 손을 찔러 넣고 바위 꼭대기에 서 있는 아버지와 이야기를 나누었다. 어제도 만난 듯 무심해 보이지만 두 사람이 만난 건 8개월 전인 5월, 한스가 로포텐에서 한 계절을 보내고 여기로 돌아왔을 때다. 다만 그때 이후 누가 죽거나 새로 태어나는 등 아무 일도 일어나지 않았다. 얼링의 아내인 헬가도 마틴에게 인사를 전했다.

날씨가 나빠도 한스는 널빤지를 놓지만 어업 장비를 가지러 보트에 오르기까지 한참 더 시간이 걸렸다. 얼링은 여전히 조타실에서 고개를 내밀고 육지에 도착하기 전 바람에 관해 똑같은 소리를 할 테고, 왼손으로 키를 조종하며 들썩이는 보트를 바위 표면에서 떨어뜨려 무사히 멈출 것이다. 잉그리드는 매번 저러다 부딪치면 큰일이다 싶어 눈을 감았다.

이번에도 마틴은 돕지 않았다.

그는 이 섬의 선장으로 그 자리에 서서 작은아들이 장비와 씨름하는 동안 조타실에 있는 큰아들하고 바람이 불지 않을 때랑 똑같은 방식으로 무언가에 대해 이야기를 나누었다.

마리아와 바브로도 머릿수건을 우승기처럼 펄럭이며 가슴 앞으로 팔짱을 낀 채 바람을 맞고 서 있었다. 마리아는 가끔 얼링에게 놀라운 말을 던지기도 하는데, 얼링은 씩 웃으며 잉그리드가 알아듣지 못하는 대답을 했고 마리아는 웃음을 터뜨렸다. 마틴은 무시했다. 바브로는 오빠가 통 나르는 걸 돕고 싶었지만 항해용 선박에 여자가 오르는 것을 원치 않는다는 사실을 알았다. 좋은 게 좋다고, 뱃사람들은 와플이나 브라운 치즈도 배에 싣지 않고 휘파람도 불지 않는다. 하느님을 믿든 운명을 믿든 바다에서 휘파람을 부는 건 죽는 것과 마찬가지였다.

잉그리드는 이 자리에서 아빠가 떠나는 모습을 지켜볼 때면 너무 추워 뼛속까지 어는 느낌이었다. 새해 두 번째 날이며 365일 가운데 가장 슬픈 이날은 고물에서 흔들리는 랜턴이 높은 굴뚝에서 타오르는 불길처럼 밤하늘을 향해 서서히 흐려지는 모습으로 마무리되었다.

그리고 가족 모두가 심각해졌다.

폭풍 때문에 심각한 것이 아니라 한 해와 섬 생활의 외로움이 천천히 가르침을 보여 주었다. 갑자기 가족이 줄었고 그들은 이 섬의 수장을 잃어버린 채 걸음을 옮겼다. 가족들은 목소리를 낮춰 이야기하거나 입을 닫거나 성질을 내고 안달을 부렸다. 게다가 로포텐은 아무 탈 없이 돌아올 수 있는 곳이 아니었다. 매해 겨울 그곳에서 200명이 넘는 남자가 목숨을 잃지만 공식적으로 알려지지 않아 추정만 할 뿐이었다. 하느님의 땅인 이 해안가만큼 무덤 없는 십자가가 많은 묘지는 세상에 없을 것이다.

그리고 시간이 흘러 다시 1월이 되었다.

그렇게 석 달이 더 지났다. 서리와 눈보라와 악마의 달이.

그리고 이상하게도 새로운 희망이 가족들을 감쌌다. 희망은 검은 하늘에 태양과 함께 떠올랐다. 1월 초에는 멍든 눈 같다가 2월이 되자 벌겋게 변했고 마침내 하늘이 밝아져 분화구 같아졌다. 그들은 신앙심 깊은 남자를 소용돌이치는 어둠 속으로 보냈고, 지금은 그가 살아서 돌아오길 바라는 터, 혹시나 주머니 가득 돈을 가져올지도 모르며 이는 결국 섬의 희망으로 바뀌었다. 가장이 어구와 물고기 판 돈을 받아서 돌아올 거라고 말이다.

사실은 그에게서 편지 한 통을 받았다.

편지는 이웃 섬인 스탕홀만에 사는 토마스나 하브스테인의 누군가가 보내 주는데, 그곳은 겨울이면 남자들이 집에 머물며 연안에서 고기를 잡기 때문에 편지는 보통 부활절 무렵 날이 좋을 때 도착한다.

하지만 이번 편지는 짧았다.

그리고 그들이 기억하는 남편이자 오빠이자 아들이자 아버지의 방식으로 쓰이지 않았다. 모르는 사람이 쓴 것처럼 성경 구절과 미사여구가 많았다. 가족들은 섬의 가장이 한층 더 멀게 느껴졌는데 차라리 편지를 안 받는 편이 나았을 거라고 생각할 정도였다. 마리아도 그렇다고 말했지만 적어도 그들은 한스가 안전하다는 걸 알았고, 아무튼 시간이 흐르고 어획은 쭉 이어졌으며 그가 돌아올 날에 대해 안내를 받았다. 이제 대구의 간을 찌고 구두를 수선하고 밑창에 징을 박은 부츠도 새로 기워서 그가 낡은 부츠를 신고 발이 얼지 않도록 해 주는 것이 그들의 할 일이고 성숙하게 대응하는 일이었다.

마침내 그가 집으로 돌아왔다. 야윈 몸에 반쯤 미친 듯한 눈동자는 다시 살아나고 싶은 욕망과 수면 부족이 함께 깃들어 있어 세 살은 더 늙어 보였다. 그는 지금 당장 가족들에게 필요한 부두를 지으러 갈 것인지, 아니면 침대에 누워 푹 잘 것인지 결정하지 못했다.

아빠이자 남편이자 오빠이자 아들이 집으로 돌아오고 이상한 날들이 이어졌다. 지금은 4월 말이라 하루 종일 해가 쨍쨍하고 심지어 밤도 없이 오로지 아침에만 조금 어두울 뿐이고 처음으로 파릇한 풀이 오르고 어린 양들이 나타나고 솜털오리가 해안가를 뒤뚱뒤뚱 걸었다. 여행에서 돌아온 사람은 모든 것이 그대로라는 사실에 만족했는데, 집을 떠났던 사람이야말로 시간이 그 자리에 멈춰 있다는 걸 깨닫고 가장 기뻐할 장본인이었다.

아침에 북쪽 방에서 웃음소리가 난 뒤 잉그리드의 부모가 주방

74

으로 나왔다. 여자들끼리는 커피를 마시지 않는 터, 넉 달 만에 주방에서 다시 커피 향이 풍기자 마틴은 이제야 살겠다고 말했다. 한스는 북쪽에 머문 이야기를 들려주었고, 그건 미화된 개인의 일화였다. 그는 잉그리드가 많이 자랐다고 되뇌며 이제 너무 커서 무릎에 앉힐 수 없다고 했다. 그러든지 말든지 잉그리드는 아빠 무릎에 앉았고 아직 몇 년 더 그렇게 할 거였다. 갈매기 알과 봄 농장 일과 오리털과 평화로운 여름의 계절이 왔고 그들은 끊임없이 일했다. 드디어 가을이 찾아오고 부두가 현실이 되었다. 계획한 것처럼 타르칠 기둥을 세운 부두가 아니라 바위로 만든 부두였다. 모든 것이 잉그리드의 행복한 어린 시절 기억과 똑같을 수 없는 건 세상엔 불안이라는 불길함이 존재하기 때문이다.

16

인생에서 피할 수 없는 두 가지가 빈곤과 전쟁이다. 지난겨울은 힘들 뿐 아니라 어획량까지 적어서 가혹했다. 하지만 6월인 오늘 한스는 교역소에서 외국 말을 들었다. 스웨덴어였다. 모르는 남자 다섯이 톰메센 교역소장 주위를 빙 둘러섰는데 그중 한 명이 스웨덴어를 썼다. 다른 사람들은 아무 말도 하지 않았다. 하지만 그들 역시 스웨덴 사람이었다.

한스는 가염실에서 전쟁 때문에 스웨덴 상황이 좋지 않다는 말을 들었다. 밖에 있는 다섯 남자는 벽돌공이며 숙식을 제공하는 곳에서만 일하고 싶어 했는데, 지금은 톰메센의 새 헛간에 주춧돌 놓는 작업을 하는 중이고 그다음에는 새로 짓는 건어물 창고의 기초 작업을 한다고 했다.

한스는 교역소에 소금과 청어 몇 통을 사러 왔다가 볼트, 판자, 타르칠 기둥 여섯 개, 160미터 길이에 5×13센티미터짜리 널빤지를 샀다. 하지만 돈이 절반이나 모자란 데다 물건을 배달시켜야 했다. 물론 배달료도 없었다. 하지만 그는 신경 쓰지 않았다.

그는 섬으로 돌아와서 마리아와 단둘이 이야기를 나누었고, 다음 날 마틴과 상의도 없이 해변에 기둥 박을 구멍을 뚫기 시작했다. 로포텐 해머에서 그리 멀지 않은 곳이었다. 여기서 기둥이 후미 쪽으로 내려간다. 이것은 보트 창고의 시작 부분으로 아주 크고, 말뚝 위에 세워져 육지에서 넘어가는 경사가 완만한 헛간 다리를 닮았다. 서쪽 벽에는 큰 문을 달았다. 그리고 밖으로 튀어나온 플랫폼 아래에 계단을 달아 해안가로 연결하여 만조에 작은 보트들이 정박할 수 있게 했다. 그러나 마틴은 이 계획의 반은 헛된 꿈에 지나지 않는다고 생각했다. 아들이 부두를 완전히 다 만들 배짱이 없거나, 아니면 언제나처럼 돈이 문제가 되지 않을까?

6월 내내 낮이고 밤이고 비가 내렸다. 5월에는 너무 건조했는데 지금은 저수조가 다시 가득 찼다. 연못과 동물들이 물을 마시는 바위 웅덩이도 마찬가지였다. 최근 몇 년 동안 토탄을 캐내던 습지의 배수구도 강둑을 넘어 물이 차올라 사각형의 갈색 호수가 되었고, 가족들은 동물이 빠지지 않도록 신경 써야 했다.

그리고 올해는 건초를 만들 수 없었다.

하지만 7월 중순이 되자 서서히 동풍이 찾아오고 날씨가 맑아졌다. 덕분에 모든 것이 말라서 습지의 갈색 호수도 차츰 가라앉고 검게 갈라진 딱딱한 표면만 남았다. 가족들은 건초의 절반을 구할 수 있었다. 다시 쉼 없이 비가 내렸고 남은 건초는 전부 못쓰게 되었다. 다행히 9월 초 새로운 보트 하우스가 완성되었다. 밖에 놔둔 어망과 도구는 창고에 넣지 않았다. 막 수확한 밀짚과 담요를 덮어 만든 이층침대 다섯 개를 비롯해 창가에는 테이블과 의자 두 개, 벤치 하나를 놓았다.

사흘 뒤 교역소의 화물선이 스웨덴 노동자 다섯을 싣고 왔다. 그들은 식량과 연장이 가득 든 배낭을 메고 숲과 산을 넘어 3주 만에 이곳까지 왔다. 여름 내내 교역소에서 일하고 이 섬에 온 것 인데 실력이 꽤 좋은 기술자였다.

　그들은 해머를 폭파해서 얻은 돌을 한스가 저수조를 지은 기 법으로 쌓았고 일주일 만에 만조 수위에 맞췄다. 청명한 가을날 이라 볕에 말린 옷을 입고 일했으며 높새바람이 축축한 숨결처럼 땀을 식혀 주었다. 또한 이 인디언서머에 잃어버린 건초를 좀 구 제해 주었다. 온 가족이 작은 섬에서 큰 낫으로 건초를 베며 일주 일을 보냈는데, 매일 저녁 집으로 건초를 가져와 마당 남쪽 경사 지에서 말리고 곧장 헛간으로 가져갔다. 건초는 초록색이지만 그 래도 말랐다.

　그리고 스웨덴 사람들이 1미터를 더 쌓아 올렸다.

　하지만 그들은 엄청나게 먹어 댔다. 마리아와 바브로는 빵을 굽고 대황잼을 만들었으며 일요일마다 커피와 버터를 주었다. 마 리아는 날마다 물고기를 삶아서 오래된 감자와 함께 건넸다. 덕 분에 지하실이 비어서 이 섬에 온 뒤 처음으로 지하실 청소를 할 수 있었다. 그녀는 물로 씻고 닦다가 쥐구멍 세 개를 찾았고 한스 가 시멘트로 막아 버렸다. 가족들은 토탄으로 서리에 망가진 외 벽을 보수하고 헛간의 낮은 바닥에 새 외양간을 세우고 감자를 캐기 시작했다. 그들이 감자를 캐는 동안 열심히 일하는 스웨덴 사람들은 1미터를 더 쌓아 올렸다. 이제 플랫폼을 나무로 할 것인 지 돌로 할 것인지 정하는 일만 남았다.

한스는 손님들이 자는 보트 하우스를 위해 모아 둔 자재를 모두 썼다. 사실 그보다 좀 더 많이 썼지만 아무튼 바닥도 돌이어야 했다.

걸작이 탄생했다. 그는 부두로 걸어 들어가던 날 눈물을 흘렸다. 바뢰이의 색조와 음영에 맞게 붉은 화강암 모자이크로 장식하고 바닥은 교회처럼 흰 조개껍데기가 들어간 모래를 발랐다. 여덟 개의 볼트 기둥이 바다를 향해 내려갔는데 그중 세 개가 부두에서 1미터 위로 솟아 보트들이 정박할 수 있는 기둥이 되어 주었다. 부두는 증기선도 들어올 수 있었다. 앞쪽과 고물에 스프링을 써서 두 줄로 고정하게 만들었다. 그런데 자랑스럽던 로포텐 보트 창고가 아주 안쓰럽게 작아져 마치 야외 화장실처럼 안 좋은 위치에서 잿빛으로 일룩져 버렸다. 한스는 이미 내년을 위한 새로운 계획을 세웠다.

섬에 외국 사람을 들이는 건 낯선 일이었다. 결국 인구가 두 배로 늘어난 셈이니까. 그들이 찾아온 첫 주에 가족들은 바브로가 부두 공사장에 가는 걸 막았다.

"난 섹스하고 싶다고!" 바브로가 큰 소리로 외쳤다.

마리아는 잉그리드의 귀를 막으며 바브로가 정신박약이 틀림없다고 생각했다.

바브로는 잉그리드가 들어서는 안 되는 다른 말도 했다. 하지만 잉그리드는 누가 자기 귀를 막는 걸 좋아하지 않았고 그게 뭔지도 알았다. 바브로가 직접 말해 준 데다 그녀가 입에 올린 스웨덴 남자의 이름이 라스 클레멧이라는 것도 알았다. 그는 많아 봐야 스물이고 바브로가 이해할 수 있는 방식으로 말하는 유일한 사람이었다. 바브로는 라스 클레멧을 좋아했다. 그는 일하지 않을 때면 그녀와 농담을 하고 이야기를 나누었으며 노래도 잘했다. 바브로도 노래는 잘했다. 그녀는 의자를 챙겨 해머로 갔고 경계심 많은 왕비처럼 앉아서 작업자들이 일하는 모습을 지켜보았다. 남자들의 날렵한 나체가 땀과 소금기로 번뜩이며 늦여름 햇살에 점점 더 구릿빛으로 변했고 힘줄과 근육이 꿈틀거렸다. 바브로는 빵을 구워서 가져갔고 그들에게 유일하게 풍족한 대황으로 만든 새 잼도 챙겼다. 라스 클레멧은 유일하게 바닷물로 씻는 사람이라 말 누린내 대신 바닷물과 해초 냄새를 풍겼고, 이렇게 좋은 음식은 먹어 본 적이 없다며 아무도 보지 않을 때 바브로의 엉덩이를 꼬집었다. 그나저나 섬은 얼마나 클까?

북쪽에서 남쪽까지 1킬로미터가 좀 못 되고 동쪽과 서쪽은 500미터 거리이며 돌 틈, 작은 풀숲, 계곡, 해안으로 파고든 깊은 후미, 바위투성이인 긴 곶과 백사장 세 곳이 있다. 그리고 평상시에는 마당에서 양들을 지켜볼 수 있지만 웃자란 풀에 누우면 잘 안 보이는데, 그건 사람도 마찬가지라 섬에는 그 자체의 비밀이 있다.

또 다른 문제는 마리아와 한스 그리고 마틴이 바브로에게 점점 주의를 기울이지 않았다는 점이다. 그들은 건초를 만들고 말리는 작업만으로도 바빴다.

마침내 스웨덴 사람들이 섬을 떠나는 날이 되자 잉그리드를 포함해 가족 모두가 그들과 악수를 나누었고 외국인들은 숙식과 별도로 돈을 조금씩 더 받았다. 한스는 전 재산 이상을 털었지만 그 대가로 얻은 돌로 만든 부두가 영원할 것을 알기에 그들이 요구한 것 이상을 주기 전에는 돌려보낼 수 없었다. 한스는 그들이 받아야 할 몫을 줘야 했지만 그만큼 가지고 있지 않아서 양쪽이 모두 만족하는 타협안을 제시했다. 스웨덴 사람들은 10월 초부터 쭉 내린 비를 맞으며 떠났고, 바뢰이 가족은 헤어지는 게 슬프지만 원래 인구로 돌아온 것에 안도했다. 방문객을 들인 장점이 있었다. 그들이 떠나고 가족들만 남자 이것으로 충분하지 않다는 걸 느꼈다. 방문객으로 말미암아 상실감을 느낀 것이다. 그들은 섬사람들이 무언가 부족하다는 걸 분명히 깨닫게 해 주었다. 어쩌면 손님이 오기 전부터 그랬을 수도 있고 앞으로도 그럴 것이다.

17

한스는 망원경을 갖고 있었다. 다만 어딘가에 가지고 있을 뿐 사용한 적은 한 번도 없었다. 심지어 어디서 났는지도 기억하지 못했다. 가족들은 짐으로 발 디딜 틈 없는 보트 창고에서 도구와 장비를 챙겨 스웨덴 사람들이 지은 보트 하우스로 옮기는 중이었다. 한스는 기름칠한 캔버스천 뭉치를 찾아 손에 들고 궁금해했다. 기억하기론 그의 것이었다. 그는 천을 풀면서 생각했다. 이건 망원경이야. 맞아…….

망원경은 40배율짜리로 검은 광택이 나는 가죽 같은 모델이었다. 둥근 황동 몸통 네 개에 역시 황동 접안렌즈가 달려 있고 초점 조절 나사가 있었다.

그는 아버지에게 망원경을 보여 주었다.

마틴도 같은 생각을 했다. 맞아, 이건 망원경이야.

그런데 어디서 났는지에 대해, 마틴은 카르비카의 폐허를 언급하며 아버지에게 물려받았다는 것 말고는 더 이상 답을 하지 못했다. 마틴의 아버지는 어부가 되기 전에 도선사이자 등대지기였고, 망원경은 범선에서나 쓸 법한 거였다.

한스는 밝은 가을 햇살 아래로 망원경을 들고 나가서 좀 더 자세히 살폈다. 어릴 적에 이걸 가지고 논 적이 없는 이유를 생각하다 기억이 났다. 안 가지고 논 게 아니라 못 가지고 논 거였다. 그는 아버지에게 사실대로 말했다. 마틴은 미소를 지으며 자신도 아버지가 허락하지 않아서 갖고 놀지 못했다고 대답했다.

한스는 보트 하우스 밖에 작업대로 쓰려고 만든, 세 개의 돌기둥에 올린 슬레이트 판에 망원경을 놓고 웅크리고 앉아 초점을 맞췄다. 발치에 서 있는 듯 본섬의 산맥이 뚜렷하게 보였고 벌써 첫눈이 내려 반짝이는 모습을 확인할 수 있었다. 그런데 집들이 들어선 걸로 아는 해안이 보이지 않았다. 지구 표면의 만곡 때문에 건물들이 바다 너머로 사라진 것이다.

마틴 역시 부질없는 산맥만 볼 수 있었다.

두 사람은 미소를 지었다.

한스는 본토 쪽으로 망원경을 돌리고 교회와 교역소, 목사관, 집들을 하나씩 살피며 중얼거렸다. 저기가 콘라드가 사는 곳이야. 저긴 올라브네 집이야⋯⋯. 그는 누가 창문에 커튼을 쳤고 누가 집에 페인트칠을 했는지 볼 수 있었다. 그러다 자신과 상관없는 남의 재산을 엿보는 기분이 들어 그만 몸을 세웠다.

그는 아버지에게 망원경을 건넸다. 마틴이 자세를 잡았지만 그 또한 얼마 지나지 않아 고개를 돌렸다. 한스는 아버지도 자신과 같은 마음임을 눈치챘다. 어쩌면 그들에게는 이 망원경이 필요 없을지도 모른다. 그들은 망원경을 로포텐으로 가져갔지만 렌즈를 통해 본 모든 것이 눈을 떼면 곧바로 사라지는 터라 역시 쓸모가 없었다.

그런데 이 망원경은 무겁고 단단한 최고 품질의 업무용이라 분명히 비쌀 것이다.

한스는 자신이 가진 것 중에 이만큼 값나가는 물건이 또 있는지 생각해 보았고, 육분의 혹은 집안의 가보로 얼링의 배에 있는 나침반이 떠올랐다.

또 있을까?

정말로 값나가는 걸 그가 가지고 있을까?

그는 망원경을 들고 집에 들어가서 마리아를 남쪽 방으로 데려갔다. 창틀에 망원경을 올려 두고 그녀의 고향인 부요이섬을 보라고 했다. 그녀는 침대에 무릎을 꿇고 앉아 고향 집을 보고는 놀라 움찔했다. 그가 무엇이 보이는지 물었고, 아내는 확실하지 않다며 다시 한쪽 눈을 감고 집중했다. 그는 침대에 누워 아내를 올려다보았다. 아내는 사람들이 보이는 것 같다고 말했다. 아내의 표정을 보니 무언가를 맛보고 나서 좋은지 싫은지 결정하지 못할 때처럼 어리벙벙한 기분인 걸 알 수 있었다.

"내가 한번 볼게." 한스가 몸을 일으키며 말했다.

그는 건물을 보았다. 하나하나 세어 보니 별채와 보트 창고를 포함해 모두 열여덟 채였다. 보트 한 척이 부두에 정박했는데 천천히 가라앉아 돛대 꼭대기만 보이다 다시 천천히 올라왔다. 큰 너울이 배가 사라지게 만들었다가 다시 시야에 내놓았다. 사람은 볼 수 없었고 양 혹은 말 같은 무언가가 쟁기로 갈아 둔 가을 들판에 있었다.

마리아가 다시 망원경을 가져갔다.

한스는 팔로 머리를 받치고 누워 돈이 없다고 말했다. 마리아는 망원경에서 눈을 떼고 남편을 쳐다보았다. 그는 다시 말했고 이번에는 아내를 쳐다보지 않았다. 마리아는 이미 안다고 대답했다. 그 사실을 안다는 게 전혀 행복하지 않은 목소리였다. 그리고 두 사람 다 망원경에 흥미를 잃었다.

그녀는 왜 지금 그 이야기를 하는지 물었다. 한스는 모르겠다고 대답했다.

"심각해요?" 그녀가 물었다.

그는 대답하지 않았다. 마리아가 얼마나 심각한지 물었고 그는 이야기를 꺼낸 게 미안했다. 그녀의 눈동자에 무언가 일렁이더니 망원경을 들어 그의 배를 때렸다. 그는 자신을 죽이려는 것인지 물었다. 마리아는 그렇다고 말하며 한 번 더 망원경을 휘둘렀다. 한스는 아내의 팔을 잡고 그녀의 옷을 찢어 얼굴에 미소를 되찾아 주고픈 충동을 느꼈다. 한낮에, 일할 시간에, 훤한 대낮에 말이다. 하지만 조용히 자리에서 일어나 자신을 향해 소리치는 아내의 의중을 외면하고 마당으로 나갔다. 마틴과 잉그리드가 서서 그를 쳐다보았다.

"뭘 그렇게 빤히 쳐다봐요?"

마틴은 현행범으로 잡힌 사람처럼 서둘러 몸을 돌리고 팔을 허우적거리며 보트 창고로 걸어갔다. 한스는 망원경을 든 채 아버지를 쫓아가야 하나 생각하며 그를 쳐다보았다.

잉그리드가 손에 든 게 뭐냐고 물었다. 그는 망원경이라고 말해 주었다. 딸은 그게 뭐냐고 물었다.

잘 보렴. 그는 헛간 다리까지 가서 망원경으로 풀잎에 초점을 맞추고 딸에게 보여 주었다. 딸은 접안렌즈에 눈을 대고 움찔하더니 곧 웃음을 터뜨렸다. 웃음소리가 항상 좋은 건 아니다. 딸은 다시 망원경을 들여다보았다. 이번에는 스탕홀만의 집들을 보며 계속 미소 지었다. 하지만 그는 그만하면 됐다면서 망원경을 챙겨 보트 창고로 갔다. 한스와 마틴은 끝내지 못한 일이 있는 것처럼 서로를 쳐다보았다.

하지만 그리 오랜 시간이 걸리지 않았다.

마틴이 해덕 줄과 미끼가 들어 있는 어업용 상자를 들고 새 보트 하우스로 느릿느릿 움직였다. 한스는 캔버스에 망원경을 돌돌 말아서 아버지를 뒤따랐다. 그리고 망원경을 선반 꼭대기에 올려놓았다. 망원경은 다른 누군가가 "맞아, 그건 망원경이야."라며 다시 찾을 때까지 그 자리에 있었다. 한스는 사람의 눈이 어느 정도 이상을 보지 못하는 데는 이유가 있을 거라고 혼잣말을 했다. 이는 눈과 눈이 바라보는 사물 모두에게 좋은 일일 테고, 아무튼 지금은 본토와 관련해서 가장 우울해지는, 생각하고 싶지 않은 돈 문제는 잊어버렸다.

18

잉그리드는 주방에서 나는 소리를 들으며 평상시와 다르다는 것을 알았다. 바브로 고모의 목소리가 빠진 것이다. 게다가 엄마 목소리가 너무 컸는데 잉그리드가 계단을 내려오자 갑자기 어색하게 끊어져 버렸다.

밖은 춥고 어두웠으나 바람은 불지 않았다. 몇 시간 안에 하늘은 밝아질 것이고, 어쩌면 오후에 남쪽에서 붉은 해를 살짝 볼 수 있을지도 모른다. 하지만 바브로 고모는 없었다. 그녀와 페링 보트가 사라졌다. 한 방향으로 난 발자국이 새로 내린 눈을 지나 보트 창고를 향했기에 찾아볼 필요조차 없었다. 창고도 양쪽 문이 활짝 열려 있었다. 그녀는 돛을 가져가지 않고 직접 노를 저었으며 바다에서는 아무것도 보이지 않았다.

가족들에게는 큰 보트와 노 젓는 작은 보트, 또 다른 페링인 빈스달 등 배가 여러 척 있었다. 하지만 어느 것도 바다에 띄우지 않았다.

"바브로 고모는요?" 잉그리드가 물었다.

"고모는 갔어." 엄마가 대답했다.

더 이상 아무 말도 없이 하루가 흘러갔다. 할아버지는 손마저 평상시 같지 않았다. 얼굴은 잿빛이 되었다. 잠잘 시간이 되자 잉그리드는 아빠가 로포텐에 있을 때 그랬던 것처럼 안방 침대에서 자도 된다는 허락을 받았다. 마리아는 앞으로 며칠 동안 양들에게 자작나무 가지를 줘야 한다고 말했다. 가지가 씹어 먹는 데 시간이 더 걸리며 건초가 점점 줄어드는 터라 소와 말들도 생각해야 했다. 마리아는 또한 동물들을 해변에 몰고 갈 수 있도록 서리가 좀 누그러들길 바란다고 했다. 앞으로 날씨가 더 좋아지고 곧 비가 와서 동물들이 긴 풀을 뜯을 수 있을 거라고 보았다.

잉그리드가 침대에서 뜨개질을 해도 되냐고 물었다.

마리아가 너무 춥지 않겠냐고 되물었다.

잉그리드는 오리털 이불을 어깨에 두르면 괜찮다고 대답했다.

마리아는 딸 옆에 누워 뜨개질하는 법을 알려 주다 잠이 들었다. 잉그리드도 뜨개질감을 내려놓고 잠을 청했다. 깨어나 보니 엄마는 여전히 자고 있었다. 고양이도 마찬가지고. 창유리를 통해 푸르스름한 빛이 들어오는 걸 보고 늦잠 잔 것을 알았다. 잉그리드에겐 새로운 경험이었다.

잉그리드는 자리에서 일어나 추운 주방으로 가서 스토브에 땔감을 넣고 불을 지핀 다음 토탄을 넣었다. 스토브를 담당하던 바브로가 가르쳐 준 방식이었다. 이제 스토브는 잉그리드 몫이 되었다. 잉그리드는 토탄통이 빈 것을 보고 통을 챙겨 헛간 북쪽 벽 위에 자리한 창고로 갔다. 추웠다. 눈을 치우고 삐걱거리는 경첩 문을 열어 통을 채웠지만 너무 무거워서 토탄 덩어리 절반을 꺼낸 뒤 문을 닫고 집으로 돌아왔다. 그러는 사이 손이 꽁꽁 얼어

버렸다. 잉그리드는 손바닥에 피가 돌고 찌릿함이 느껴질 때까지 스토브 앞에서 몸을 녹였다. 그리고 할아버지 방으로 가서 잠든 할아버지를 흔들어 깨웠다. 마틴은 악몽을 꾸다 깬 것처럼 보였다.

"악마야." 그는 서리가 낀 창유리 뒤의 회색 빛을 보고 말했다. "때가 온 건가!" 그리고 다시 잠이 들었다.

다음 날 아침도 마찬가지였다. 어른들은 다음 날도 늦잠을 잤다. 그들이 게을러진 것이거나 오랜 피로에서 회복되는 중이거나, 아니면 이 집의 시계이자 시간기록자였던 바브로가 없어서 그런 걸 수도 있다. 하지만 잉그리드는 일어나서 불을 피우고 토탄을 가져왔다. 사흘째 되는 날은 헛간에 얼씬도 안 하는 할아버지가 그곳에서 엄마와 말다툼하는 소리를 들었다. 페링에 관한 문제였다. 두 사람은 바브로가 다른 보트가 세 척이나 있는데도 가장 좋은 보트를 가져간 걸 원망했다.

웬일인지 잉그리드는 그 자리에 가만히 서서 두 사람의 이야기를 계속 듣게 되었다. 가족들은 고모가 사라졌을 때 놀라지 않았고 가장 이해할 수 없는 사건이라 여기면서도 결국은 받아들였다. 그러다 잉그리드는 고모가 죽었다는 걸 깨달았다.

그날 밤도 잉그리드는 안방 침대에서 뜨개질할 수 있었다. 끈끈한 털실은 라놀린 냄새를 풍겼고 빛바랜 빨강과 노랑 실이 그녀의 손가락을 부드럽게 단련시켜 눈물을 참고 싶을 때면 손가락에서 딱 소리가 날 때까지 뒤로 젖혔다. 마리아는 하지 말라고 주의를 주었다. 그리고 날씨를 보니 곧 서리가 멈출 것 같고 잉그리드가 뜨개질을 잘하니 그물이나 대구 어망도 만들지 않겠냐고 물었다.

"어쩌면." 잉그리드가 대답했다. 바브로 고모가 가르쳐 준 덕에 땔감을 나르는 데 쓰는 두꺼운 후릿그물 일부와 달걀을 수거할 때 쓰는 그물 바구니를 만든 적이 있었다. 하지만 꼭 그럴 필요가 있냐고 몸 구석구석에서 열을 내며 말했다. 그들에게는 그물이 충분하고 바브로 고모가 겨우내 그물을 만들어 두었으며 얼마후면 집으로 돌아올 테니까.

"아니." 엄마가 단정 지어 말했다. "고모는 돌아오지 않아."

"아니, 돌아올 거예요." 잉그리드도 지지 않았다.

19

서리는 한층 심해졌고 북동풍이 강하게 불어 닥쳐 더욱 춥게 느껴졌다. 잉그리드와 마리아는 마틴의 방 위에 자리한 남쪽 방으로 옮겼다. 바닥문을 열어 둔 터라 아래층 마틴의 방에서 지핀 난롯불의 열기가 고스란히 올라왔다. 그들이 한방에 있는 것은 아니지만 엄마가 잘 때 잉그리드는 할아버지가 잠자는 소리를 들었다.

혹한이라 마틴은 고기를 잡을 수 없었다. 그들은 명태, 소금에 절인 청어, 감자, 빵과 잼을 먹었다. 얇은 자작나무 가지가 다 떨어졌지만 마틴은 날이 너무 추워서 사료로 쓸 켈프를 찾아 해변을 샅샅이 살피고 싶지 않았다. 미리 했어야 하는데 지금은 너무 늦은 데다 양들이 해변으로 내려갈 수밖에 없었다.

잉그리드와 마리아는 양들을 해변으로 데려갔다. 그런데 달그락거리는 얼음 덩어리가 다리에 들러붙자 양들이 발을 차고 굴러서 오히려 얼음딱지가 생겼고, 얼음딱지가 점점 더 무거워지자 비틀거리며 걸었다. 잉그리드는 엄마가 겁에 질린 걸 알았다. 모녀는 양을 집으로 몰았다. 몇몇은 강제로 끌어야 했으며 털에 묻은 얼음은 헛간으로 돌아와서 하루가 지나도 녹지 않았다. 그동안 소에게 줘야 하는 건초와, 마리아랑 잉그리드가 쇠갈퀴로 긁어서 썰매에 싣고 온 해초를 끓여 만든 사료를 먹였다. 마틴은 이때도 돕지 않고 침대에 누워 딸을 잃어버린 슬픔에 젖어 있었다. 가족들은 또한 작은 대구의 간과 삶은 명태, 먹고 남은 음식을 양에게 주었으며, 그걸 먹은 양들은 몸을 떨며 어지러움을 느꼈다.

결국 마틴이 자리에서 일어나 옷을 최대한 껴입고 노 젓는 작은 배를 띄워 새 보트 하우스 밖 바다로 자망을 던졌다. 하지만 그가 끌어올리려고 하자 자망이 얼음 덩어리로 변해 버려서 며칠이고 그냥 놔둬야 했다. 날마다 최선을 다해 물고기를 건졌지만 2주가 지나자 자망에는 해초와 조류만 가득할 뿐 더 이상 물고기가 나오지 않았다. 마틴은 어쩔 수 없이 바브로가 가장 최근에 만든 그 자망을 그냥 놔둘 수밖에 없었다.

하지만 이내 그들은 다시 신선한 고기를 잡았고 얇은 비스킷과 함께 먹었다. 물고기 간도, 감자도 있었다. 다만 지금은 차가운 공기가 들어가지 않도록 지하실에 내려가지 않는 것이 중요했다. 가족들은 지하실 위에 쌓인 많은 눈을 치우고 한 번에 일주일 치 분량의 감자를 물고기 보관용 상자에 담아 응접실 바닥에 보관했다. 그들은 주방 스토브에서 보통은 크리스마스 전에 먹는 감자떡을 구웠다. 집 안이 크리스마스 냄새로 가득 찼다. 그리고 마침내 서리가 물러났다. 지난겨울은 너무 추워서 얼음띠가 온 섬을 에워쌌다. 올해는 바람 때문에 한층 더 추웠다.

20

보트를 처음 본 사람은 잉그리드였다. 잉그리드는 보트 창고 옆 곳의 젖은 눈 위에서 무릎서기를 하고 있었으며 갈매기에게 던져 줄 눈뭉치를 만들 때도 손가락이 시리지 않았다. 갈매기는 눈뭉치가 먹이인 줄 알고 내려와서 서로 먹으려 했다. 잉그리드는 머리에 두건을 하나만 둘렀다. 서리가 내릴 때는 세 개를 두르고 하나로 얼굴을 가렸다. 지금은 다 벗어 던지고 올해 들어 처음으로 머리카락에 닿는 바람을 느끼며 겨울이 지나갔다는 것을 알았다.

보트는 하나가 아니라 두 척이고 두 번째 보트는 끌려왔다. 첫 번째 보트에는 검은 옷을 입은 사공 넷과 다른 사람 셋이 탔고 두 번째 보트에는 아무도 없었다. 바브로와 함께 사라진 바뢰이의 페링이었다.

잉그리드는 측면의 색을 보고 그 배를 알아차렸고 엄마한테 알리기 위해 집으로 뛰어갔다. 그런데 마리아도 이미 배를 보고 나오는 길이었고 마틴도 새 보트 하우스에서 발을 끌며 나왔고 모두가 해변에 서서 앞선 보트의 철제 용골이 육지에 닿는 모습을 지켜보았다.

뱃머리에는 목사의 아내와 또 다른 여성이 앉았는데 마리아는 그녀가 누군지 한눈에 알아보지 못했다. 선미에는 사공들 뒤로 낯선 옷을 입은 바브로가 앉아 있었다. 그녀는 자리에서 일어나 노를 넘어 걸어오다 몸을 비틀하여 목사 아내의 어깨를 짚더니 뭍에 내리고는 아무 말도 없이 집을 향해 걸어 올라갔다. 가족들은 가만히 서서 그녀가 집 안으로 들어가 문 닫는 모습을 지켜보았다. 잉그리드는 고모를 쫓아갔다.

캐런 루이스 맘베르게트는 붙잡아 두려고 최선을 다했지만 소용이 없었고, 바브로가 더는 그녀와 함께 있고 싶지 않아 울면서 바뢰이섬으로 돌려보내 달라고 했으나 바람과 서리 때문에 섬으로 데려다줄 수 없었다고 그간의 사정을 전했다.

목사의 아내는 바브로가 그냥 섬을 나선 게 아니라 도망친 것이고 섬사람들은 그녀가 죽은 줄 알았다는 소리를 듣고 놀라서 양손으로 입을 막았다. 어느 순간 캐런 루이스는 오래전 목사가 그랬듯 주위를 둘러보다 자신이 떠나온 본섬의 건물들을 바라보았고 처음 본 광경에 눈을 떼지 못하며 말했다.

"여기 오니 정말 좋군요."

마틴이 "맙소사!" 하고 외치며 사공들이 페링 끌어내는 걸 도와줄지 물었을 때 무례한 말투로 "필요없소." 하고 대답한 것만큼이나 쓸모없는 말이었다. 그는 보트 창고로 가서 버팀다리 두 개를 가져와 사공들에게 보트를 굴림대에 올리라고 말한 다음 느릿느릿 집을 향해 걸음을 옮겼다. 그게 최선이었다.

마리아는 이제야 목사의 아내 옆에 있던 여자를 알아보았다.

학교를 같이 다닌 앨리스 하브스테인이었다. 두 사람은 악수를 하고 미소를 지었다. 어색한 재회였다. 앨리스 하브스테인은 자신이 만든 게 아닌 것이 분명한 옷을 입었는데 목에 흰 스카프를 둘러서 조산사지만 수녀처럼 보였다. 캐런 루이스는 바브로가 임신 중이고 여름에 출산할 예정이라 이곳을 익힐 수 있도록 그녀를 함께 데려온 거였다.

이 섬과 다른 섬 모두 태초부터 조산사 없이 아이를 낳아 온 터라 마리아는 이해가 되지 않았다. 그러나 캐런 루이스는 그럴 권한이 있고, 경험상 바브로는 다른 사람들과 달라서 더욱 도움이 필요하다고 주장했다. 앨리스 하브스테인도 동의하는 표정으로 말을 보낼 필요가 없다는 듯 고개만 까닥였다.

목사의 아내는 대략적인 출산 계획을 알려 준 다음 악수를 하고 조산사와 함께 다시 보트에 올라 출발했다.

마리아는 그제야 바뢰이에서 다과를 대접받지 못한 손님은 아무도 없는데 왜 그들에게 커피나 음식을 내주지 않았는지 홀로 서서 의아해했다.

그녀는 딸아이와 시아버지에게 이 소식을 어떻게 전할지 생각하며 해변을 걸었다. 이제는 다 자란 잉그리드에게 먼저 이야기하기로 마음먹었다. 남편한테는 로포텐에서 돌아오는 즉시 알릴 터였다. 하지만 곧장 집으로 가지 않고 시간을 끌었다.

마리아는 두건을 벗고 새 부두로 이어지는 해변을 걸으며 섬에서 바다로 겨울을 내보내는 재잘거리는 물소리와 함께 남쪽으로 향했다. 바위에 걸터앉아 양말을 벗고 발을 담갔다. 두 발이 감각이 없어지고 하얘질 때까지 그대로 있다가 꺼내 말리고는 두건을 벗어 눈물을 닦은 다음 스타킹과 양말을 신고 집으로 돌아갔다. 딸을 찾아 주방으로 들어갔다. 잉그리드는 할아버지 손을 만지작거리며 놀고 마틴은 흔들의자에 앉아 딸이 살아 있는 걸 최종적으로 확인하려는 듯 바브로를 빤히 쳐다보았다. 바브로는 아무 말도 하지 않았다. 비록 몸은 집에 있지만 마음은 다른 곳에 있는 사람처럼.

마리아가 다가가 바브로의 어깨에 손을 올리자 장미, 라일락, 쐐기풀 향기가 났고 머리를 잘라서 마을이나 큰 섬 여자들처럼 빗어 넘긴 것을 알았다. 그녀는 바브로의 뺨을 때릴까 생각했을 뿐 손을 움직이지 않고 가만히 있었다. 바브로는 마리아의 손을 꽉 잡고 절망에 빠진 눈으로 쳐다보다 놔주고는 식료품 저장실로 가서 빵통을 들고 나와 빌어먹을 목사관에서 가장 그리운 것은 제대로 된 음식이었다고 짧게 말했다.

21

서리의 맹렬함이 누그러지고 바람이 남서쪽에서 불며 호우를 가져오자 마리아와 잉그리드는 다시 북쪽 방으로 옮겼다. 이제 두 사람이 하는 말을 아래층에서 마틴이 다 들을까 봐 바닥에 난 구멍을 흘끔거릴 필요 없이 자유롭게 이야기를 나누었다.

잉그리드는 이미 알고 있었던, 바브로 고모가 첫날 콩을 쏟은 일에 대해 엄마한테 듣고 마틴이 모르는 둘만의 비밀이 생겼다. 또한 마리아는 한스 가문의 유전으로 두 세대 혹은 세 세대에 걸쳐 바브로 같은 사람이 나온 터라 딸이 태어났을 때 바브로처럼 될까 봐 걱정했다는 이야기를 전했다. 물론 마리아는 잉그리드가 태어난 순간부터 지금까지 딸이 정상이라고 믿었으며 한스가 딸의 상태를 확신하지 못한 것은 두려워서였다.

"진짜?"

마리아는 길게 숨을 내쉬고 자신을 믿어도 된다고 대답했다. 띄엄띄엄 말하는 소리가 추가 설명 없이 너무 오래 담아 둬서 꺼내고 싶지 않아 얼버무리는 것처럼 들렸다.

잉그리드는 뭐라 할 말이 없었다.

그들은 길 끝에 섰다.

하지만 저녁이 오자 잉그리드는 믿지 말아야 하는 쪽은 엄마라고 느꼈다. 자신을 두렵게 만든 쪽은 바로 엄마인데 그 두려움이 사라지도록 어떤 행동도 하지 않았기 때문이다. 뜨개질하는 걸 허락했지만 봄이라 어깨에 오리털 이불을 걸칠 필요가 없었다. 마리아는 코를 줄여 가면서 양말 뒤축 뜨는 법을 알려 주었다. 아빠가 로포텐에서 돌아왔을 때 귀향 선물로 줄 양말이었다.

잉그리드는 이제 일곱 살이 되었다.

이 불완전한 대화는 잊히지 않고 뇌리에 남았다. 두려움을 떨쳐 버리려면 엄마한테 뭘 물어야 하는지도 여전히 떠오르지 않았다. 잉그리드 안에 단단한 혹 같은 것이 자리했고 눈앞에서 빨간 점이 돌아다녀 팔이 떨렸고 바브로 고모와 단둘이 헛간에 있을 때면 희망이 사라져 버렸다. 고모는 다른 사람의 옷을 입고 사지에서 살아 돌아왔으며 뱃속에는 누구에게도 속하지 못하는 아이가 있었다.

바브로는 잉그리드가 울음을 그치지 않으면 자기처럼 될 거라고 말했다. 그건 마음속에서 방수포도 도움이 되지 않는 비가 내리는 것과 같아 점점 더 두렵지만 스스로 무언가를 할 수 있게 해 준다고 덧붙였다.

잉그리드는 고모를 쳐다보았다.

바브로는 배설물을 삽으로 떠서 벽에 난 구멍으로 내보내며 잉그리드에게 정신을 바짝 차려야 하고, 잉그리드의 머릿속에 들어 있는 모든 생각은 그녀가 성장하는 증거라고 말했다. 잉그리드는 가을부터 다른 섬에서 온 아이들과 함께 하브스테인의 학교에 다니기 시작했다. 그때부터 모든 게 달라질 것이다. 두려워할 일은 아무것도 없고 아무것도 갖지 않은 걸 두려워해야 할 것이다. 하지만 그러기에는 섬이 너무 많았다. 빨간 점이 흰 연기 속으로 사라졌다. 잉그리드는 고모에게 팔을 두르고 절대 놓지 않았다.

22

한스 바뢰이는 집에 돌아오자 녹초가 되었다. 하지만 그는 더 강해졌다. 서리가 로포텐을 엉망으로 만들었지만 고기잡이에는 큰 영향을 미치지 않았다. 부두에는 그가 돌아올 때 따라온 얼링의 보트가 굵은 밧줄과 스프링 라인에 묶여 하루가 지나도록 여전히 그 자리에 정박해 있었다. 잉그리드는 여자지만 그 배에 타도 된다는 허락을 받았고 조타실, 객실, 조리실을 구경했다. 배는 바뢰이베링, 즉 바뢰이섬 사람이라는 이름으로 항해하는 떠다니는 집과 같았다.

선원들이 해안가로 나와 음식을 받았다. 얼링은 동생, 아버지와 함께 응접실에서 흰 테이블보를 덮은 테이블에 차려 놓은 식전주 아쿠아비트와 커피를 마시고 레프세를 먹으며 이곳 사람들이 지난 넉 달간 웃었던 것보다 더 크게 웃었다. 마리아는 열린 주방문을 통해 남편이 최근 소식을 묻자 시아버지가 대답하는 소리를 들었다. 끔찍한 서리가 왔지만 다 이겨 냈으며 여자들이 암양에게 해초를 먹이려고 해변에 데려갔다가 양을 다 잃을 뻔했다고.

마리아는 손에 커피포트를 든 채 그 자리에 멈췄다. 잠시 후 포트를 내려놓고 문에 달린 옷걸이에서 시아버지의 붉은 울 모자를 집어 스토브에 던져 버렸다.

다시 포트를 들고 응접실로 가서 커피를 따라 준 뒤 남자들에게 자신이 한 일을 말했다. 더 이상 낡고 꾀죄죄한 붉은색 울 모자를 쓸 수 없을 것이고 지금부터 시아버지는 적어도 일주일에 한 번은 욕조에서 목욕을 해야 하는데 그 장소가 헛간인 것은 그가 돼지이기 때문이라고. 그리고 한 가지가 더 있었다. 바브로가 새로 만든 찌와 봉돌과 닻줄이 달린 그물 여섯 개가 아직도 바다에 있어 스웨덴 사람들이 만든 보트 하우스 남쪽의 더러운 갈색 벽에서 나는 듯한 소리를 내니 얼링은 남쪽으로 갈 때 조심해야 하고 몰톨만 주위로 우회해야 한다는 것이었다.

모두가 입을 떡 벌리고 마리아를 쳐다보았다.

그래, 다른 것도 있었다. 그녀는 한 달 안에 모이라나로 가서 여름을 보낼 것이다.

모이라나라니?

마틴이 가벼운 욕을 몇 마디 했지만 아빠 무릎에 앉은 잉그리드는 알아들을 수 없었다. 한스는 형과 눈길을 주고받았다. 얼링이 고개를 끄덕였다. 한스는 딸을 내려놓고 주방으로 들어갔다.

응접실에서 듣기에는 부부가 평범한 대화를 나누는 것 같았다. 그런데 현관문이 쾅 하고 닫혔다. 잉그리드는 자리에서 일어났고 응접실 창문 너머로 보니 엄마 아빠가 봄의 갈색 초원을 가로질러 나란히 걷는 게 보였다. 걸으면서 이야기를 했다. 아빠는 엄마에게 팔을 두르고 엄마는 아빠의 어깨에 기대어 나란히 손을 잡고 걷다가 손을 놓더니 이제 엄마가 팔짱을 끼고 아빠는 주머니에 손을 넣은 채 멈춰 서서 이야기를 나누다 주위를 둘러보고는 다시 이야기하다 사라졌다. 잉그리드는 특별히 이상하거나 걱정스러운 점을 발견하지 못했고 이해하지 못하는 부분도 없었지만 잊지 못할 무언가를 보았다.

그날 이후 마틴은 헛간에서 주기적으로 목욕을 했다. 그물에 대해서는 서리가 너무 끔찍해서 당연히 그물을 거둬들일 생각이었으나 서리가 지난 다음에 잊어버렸다고 해명했다. 그는 네 갈고리 닻을 풀 수 없어서 노를 저어 가장 멀리 있는 닻줄을 가로질렀고 말을 시켜 전부 다 해안가로 끌게 했다. 그렇게 그물은 여름내내 냄새를 풍기며 쌓여 있다가 겨울이 돼서야 냄새가 사그라졌고, 그다음에는 매끄럽고 헐벗은 바위 사이에서 둥근 흙이 되었고, 어느새 그 자리에서 바위솔, 수영, 디기탈리스 등의 여러해살이풀이 자랐다. 이 흙언덕은 그 자리에 있어야 하는 이유 혹은 사연이라도 있는 듯 이상해 보였다. 결국 그것도 이름이 생겨서 프로스트아이라고 불렸는데 잉그리드가 지은 이름이었다.

한스가 돌아온 날 마리아가 예견한 일들은 모이라나를 제외하고 다시는 입에 오르지 않았다. 절대 입 밖으로 꺼내선 안 되는 말이었다. 같은 이유로 잉그리드는 엄마가 가족의 유전적 결함과 아빠에 대해 말한 것, 고모가 마음속에서 내리는 비와 학교에 다니며 자기 또래의 다른 아이들하고 성장하는 건 두려워할 일이 아니라고 말한 것도 빨리 잊히지 않았다.

늦은 여름 바브로가 출산할 때 한스와 마틴은 큰일을 위해 하루 이상 집을 비웠고 마리아가 아이를 받았다. 조산사 앨리스 하브스테인은 8일 늦게 도착하여 주방에서 커피와 시나몬 비스킷을 대접받았다. 그동안 사공들은 풀밭에서 얇은 비스킷과 버터, 시럽을 먹고 우유도 마셨다. 마침 날씨가 좋았다. 앨리스는 오랜 시간 머물렀고, 마침내 만두처럼 둥글고 흰 사내아이가 태어났다. 아이는 일을 그만두고 집 안에서 마틴의 흔들의자에 앉아 있는 바브로의 젖을 빨지 못할 때면 늘 울었다. 바브로는 노래를 부르고 젖을 먹였다.

앨리스 하브스테인은 잉그리드 또래의 넬리라는 딸이 있는데 그 아이도 올가을이면 학교에 갈 것이고 둘은 친구가 될 게 분명했다. 그녀는 본토의 산맥이 푸르게 바뀌고 반짝이는 노가 북쪽 끝으로 사라질 때까지 아주 오래 머물렀다. 남자아이는 전쟁 때문에 이곳까지 들어와 부두를 짓고 떠난 스웨덴 사람 라스 클레멧의 이름을 따서 라스로 세례를 받았다.

23

가족들은 토탄을 잘랐다. 농장이 가장 바쁜 시기인 6월에 틈틈이 끝내야 말리는 시간이 길어지기 때문이었다. 그들은 한스가 나무 손잡이를 달아 만든 낡은 큰 낫을 썼다. 한스만 삽을 썼는데 삽날을 낫처럼 날카롭게 갈아서 그 혼자만 몸을 곧게 세우고 작업할 수 있었다. 다른 사람들은 늪지에 무릎을 꿇은 자세로 일했다. 바브로도 마찬가지였다. 아이는 옆 풀밭에 깔아 둔 양가죽 위에서 잠이 들었다.

축축하고 두툼한 검은 책처럼 보이는 토탄 덩어리는 겉딱지가 생길 때까지 헤더 꽃밭에 놔두었다가, 한스와 마틴이 사람 키만큼 둥글게 탑을 쌓고 총안처럼 작은 구멍을 여러 개 낸 다음 남은 토탄을 원기둥 안으로 아무렇게나 밀어 넣으며 밖에서 안쪽으로 작업하는데, 돔 형태의 지붕을 덮어 마무리했다. 주택이나 교회 등 다른 건물의 지붕과 달리 물 한 방울 통과할 수 없지만, 틈새로 바람이 건조한 기류를 몰고 와서 습기를 전부 빼냈다.

제대로 만든 토탄더미는 시골에 생긴 명소처럼 아름다울 뿐만 아니라 예술 작품이기도 하다. 하지만 되는 대로 급하게 지은 것은 비극이라 자연 최악의 순간을 제대로 보여 준다. 1월에 가족들이 눈을 헤치며 손수 짠 바구니를 등에 지고 찾아왔건만 얼음으로 뒤덮여 돌처럼 굳어 버린 토탄을 마주하고 만다. 그러면 큰 망치와 도끼로 깨야 한다. 다이너마이트도 쓰고. 그리고 몇 킬로미터나 튕겨 나간 조각들을 주워서 스토브 앞에 놓고 녹인 다음 손에 쥔 것이 연료가 아니라 아무짝에도 쓸모없는 걸쭉한 검은 진흙에 지나지 않는다는 사실을 발견한다. 결국 섬의 늪지에서 공짜로 얻을 수 있는 것을 멀리 교역소까지 노를 저어 사러 가야 하는데 그것만큼 바보스러운 일이 없다.

잉그리드는 너무 어려서 토탄을 깨지 않았다. 대신 반쯤 마른 덩어리를 굴리고 양쪽에 물고기 뼈 모양으로 도미노처럼 세워서 바람이 그 사이로 불어와 마르게 했다.

수 일째 따뜻한 육지 바람이 섬으로 불어오다 갑자기 멈춰 버렸다. 가족들은 모두 그 사실을 바로 알아차렸다. 그들은 일손을 멈춘 채 앞을 바라보고 서로를 쳐다보며 귀를 기울였다.

더 이상 새소리도 들리지 않았다. 풀이 부스럭거리는 소리도, 곤충이 우는 소리도 들리지 않았다. 바다도 잔잔하고 해변의 바위 사이로 콸콸 흐르는 물도 잠잠해지고 지평선까지 모든 것이 고요해서 집 안에 있는 것 같았다.

아주 드문 침묵이었다.

이 일이 특별한 것은 섬에서 일어났다는 데 있었다. 경고 없이 숲속에서 내려오는 침묵보다 더 강했다. 숲은 종종 조용해졌다. 섬에서는 조용한 일이 별로 없어서 사람들은 하던 일을 멈추고 주위를 둘러보며 무슨 일인지 서로 물었다. 침묵은 궁금증을 불렀다. 신비롭고 스릴을 가져다주고 들을 수 없는 발자국 소리를 내며 섬을 가로지르는 검은 망토를 걸친 얼굴 없는 이방인 같았다. 침묵의 시간은 계절마다 달라서 겨울에 땅이 얼었을 땐 길게 찾아오고, 여름에는 한 차례 바람이 불고 그다음 바람이 불어오는 사이, 밀물과 썰물 사이에 잠깐 찾아들거나 인간에게 기적이 일어나 숨을 들이마시고 내쉬는 걸 바꿀 때 찾아왔다.

이윽고 갈매기 한 마리가 다시 울었고 어딘가에서 새로운 바람이 솟아나 양가죽 위에서 잠든 살이 오른 아이를 깨워 자지러질 듯 울렸다. 가족들은 연장을 집어 들고 아무 일 없는 듯 일을 계속했다. 바로 그거다. 아무 일도 일어나지 않은 것. 우리는 폭풍 전의 고요를 이야기하며 침묵이 경고 혹은 행동을 취하라는 신호라고 말하거나 한참 동안 성경을 뒤져 그 중요성을 이해하려고 한다. 하지만 섬의 침묵은 아무것도 아니다. 아무도 그 침묵에 대해 말하지 않고 강한 인상을 받아도 그 침묵을 기억하거나 이름을 붙이지 않았다. 침묵이란 그들이 살아 있는 동안 아주 잠시 죽음을 본 것에 불과했다.

24

올봄에 한스 바뢰이는 로포텐에서 새 연장들을 가지고 돌아왔다. 그리고 스웨덴 사람들이 머물던 보트 하우스에 넣어 두었다. 이층침대 두 개는 치우고 그가 가져온 바이스를 써서 작업대로 개조했다. 마틴이 와서 새 대패, 버팀대, 드릴 비트, 죔쇠, 세 종류의 톱날과 수직으로도 쓸 수 있는 기포수준기(수평선과 수평면을 측량할 때 쓰는 기구-옮긴이)를 살폈다.

"이걸 다 사느라 큰돈이 들었겠구나?"

한스는 대답하지 않았다.

그는 또한 시럽처럼 금빛을 띤 날렵한 소나무 틀도 가져왔으며 어망, 장비와 함께 내렸다. 그리고 아버지 얼굴 가까이 좁은 황동 경첩 한 쌍을 들어 보이며 바보 같은 울 모자가 그리운지 물었다.

마틴은 민머리에 손을 올리곤 화가 나서 자리를 뜨려고 했다. 그런데 이 모든 일이 그가 바다에 던져 둔 그물을 거두지 않고 잊어버린 데서 비롯된 터라 보트를 타고 힘겹게 그물을 해안가로 끌어와서 하루 종일 세척한 뒤 보트 창고 뒤편 걸이에 온 세상이 보고 감탄해야 하는 빨래처럼 널어 두었다. 사흘 뒤 가족들은 주방에서 나는 끔찍한 소리에 잠을 깼다. 잉그리드가 내려가 보니 서쪽 벽 창문을 뜯어내고 새 창문을 끼우는 중이었다. 아빠가 돌을 쌓고 쐐기를 박고 높이를 맞추고 못을 친 다음 속을 채우고 안팎으로 피복을 입혔다. 창틀도 만들었으며 경첩을 달아서 창문을 양쪽으로 열 수 있었다.

한스는 밖에서 걸쇠 두 개를 달아 서로 걸려서 창문을 열어 둬도 바람에 쾅 닫히지 않게 만들었다. 다른 작업과 마찬가지로 마틴의 시대에 끝냈어야 하는 일이었다. 바뢰이섬에는 빵 굽는 곳이 없어 주방에서 직접 구웠는데 문을 열어 둬도 김이 빠져나가지 않았다. 그런데 이제는 창문을 열면 되는 것이다. 새 창문은 여름 내내 열어 두었다. 부슬비가 올 때도 마찬가지였다. 새로운 것은 길이 들도록 계속 써야 하기 때문이었다. 매끄럽게 움직이도록 길이 들고 나서야 창문을 닫았다. 창문은 언제든 열 수 있어서 몇 달 뒤 마리아가 감자밭에서 일하는 사람들에게 저녁 먹으라고 창문을 열고 외쳤다.

"가서 손들 씻어요."

다른 변화는 더 컸다. 새 부두에는 아직 제대로 된 건물이나 집이 없었다. 8월에 교역소의 화물선이 자재를 실어다 해변에서 떨어진 낡은 돛 아래에 쌓았다. 마리아가 나가서 그것들을 세어 보고 얼마나 들었을지 파악했지만 아무 말도 하지 않았다. 사실 그녀는 어떤 말도 입 밖으로 꺼내지 않았다.

한스도 들리지 않는 척했다.

한스 부자는 한 달간 망치질과 톱질을 하며 지붕틀을 만들고 도르래 장치로 하나씩 하늘 높이 들어 올린 다음 9월 초부터 집에 판자를 대기 시작했다. 두 사람은 어떤 벽부터 시작할지 논의한 끝에 중요한 남서쪽 벽부터 올리기로 합의했다. 대부분 이 방향에서 바람이 불어오는 터라 긴 벽이 집의 나머지 부분을 감싸며 피난처가 되어 준다. 마틴은 이런 결정을 내리는 데 자신도 참견할 입장이 된다고 생각했다.

아침에 바람이 들어오는 첫 박공벽부터 시작할 계획이었는데 한스가 날씨를 살피더니 자연 앞에서 인간이 할 수 있는 건 없다고 결정 내렸다.

한스와 마틴은 집에 들어와서 새 주방 창문 너머로 폭풍우가 그들이 지어 놓은 걸 성냥개비처럼 산산이 부서뜨려 북쪽 피오르로 내던지는 광경을 지켜보았다. 돌풍은 밤이 되어서야 잦아들었다. 다음 날 아침 두 사람은 바다에 페링을 띄우고 주위를 돌며 건질 수 있는 것들을 모았다. 그들은 작은 섬과 암초군에 내려서 망원경으로 상황을 살피고, 자기 쪽으로 떠내려오는 자재들을 모아 둔 스탕홀만의 토마스와 이야기를 나누었다. 바뢰이 부자는 자재를 거의 다 회수했다.

다음 날 그들은 같은 장소에서 또다시 바닥 기둥을 놓았다. 이번에는 한층 단단하게 고정했다. 10월 초부터 새 골조 작업이 시작되었다. 일주일 뒤 남서쪽 벽이 다시금 비막이 판자가 되었다. 필요 이상으로 강도를 보강하고 대각선으로 버팀대도 놓았다. 다른 벽에도 그렇게 했다. 10월 말에 첫눈이 내렸다. 그들은 네 벽을 감싸고 나무 지붕 골조 마무리 작업에 들어갔다.

그런데 어느 날 오후 이상한 일이 벌어져서 하늘이 어둡고 낮게 내려앉아 가늠할 수가 없었다. 그 자체로 최악의 징조였다. 남자들이 한 시간 동안 찾을 수 있는 전선과 밧줄을 총동원해서 건물을 고정했다. 어둠이 내린 직후 섬으로 첫 번째 굉음이 내리쳤다.

다행히 그들은 집 안에 있었다.

깊은 밤이 되었다. 이번에는 부서지는 걸 목격하지 않아도 되었다. 하지만 시끄러운 소리는 여전했다. 폭풍우는 전보다 강했고 이틀 밤낮으로 맹렬히 몰아치다 잦아든 다음에야 자재를 찾으러 바다로 나갈 수 있었다. 이번에는 별로 많이 찾지 못했다. 한스가 사흘 동안 돌아다녀서 60퍼센트 정도 구제했으나 많은 목재가 너무 망가져 땔감으로밖에 쓸 수 없었다.

다음 날은 새 바닥 기둥에 나사를 조였다. 이번에는 건물을 90도 정도 틀어서 박공이 북쪽과 남쪽에 자리하고 긴 벽이 서쪽에서 부두와 마주하게 설계했다. 그들은 터무니없어 보일 거라고 생각했다. 하지만 더 이상 규칙 같은 것은 만들고 싶지 않았다. 12월 서리가 내릴 무렵 기본 뼈대가 세 번째로 완성되었고 지붕틀은 원래 계획보다 61센티미터 정도 낮아졌다. 그런데 모아 둔 자재가 다 떨어져 버려서 마지막 남은 것을 버팀대로 쓰고 노출된 선반틀을 커다란 화이트 크리스마스 선물처럼 남긴 채 집으로 돌아왔다. 겨울이 결과를 정해 줄 테고 빌어먹을 것이 봄에도 살아남는다면 그때 가서 감싸는 작업을 마무리하면 된다.

하지만 다음 날도 고요했다.

그들은 주방에 앉아 창백한 아침의 어둠 너머 해머 위에 자리한 새 건물을 바라보았다. 건물은 더 이상 크리스마스 선물 같지 않았다. 사방이 검은 바다로 둘러싸인 별 없는 하늘 아래서 풀처럼 끈끈한 얼음 덩어리 같았다.

한스는 자리에서 일어나 식료품 저장실로 가서 달력을 보았고 오늘이 성 바브로의 날인 12월 4일이라는 것을 알았다. 억지로 미소를 지으며 주방으로 돌아와 창문을 열고 밖을 내다보았다. 밖은 또 다른 침묵을 전했다. 바뀌지 않는 완전한 평화의 콧노래가 계속될 것 같은 믿음이 들어 아버지와 몇 마디 나눈 뒤 외출복을 입고 함께 보트 창고로 가서 페링을 내린 다음 노가 더 큰 배를 끌고 교역소로 갔다. 못 2킬로그램, 커피 한 통, 밀가루 20킬로그램 등 챙길 수 있는 물품을 모두 싣고 돌아와 오후부터 남서쪽 벽을 감싸는 작업에 들어갔다. 밤 12시가 막 지난 뒤에야 작업을 끝마쳤다.

두 사람은 몇 시간 눈을 붙인 뒤 아침 일찍 화물선에서 만났다. 화물선이 더 많은 자재를 가져다주었다. 그날도 낮부터 밤까지 또 다른 벽을 덮었고 마리아와 바브로가 현장으로 가져온 음식을 먹었다. 다음 날 밤에도 일한 덕분에 하루가 꼬박 지나자 모든 벽이 마무리되었다. 낡은 주방 창문은 북쪽 박공벽에 썼으며 커다란 문 두 짝이 부두를 향해 열렸다. 두 번째로 긴 벽에는 기존의 로포텐 보트 창고로 향하는 좁은 문이 생겼다. 두 건물은 서로 마주 보는 것처럼 보였다. 이제 지붕 구조 작업에 들어갈 때가 되었다.

그 작업에 꼬박 이틀이 걸렸다.

마리아와 바브로는 작업 현장으로 더 많은 음식을 가져오고 바닥에 있는 자재들을 올려 주었다. 한스와 마틴은 지붕 용마루에 넓은 널빤지 두 장을 대고 못을 박았다. 그리고 두 개를 더 넣었다. 다음은 널을 놓았는데, 여기서 어떤 지붕을 만들 것인지 결정해야 했다. 한스는 로포텐과 본토에서 본 대로 슬레이트를 써야 한다고 생각해서 이번 겨울에 좀 사다가 얼링의 보트에 실어 오기로 마음먹었다.

마틴은 슬레이트가 제본하지 않은 종이처럼 날아가서 바다에 빠질 것 같아 아들의 결정이 마음에 들지 않았다. 하지만 한스는 아버지 말을 듣지 않았다. 그는 분주하게 바위에 구멍을 내고 강철 케이블 두 개를 처마까지 연결한 뒤 턴버클로 마무리하여 부두 집을 스쿠너 범선의 돛처럼 보이게 했다. 섬에서 유일하게 지주가 있는 건물이었다. 그것이 잘된 일인지 낭패인지는 아직 모르고 겨울이 와 봐야 알 수 있었다.

하지만 크리스마스부터 새해까지 잠잠한 날씨가 이어졌다. 얼링이 배를 정박하고 가족들이 한스가 낚시 도구와 장비 싣는 걸 지켜볼 때도 마찬가지였다. 이번에는 마틴이 라인 튜브 챙기는 일을 도왔다. 그리고 라스가 바브로의 품에서 두 발을 버둥거리며 웃고 있는 점이 달랐다. 잉그리드는 아빠와 작별 인사를 하는 게 더 이상 가슴 아픈 일이 아니라는 걸 알았다. 그래 봐야 슬픈 게 다였다. 가족들은 손을 흔들고 집으로 돌아갔으며 그들의 외로운 날들이 시작되었다.

25

잉그리드는 학교에 다니기 시작했다. 등교 첫날 엄마가 학교까지 배로 데려다 주었다. 하브스테인까지 배를 타고 가면서 모녀는 많이 웃었다. 마리아는 자신의 학창 시절 이야기를 했고 그 시절을 그리워하는 듯 보였다. 잉그리드가 엄마도 한때 어린아이였냐고 물었다. 마리아가 웃음을 터뜨리며 그렇다고 대답했지만, 갑자기 비밀과 의문을 모두 간직한 사람이 되었다. 그녀는 잉그리드처럼 좋은 아버지가 없었다고 말했다. 잉그리드는 할아버지가 나쁜 사람이었냐고 물었다. 마리아는 그렇지 않다고 대답했다. 딸은 다른 질문이 생각나지 않았고 마리아도 더 이상 말하지 않았다.

모녀는 바다오리 떼를 향해 노를 저어 나갔다. 마리아가 오리의 부리 색이 전부 몇 가진지 세어 보라고 하자 잉그리드는 전에 해 봐서 지루하다고 대답했다.

학교까지는 먼 길이라 잉그리드도 노를 좀 저었다. 그러다 뱃전에서 엄마 등에 기대앉아 바다 위에 솟은, 많은 집이 들어선 길쭉한 섬인 하브스테인을 쳐다보았다. 그 가운데 한 집은 흰색이었고, 이번 학기에 학교가 열리는 하브스테인의 농장이었다. 선생님과 열다섯 명의 학생이 있는데 그중 여덟이 신입생이었다.

신입생들은 저마다 다른 섬에서 왔으며, 일부 큰 섬도 있지만 대개는 작은 섬이었다.

학생들은 농장의 다락에서 2주간 머물고 2주간 집으로 돌아갔다. 올라이 크리스토퍼 크리스토퍼슨 선생이 다른 섬으로 가르치러 가야 하기 때문이었다. 그는 신입생들에게 손을 들라고 한 다음 말하기 전에는 자신의 허락을 받아야 한다고 가르치면서 첫 번째 질문을 던졌다.

"다들 수영을 할 수 있나요?"

신입생들은 어리둥절해하면서 서로를 쳐다보았고 재학생들은 필기하는 화이트보드로 시선을 내렸다. 잉그리드가 손을 들고 엄마가 수영을 할 수 있다고 대답했다.

"여러분도 수영을 배울 겁니다." 선생님은 억양이 특이했다.

모두가 섬사람이고 섬사람에게 수영은 배를 몰고 노를 젓고 기도를 하는 것만큼 중요했다. 선생님은 신입생들을 마당으로 불렀고 학생들은 두 줄로 섰다.

학생들은 선생님이 이끄는 대로 섬 먼 쪽에 자리한 만까지 걸었고, 그곳에는 잉그리드의 바뢰이섬처럼 하얀 모래 해변이 있었다. 하지만 이곳 해변은 완전히 둥근 모양에 사방이 다 얕아서 햇살이 썰물에는 모래를 데우고 밀물에는 물을 데웠다. 동쪽 둑을 따라가니 산을 깎아 만든 길이지만 경사진 암반층이 자리했다. 선생님은 긴 대나무 지팡이를 들고 그 자리에 섰다. 잉그리드의 아버지가 떨어진 물고기를 건져 올릴 때 쓰는 것보다 더 긴 갈고리 장대였다. 선생님은 학생들에게 속옷만 입고 물속으로 들어가라고 지시했다.

날이 추운데도 물속은 따뜻했다. 선생님이 암반 앞으로 걸어나와 이해할 수 없는 지시를 내렸고 학생들은 차례대로 지팡이 끝을 잡았다. 선생님은 파닥거리는 흰 물고기를 상대하듯 물속에서 장대를 앞뒤로 잡아당겼다. 학생들은 발을 첨벙거리고 제대로 할 때까지 야단을 맞았다. 그런 다음 목까지 물이 차오르는 상태로 가만히 서서 헤엄치는 방법을 익히고 고개를 물속에 넣어야 했다. 이 과정을 반복했는데 누군가 하지 않으면 모두가 지팡이로 맞았다. 이런 식으로 숨을 참는 법을 익혔고 그 자체가 기술이었다.

마지막으로 학생들은 앞에 나와서 팔다리로 배운 동작을 선보여야 했는데, 이제 숨을 참을 수 있어서 머리를 물 밖으로 내밀거나 물속으로 넣거나 상관없었다. 선생님은 손목시계와 해와 조위표를 살피며 학생들의 입술이 파래지고 이가 달달 떨릴 때까지 물 밖으로 나오지 못하게 했다.

"처음치고는 좋군요." 선생님이 칭찬했다.

학생들은 젖은 속옷 차림으로 농장에 돌아왔고 다른 사람들이 보지 못하게 뒷문으로 들어가서 잠자는 다락으로 올라갔다. 남자아이들은 북쪽에서, 여자아이들은 남쪽에서 젖은 옷을 말릴 수 있도록 방 안을 가로질러 매달아 놓은 빨랫줄에 옷을 넌 다음 집에서 가져온 여벌의 옷을 입으라는 지시를 받았다.

사흘 뒤 모두가 수영을 할 수 있게 되자 대회가 열렸다. 비가 쏟아지는 날 만을 가로질러 갔다가 돌아와서 선생님이 서 있는 암반충 아래 밧줄 두 개 사이에 노란 뱀처럼 떠 있는 대나무 지팡이를 잡는 경주였다. 경주가 끝나자 선생님은 넬리 앨리스가 우승자라고 말했다. 넬리는 조산사의 딸이었다. 여자아이가 남자아이들을 제치고 대회에서 이겼다는 것이 터무니없다고 생각한 선생님은 넬리가 입학하기 전에 이미 수영을 할 줄 알았다고 판단했다. 넬리는 말을 더듬는 아이라서 불평하지 않았다. 물론 교실에서도 아무 말도 하지 않았고 선생님은 그 애를 꾸짖고 열을 내다가 결국 포기했다. 넬리는 강한 아이였다.

잉그리드는 그렇지 않았다. 다른 아이들과 잘 지냈고 전혀 두렵지 않았고 그저 신이 나서 항상 웃었다. 하지만 그래서는 안 되었다. 선생님은 수업시간엔 세 가지 이유로 웃어서는 안 된다고 길고 가는 손가락으로 지적했다. 웃으면 수업에 방해가 되고, 다른 학생들도 따라 웃게 되고, 바보처럼 보이기 때문이라고.

그리고 먹을 때도 웃으면 안 되었다.

잉그리드는 이해가 되지 않았다. 필요할 때 웃지 못하게 하는 건 한쪽 다리를 빼앗는 것과 같았다.

하지만 인생이 지옥 같다는 것을 배웠기에 웃지 않는 대신 울기 시작했다. 매일 밤. 잉그리드는 말이 없는 넬리와 한침대를 썼고 가슴속에는 고향 바뢰이로 돌아가고 싶은 마음이 커졌다. 빨간 점이 다시 나타났다. 잉그리드는 침대에서 나와 반나체로 빗속과 농장 주변을 뛰고 항구로 내려갔다가 다시 올라와서 수영을 배운 해변으로 걸어갔다. 아무도 마주치지 않았다. 하브스테인도 섬이라 아무리 수영을 잘하고 노를 잘 저어도 나갈 수 없기에 농장으로 돌아왔다. 다락으로 올라가 젖은 옷을 벗어 빨랫줄에 넌 다음 마른 옷을 챙겨 입고 다시 침대로 들어가 넬리가 입을 열어 그만 좀 울라고 말할 때까지 울었다.

넬리는 또한 이렇게 말했다. "너-어-는 머-리-결이 조-오아."

그리고 잉그리드의 머리를 땋아 줘도 되는지 물었다. 그러라고 했다. 오늘 밤도 내일 밤도. 잉그리드는 안 된다고 할 수 없었다.

일주일 뒤 마리아도 잉그리드를 데리러 와서 똑같은 소리를 했다. "머리가 예쁘구나." 마치 딸을 처음 본다는 듯이. 돌아오는 길에는 이렇게 물었다. "왜 그렇게 심각하니?"

잉그리드는 울음을 터뜨리고 토하고 속이 타들어 가는 것 같고 두 번이나 기절한, 지옥에서 보낸 첫 2주에 대해 말하지 않았다. 대신 수영하는 법을 배웠고, 자물쇠를 채워서 들어갈 수 없는 방이 있다는 것과 알파벳과 숫자를 익혔고, 문을 잠그지 않았을 때 농장의 커다란 거울에 비친 자기 모습을 보았다고 말했다.

마리아는 무언가를 찾듯 딸을 자세히 살폈다.

넬리는 잉그리드에게 아무것도 말하지 않는 법을 가르쳤고, 전염이라는 게 이렇듯 좋은 쪽과 나쁜 쪽을 모두 포괄할 수 있다는 점이 참 특이했다. 그리고 잉그리드는 2주간의 방학을 맞았다. 한스와 마틴은 새 부두에 첫 번째 건물을 짓고 있었다. 잉그리드는 그들과 함께 날마다 공사장으로 갔고 한스가 로포텐에서 사 온 기포수준기와 못을 건넸다. 기포수준기는 평평해야 할 곳이 평평한지, 기울어져야 할 곳이 기울어졌는지 확인하는 도구였다.

26

마틴은 헤스트스케레트를 말섬, 오크숄만을 황소섬으로 부르
는 건 위험한 물길에 둘러싸여서 그렇다고 말했다. 동물 이름이
붙은 것은 경고이자 악마 같은 암초군의 본성과 이름을 가리기
위한 거라고. 부케스크예르는 염소섬, 베르홈은 양섬이라고 부르
는데 같은 이유였다. 다 발굽이 있는 동물이고 네발 달린 짐승이
다. 수송을 위해 배에 태우면 말은 본능적으로 움직여서 결국 큰
문제를 일으킨다. 씨수소를 남기고 암소를 떠나보내야 할 때의
고역을 떠올려 봐도 쉽지 않은 일이고 못 할 짓임을 사람은 느낄
수 있다.

마틴의 아들은 이런 이야기가 지겨워 늙은이가 허튼소리나 하
고 미신을 믿는다고 여겼다. 진정한 믿음은 누구나 알듯 하느님
을 근간으로 하며 하느님이 운명과 날씨, 물고기를 주관한다. 반
면 미신은 어리석음을 토대로 한다.

그러나 한스는 딸이 학교에 들어간 뒤로 한층 생각이 많아지고
말수가 적어지고 눈빛이 이상하게 심각한 것을 보고 오래전의 불
안이 되살아났다. 일하다 널빤지 더미에 앉아서 쉴 때 한스는 로
즈에이커에서 풀을 뜯는 말들에게 시선을 고정한 채 아버지에게

마침내 때가 되었다며 그들에게 실제로 말이 필요한지 물었다.

말은 1년 중 8개월을 실내에서 보내고 소 한 마리 반 분량의 사료를 먹어치우고 예초기를 끌고 쟁기질을 하고 건초수레도 끌었지만, 가족들이 직접 토탄을 나르는 터라 말은 그들이 익숙해져 버린 나쁜 버릇 같은 것, 불필요한 족쇄라고나 할까?

게다가 엄청 늙어 버렸다.

마틴은 아들이 자신의 자리를 차지한 걸 알고 인정하지만 이런 투자에 민감하여 처음 말이 왔을 때 잘 데려왔다고 했다. 물론 배를 타고 와서 비용이 더 들었겠지만 배가 아니면 어떻게 여기까지 데려온단 말인가? 그는 다른 말은 한마디도 하지 않고 한스가 직접 결정하도록 내버려 두었다.

한스는 로포텐 보트 창고로 가서 총을 가져왔고 그들은 말을 서쪽 늪지로 데려갔다. 집 안의 여자들이 말 죽이는 광경을 보지 못하도록 그곳에서 총을 쏜 다음 씨숫양과 마찬가지로 쓰러진 자리에 묻어 주었다. 그 작업에 남은 하루와 다음 날의 절반을 썼다. 하지만 그들은 약해지지 않고 단지 이렇게 말할 뿐이었다. 빌어먹을 동물. 그들은 눈썹에 맺힌 땀을 닦고 공사장으로 돌아가 하던 일을 계속했다. 이미 남쪽 벽을 감싸기 시작했으니 서둘러 집을 완성하는 동안 남쪽 벽이 폭풍을 막아 주길 바랐다.

그러나 한스 바뢰이는 딸의 눈을 볼 때마다 혹은 섬 너머로 시선을 돌려 모든 것이 전과 같지 않다는 걸 알아차릴 때마다 불안해졌다. 섬에는 독수리도 있고 가파른 언덕도 많아서 깨어 있는 동안 모든 가축이 어디에 있는지 살펴야 하는데, 잠시 허리를 펴고 말을 찾다가 이미 말이 죽었다는 사실을 뒤늦게 깨닫고 하던 일을 계속했다.

이런 상황이 반복되었다.

그는 자신의 행동을 돌아보며 혹시 말을 죽인 걸 후회하는지 궁금해하다가 하늘을 쳐다보니 난기류로 가득했다. 첫 폭풍우가 오고 있었다. 그것이 언제고 새 건물을 무너뜨릴지도 모른다.

그러면 다시 시작하는 것 말고는 방도가 없다.

폭풍이 두 번째로 건물을 무너뜨리자 한스 바뢰이는 성경을 읽기 시작했다. 로포텐으로 성경을 가져가서 바다에 나가지 않는 날과 공휴일에 읽었다. 4월이 되자 그들은 깃발을 하늘 높이 올리고 남쪽으로 배를 몰아 모두 안전하게 집으로 돌아갔다고 기다리는 사람들에게 알려 주었다. 한스는 해머의 새 건물을 겨울 어둠 속에 넉 달 동안 방치했으나 살짝 잿빛이 된 것 말고는 토대가 그대로 남은 것을 행운의 징조로 여겼다. 선창에는 그가 곧 지붕을 덮을 슬레이트 타일이 쌓였다.

한스는 대담한 형태의 새 건물이 혹독한 날씨에 살아남을 거라는 야심만만한 생각을 해 본 적이 없었지만 엄청나게 안도했다. 무엇보다도 딸이 부두에 서서 작은 남자아이의 손을 잡고 돛대에 걸린 깃발을 가리키며 귓속말하는 걸 보고 무척이나 반가웠다. 한스는 딸의 얼굴에서 익숙한 미소를 보았고, 비록 아들이 아니지만 감격한 나머지 무릎을 꿇을 뻔했다. 작년과 달리 올해는 로포텐에서 선물을 가져왔고 연장과 창문용 자재도 있어 마음속으로 올겨울에 할 일을 계획했다.

마틴에게 줄 선물은 상아 손잡이가 달린 면도기를 준비했다. 다른 사람들은 옷감과 설탕을 받았고 잉그리드는 뮤직 박스와 동화책《선한 사마리아인과 당나귀》를 받았다. 라스에게 줄 선물은 없었다.

잉그리드는 거울도 받았다. 자신의 모습을 거울에 비춰 보는 게 이번이 세 번째였다. 작년 하브스테인 농장에서 본 게 처음이었다. 두 번째는 엄마가 옷장에 넣어두고 평상시 잘 꺼내지 않는 거울을 갖고 놀라며 내줬을 때인데, 학교에서 돌아와 눈앞에 빨간 점이 보이고 아무것도 먹지 못했다.

지금은 자기만의 거울이 생겼으니 원하는 만큼 충분히 비춰 볼 수 있었다.

잉그리드는 라스에게 거울이 뭔지 설명하지 않은 채 보여 주었다. 고양이와 할아버지도 보여 주었다. 아빠는 딸이 앉아서 글을 쓸 때 거울에 비추면 어떻게 오른손이 왼손이 되고 글자가 이상한 모양이 되는지 보여 주었다. 잉그리드는 분명 자신이면서도 다른 누군가가 된 듯한 느낌을 받았다.

잉그리드는 거울을 들고 2층으로 올라가 자기 방에 있는 나무 상자에 집어넣었다.

모든 여자가 나무 상자를 가졌고, 개인용 의자보다 더 오래된 일이다. 뚜껑에는 잉그리드의 이름을 비롯해 베드로와 연도를 새겨 넣었다. 베드로는 한스의 외할아버지다. 그런데 마리아는 그 안에 담긴 것들을 그대로 보관해야 한다고 생각했다. 안 그랬다면 벌써 몇 가지는 치웠을 것이다.

이런 건 필요 없다며 두건이나 컵 혹은 테이블보를 치우고 자기 상자에서 꺼낸 무언가와 바꿨을 것이다. 그녀의 상자 역시 언젠가 잉그리드가 물려받을 것이다. 문제는 한 상자에서 다른 상자로 옮기는 작업이 필요한가 여부다. 물론 그렇다. 시간과 시대에 관한 것이고 두 가문의 혈통이 하나로 통합되는 일이니까. 잉그리드의 상자는 들어 있는 그대로 보관해야 했고 이 부분에 대해 마리아와 합의를 보았다.

한스와 마리아는 섬을 돌아보았다. 한스는 다시금 모든 것을 살폈으나 겨우내 말 생각을 많이 했다는 이야기는 하지 않았다. 사실 그는 한층 독실해졌다. 집에 돌아와서 좋다고 말했는데, 이때 바뢰이 사람들이 쓰는 특별한 단어가 있다. 바로 애향심이다. 남자에게는 꼭 좋은 기질이 아니라서 마리아는 그가 한층 더 독실해지지도, 애향심이 커지지도 않았고 단지 늙어서 관자놀이에 흰머리가 앉았다고 말했다.

그는 이 문제와 상관없이 놀라울 정도로 안도감을 느꼈고 마리아도 약간 흰머리가 난 것을 알아차렸다. 두 사람이 집으로 돌아가는 마지막 언덕을 오를 때 그는 다시 한번 어딘가 허전함을 느꼈고, 그건 바로 말이었다.

한스는 걸음을 멈추고 봄에 새끼 양이 얼마나 많았는지 물었다. 그리고 그녀가 양을 가리키며 세는 소리를 들었다. 그는 양들 사이로 걸어가 직접 세며 양들의 이름을 들었고 지금부터 그 무엇도 전과 같지 않으리란 걸 깨달았다. 한 해가 흐르면 그 시간은 돌아오지 않는다. 잉그리드가 어쩌고 있는지 물어본다면 아내는 평상시처럼 대답할 테고, 그건 아직도 그가 자기 눈으로 본 것을 믿지 못한다는 뜻이었다.

27

라스는 겨우 일곱 달 만에 바브로가 만든 그물을 붙잡고 몸을 일으켜서 잠시 휘청거리다 뒤로 넘어져 바닥에 머리를 부딪쳤다. 이런 일이 수도 없이 일어났다. 일주일 뒤 아이는 대구 어망을 잡고 똑바로 서서 주방을 둘러보았다. 라스는 서는 것을 좋아했다.

잉그리드는 아이가 바깥에 서서 팔을 흔들 수 있도록 하반신에 눈을 쌓아 주었다. 라스는 하얀 손과 버터처럼 노란 머리칼에 눈동자는 갈색이며 뺨은 붉고 통통했다. 아이는 겨우 여덟 달 만에 아무런 도움 없이 주방 바닥에서 일어나 걷고 넘어지고 다시 일어서고 식료품 저장실에 먹을 걸 가지러 갈 수 있었다. 비록 가족들이 하는 말을 이해하거나 자기 생각을 말로 하지는 못했지만 컵과 숟가락과 작은 양철 상자의 차이를 알았다.

눈이 그칠 무렵 라스는 집에서 헛간까지 걸을 수 있었고 멀리는 토탄을 쌓은 곳까지 갔다. 3월이 되자 길이 얼어붙어 빙판이 되었다. 비가 오고 서리가 내리고 온 섬이 얼음에 덮여 가족들은 부츠에 미끄럼 방지용 아이젠을 달았다. 잉그리드는 아이를 썰매에 앉혀 평평한 땅으로 끌고 다녔다. 또한 물고기 잡을 때 쓰는 고리를 낡은 러그 부츠에 달아 아이용 아이젠을 만들어 주었는데,

라스에게 다시 걷는 법을 가르쳐 주는 셈이었다.

4월 초 갑자기 아이가 보이지 않았다. 한 번 사라지더니 이내 또 없어졌으며 두 번 다 크비트산다 해변에서 막대기로 모래를 파고 놀다 발견되었다. 양이 새끼를 낳는 시기에는 라스를 밧줄로 묶어 마당에 매어 놔야 했다. 하지만 잉그리드가 학교에서 돌아오면 아이가 일어나서 잘 때까지 돌봐 주었다. 잉그리드가 없으면 할아버지의 보트 창고에서 유리 찌와 낚싯줄을 가지고 놀거나 라인 튜브에 앉아서 버터를 바르지 않은 빵을 먹었다. 한스가 로포텐에서 돌아오기 하루 전 마틴이 아이의 손을 타르 양동이에 집어넣어 보트 창고 벽에 손자국 두 개를 찍었고, 토끼 머리를 닮은 작은 손 두 개가 그 자리에 영원히 남았다.

성령강림절 미사에 가기 전, 바브로가 라스의 손에 남은 타르를 지우려고 너무 세게 씻기는 바람에 손이 아주 빨개져서 엄지 장갑으로 가려야 했다. 라스는 배를 타고 교회에 갈 때까지 스스로 걸었다. 그들은 요하네스 맘베르게트 목사와 아이의 세례일을 8월 첫 번째 일요일로 잡았고 목사에게 아이 아버지가 없다는 점도 밝혀야 했다.

"우리 모두는 아버지가 계세요." 요하네스 맘베르게트가 설명했다. "우리 모두는 자연이 주신 자식입니다."

한스 가족을 위로하려는 말이었다. 모든 사람은 부모에게서 나오는 터, 라스의 경우 아버지는 외국인이고 어머니는 바브로라 두 배로 의구심이 생길 수밖에 없었다. 물론 제대로 자라 줄 거라는 희망과 기대도 있었다. 하지만 그해 아이에 대한 의구심이나 희망이 모두 사라졌다. 아이가 무언가를 깨뜨리거나 엄청난 솜씨를 발휘했을 때 그런 생각이 다시 들긴 했으나 기본적으로는 어느 쪽으로도 치우치지 않았다.

라스는 교회 마당에서 해변까지 뛰어가 등을 보이며 두 손에 얼굴을 묻은 채 앉아 있는 할아버지를 가만히 바라보았다. 마틴은 아이가 물장구치는 소리를 들었지만 꼼짝도 하지 않았다.

다른 가족들도 따라 나와 그가 뻣뻣하게 앉아 있는 걸 보았다. 라스가 물이 허리까지 차오르게 바다로 들어가는 것을 보고 가족들은 무언가 잘못되었음을 알아차렸다.

마리아는 뭐가 문제냐고 물었다.

마틴이 손가락 사이로 교회 가는 건 이번이 마지막이라고 웅얼거렸다. 가족들은 이유를 물었다. 그는 대답하지 않다가 가족들이 카야의 무덤 때문이냐고 묻자 고개를 끄덕였다. 묘비에 적힌 글귀를 다시 읽고 싶지 않고 그런 시구를 넣는 게 아니었다며 목사님 말대로 지워 버려야 한다고 대답했다.

마리아는 그를 멍청한 늙은이라고 부르며 배 한쪽 구석으로 가서 앉으라고 말했다. 남은 가족들도 배에 올랐고 라스는 담요를 둘렀다. 집으로 오는 길에 잉그리드가 할머니의 묘비와 관련해 이게 무슨 소동이냐고 물었으나 아무런 대답도 듣지 못했다. 그래서 다시 물었다. 마리아는 왜 자꾸 다그치냐고 되물었지만 잉그리드는 포기하지 않았다. 마리아가 시어머니를 본 적이 없어서 모른다고 대답하자 아빠에게 물어봐야 했다. 한스가 미소를 지으며 묘비에 적은 건 아름다운 구절이고 할머니는 그 구절을 제대로 안다고 대답해 주었다. 잉그리드는 고개를 끄덕이며 가족들을 등지고 배 앞쪽에 앉아 손바닥을 들여다보는 할아버지한테 시선을 돌렸다.

보트 창고에 도착하자 마틴이 우리에겐 페링 보트 두 척과 노 젓는 보트 두 척밖에 없는데 새 건물이 딸린 커다란 부두가 무슨 소용이냐고 말했다.

마리아는 고개를 절레절레 흔들었다.

한스는 아무 말도 하지 않았다. 바브로는 라스를 높이 들어서 간질였다. 마틴은 집을 향해 걸었고 잉그리드는 할아버지가 가여웠다. 완전히 새로운 감정이었다. 어디서 이런 감정이 생겨났는지 알지 못했다. 그 감정은 다음 날 사라져 버렸다가 전혀 다른 생각을 할 때 다시 나타났다. 그런 상황에서 잉그리드는 교회 마당에서 집으로 돌아오던 길, 노가 파도를 헤치는 소리, 그 표정들에서 느낀 감정과 같다는 것을 알았다. 하지만 결코 익숙해지지 않았고 누구에게도 털어놓지 못했다.

28

잉그리드는 하브스테인 저택의 커다란 응접실에 앉아 무릎을 꽉 붙이고 그 위에 화이트보드를 올리고 연필을 쥔 채로 2월의 낮은 햇살이 굴곡진 판유리에서 떠나가는 걸 지켜보았다. 작문을 마쳤고 모든 단어의 철자를 제대로 썼다고 확신했다. 난로의 열기가 느껴졌다. 자신의 엄지장갑이 다른 아이들 것과 함께 걸려 있고 부츠도 다른 아이들 것과 함께 세워 두었고 외투도 다른 아이들 것과 함께 복도에 걸려 있다는 걸 알았다. 잉그리드도 다른 아이들 중 한 명이었다. 자신은 이 섬에서 왔고 다른 아이들은 다른 섬에서 왔다. 아이들은 모두 함께였다. 잉그리드는 허락하지 않을 때면 더 이상 웃지 않았고 머리도 가지런히 땋았다. 그리고 올라이 선생님이 자신의 눈길을 감지하여 고개를 들 때까지 쳐다보았다.

하지만 선생님은 아무 말도 하지 않았다. 작문을 마친 아이들은 조용히 기다렸다. 아직 다 마치지 못한 아이들을 위해서. 마침내 선생님이 고개를 숙이고 있는 세 아이를 넘어 잉그리드에게 다 했냐고 낮은 목소리로 물었다. 잉그리드는 고개를 끄덕였다. 선생님도 고개를 끄덕이고 계속 학생부를 적어 나갔다. 잉그리드는 창문 밖으로 시선을 돌려 햇살이 판유리에서 모래가 퍼진 바닥 위 어두운 삼각형 속으로 미끄러지고 교실 안으로 범선처럼 떠다니다 오후와 함께 사라지는 것을 지켜보았다. 이내 나이 지긋한, 조용하고 착한 가브리엘이 랜턴을 들고 올 테고 오늘은 토요일이라 잉그리드는 집에 갈 것이다.

그런데 처음으로 집에 가고 싶지 않았다.

잉그리드는 무릎에 놓인 화이트보드를 들더니 선생님의 허락도 받지 않고 자리에서 일어나 걸음을 옮겨 선생님 책상에 자신의 보드를 놓은 다음 선생님의 놀란 표정을 보고 몸을 돌려 외투와 부츠를 챙기고 작은 가방을 들고 교실을 나섰다. 그러는 동안 허락도 받지 않고 눈치도 보지 않았다.

복도에서 코트를 입고 커다란 벽시계를 보며 시간을 확인하고 수업을 마치기 10분 전 차가운 밖으로 나가 쭉 부두까지 걸었다. 할아버지가 같은 연배로 보이는 두 남자와 이야기를 나누며 웃고 있었다. 처음으로 집으로 가는 게 그리 달갑지 않았다. 할아버지가 집에 있는 모습과 부두에서 이 낯선 사람들과 어울릴 때의 모습이 다르다는 점도 알았다. 자신도 마찬가지일 거라고 생각했다.

잉그리드는 할아버지 앞에 서서 미소를 지었다. 할아버지도 미소로 화답하며 커다란 손으로 손녀의 뺨을 쓰다듬었다. 그러곤 아무 일도 없었다는 듯 두 노인과 이야기를 계속했고 잉그리드는 페링 보트로 가서 한가운데 앉아 기다렸다. 마틴은 보트로 오지 않고 계속 이야기를 나눴다.

잉그리드는 자리에서 일어나 앞으로 걸어가서 묶어 놓은 밧줄을 푼 다음 노가 있는 자리에 앉아 노를 젓기 시작했고, 항구를 꽤 벗어났을 때 할아버지가 알아차리고 부두로 뛰어와서 소리 질렀다. 그는 팔을 휘저으며 돌아와서 자기를 데려가라고 소리쳤다. 하지만 잉그리드는 그 말을 따르지 않고 계속 노를 저었다. 바람도 없고 바다는 쥐죽은 듯 고요하고 하얀 작은 섬에는 검은 독수리들이 앉아 있고 바닷물은 초록색이었다. 잉그리드는 엄마처럼 길고 세게 노를 저었고, 집까지 반쯤 왔을 때 사공 둘이 끄는 낯선 보트가 따라왔다. 그 보트에서 할아버지가 페링으로 뛰어올랐고 손녀에게 한소리를 할지 웃을지 고민하는 표정이라는 걸 이 노인을 다른 누구보다 잘 아는 잉그리드는 알아챘다. 그는 고물에 앉아 담배를 피울 테니 집까지 잉그리드 혼자 노를 저으라고 말했다.

29

바브로가 어릴 때 바뢰이섬의 여자들은 의자가 없었다. 가족들은 테이블 앞에 서서 밥을 먹었다. 집안 여자 중 유일하게 어머니인 카야만 의자에 앉았으나 그것도 첫아들을 낳은 뒤였다. 카야가 죽자 바브로는 그 의자를 갖고 싶었다. 하지만 한스는 막 결혼한 마리아에게 주었다. 곧이어 얼링도 결혼해서 더 부유한 섬으로 떠났다. 덕분에 바브로와 마리아 모두 같은 시기에 의자를 가졌다. 그리고 잉그리드가 세 살 때 한스가 딸의 의자를 만들어 주었고 제대로 앉을 만큼 클 때까지는 팔걸이에 앉아 좌석에 발을 올렸다.

한 시대가 그렇게 저물었다.

물론 다 같이 의논해서 결정한 건 아니었다. 바브로가 요구한 것인지, 한스가 로포텐에서 돌아와 여자들도 의자에 앉게 해 준 것인지는 아무도 모른다. 사람들이 갑자기 야생에서 새로운 길을 찾고, 직접 걸어 보니 괜찮아서 길이 되는 것처럼 습관이라는 말로 표현하듯 일어나 버린 일이었다.

그러나 바브로는 의자가 없을 때 어땠는지 기억했고, 의자가 생기자 낡은 보트 창고건 스웨덴 사람들이 지은 새 보트 하우스

건 어디든 들고 갔다. 들판에서는 동물과 하늘을 살피고 해안에서는 검은머리물떼새를 구경했다. 집 안의 가구를 바깥에 둔 것이다. 그렇게 하니 하늘이 지붕이 되고 지평선이 세상이라는 집의 벽이 되었다. 아무도 이렇게 한 적이 없었다. 다른 사람들은 절대 이런 행동에 익숙해질 수 없었다.

이제 라스를 위해 또 다른 의자를 만들어야 했다. 한스는 보트하우스의 새 작업대에서 의자를 만들었다. 바브로는 계속 한스를 살폈고 커피와 먹을 것을 내주었다. 한스는 동생이 귀찮아서 집으로 보내려고 했다. 하지만 바브로는 돌아가지 않고 창고 밖에서 기다렸다. 한스는 동생이 비 맞고 서 있는 걸 볼 수 없어서 다시 안으로 들인 뒤 톱밥을 쓸고 더 이상 필요 없는 공구들을 제자리에 갖다 놓으라고 지시했다.

덕분에 섬에서 가장 멋진 의자가 완성되었다. 잉그리드의 의자처럼 올라앉을 수 있는 팔걸이를 만들고 등받이에는 누구도 본적이 없는 신기한 꽃잎 문양을 새겨 넣었다. 좌석에는 타원형 구멍이 있어 밑에 요강을 놓으면 라스가 똥을 누는 의자 겸 변기가 되었다. 이 의자는 아이가 훌쩍 자라서 가족들이 쓰는 헛간 옆 화장실에 갈 수 있을 때까지 쭉 사용했다.

30

간간이 다른 섬에서 손님이 찾아왔다. 손님들은 음식과 함께 커피를 마시며 그간 쌓아 둔 말을 쏟아 내느라 쉴 새 없이 떠들었고, 말이 다 비워지면 돌아가서 새로운 말을 차근차근 모으기 시작했다. 완전히 낯선 사람이 찾아온 적은 한 번도 없었다.

그런데 이건 뭘까?

잿빛 그림자 같은 것이 동쪽에서 파도처럼 솟더니 점차 보트의 형태가 되었다. 한스가 먼저 보았다. 돛이 없는 배에 한 사람만 탔는데 아주 멀리 있어 누군지 알아보려면 시간이 필요했다. 우선 그는 확실히 모르는 사람이고 노 젓는 솜씨가 서툰 것으로 보아 육지에서 오는 게 분명했다.

게다가 다른 어느 섬이 아닌 이곳 바뢰이로 노를 저어 오는 것처럼 보였다. 가족들은 저 사람이 섬에 대해 무슨 소리를 듣고 오는지, 아니면 그들과 아는 사이인지, 혹은 먼 친척인지 궁금해졌다.

하지만 그들은 본토에 지인이나 가족이 없었다.

그렇다면 저 사람은 무언가를 팔러 오는 걸까? 지금껏 이런 일이 없었지만 그럴 가능성을 전혀 배제할 수는 없었다. 아니면 소식을 전해 주려고 오는 것일까?

보통 그런 일은 스탕홀만의 토마스나 교역소의 사공이 한다. 정말로 그런 경우라면 어떤 소식을 갖고 오는 것일까? 누가 죽었다는 소식일까?

한스는 죽었을지도 모르는 가까운 사람들의 이름을 쭉 떠올렸고, 낯선 사람을 통해 부고를 전하진 않을 거라는 결론에 도달했지만, 당연히 다른 소식일 수도…….

이를테면?

그들은 보트를 알아보았다. 본토 산기슭에 자리한 말비카의 아돌프네 페링인데 아돌프는 배를 다른 사람에게 빌려 준 적이 한 번도 없을뿐더러 노를 저을 줄도 모르고 어디로 가는지도 모르는 사람에게는 더더욱 그랬다. 다시 말해 도착하기까지는 아무것도 알 수 없었다. 다만 그 사람이 잔뜩 겁먹은 표정으로 흔들리는 보트에 서서 긴 검은 머리카락과 턱수염을 흩날리며 다른 방향을 바라보고 있다는 걸 발견했다.

가족들은 당장 쫓아내고 싶었지만 예의 바르고 호기심 어린 사람들이라 가만히 선 채 낯선 남자가 뭍으로 올라와 알아듣지 못하는 사투리로 크고 빠르게 말하는 소리를 들었다. 그는 어딘가의 교도소에서 도망쳐 왔다며 자비를 베풀어 달라고 사정했다.

"여러분은 나 같은 사람에게 익숙하지 않은 순박한 사람들이란 거 알아요. 여기 온 걸 기뻐하고 싶지만 그럴 생각은 없고 다만 호의를 보여 준다면 좋겠어요……."

한스는 이방인이 배운 사람인 것 같아 조금 안심했다. 우선 목소리가 안정적이었다. 거친 외모에 입까지 다물면 더 위압감이

들어서 그렇게 느낄 수도 있었다. 한스는 다른 가족들에게 걱정 말라고 고개를 끄덕이면서 이방인에게는 단호하게 말했다.

"당신은 여기 머물 수 없어요."

그러자 모든 것이 달라졌다.

"내가 여기 있겠다고 했잖아." 그는 바뢰이 억양을 따라 하며 코웃음을 치고는 배낭을 어깨에 둘러메더니 보트를 묶지도 않고 버려 둔 채 집을 향해 성큼성큼 걸었다. 가족들은 자신의 왕국을 침범당하는 상황에 놀라 입을 벌리고 가만히 서 있었다.

마틴이 천천히 걸어가 계류용 밧줄을 잡았다. 가족들은 보트를 해안가로 끌어올리고 서로 눈길을 주고받은 뒤 페링을 반쯤 옆으로 돌려 바다에서 채색한 넓은 옆면이 보이게 했다. 아돌프의 페링은 고향이 아닌 육지에서 도움을 청하는 신호가 되었지만, 가족들조차 도움이 될 거라 기대하지 않았다.

그들은 범죄자의 발자국을 따라 걸었다. 한스는 모두가 자신을 쳐다보고 있다는 걸 느꼈고, 이방인이 자기 집인 양 그들의 집으로 들어가는 것을 보며 자신이 이 남자를 죽여야 한다는 걸 알았다.

가족들은 문 앞에 모였다. 모였다기보다는 머뭇거린 것에 지나지 않았는데 한스가 먼저 들어가고 다음은 마리아와 잉그리드가, 마지막으로 바브로가 이제 네 살이라 걷고 싶어서 바동거리는 라스를 품에 안고 들어갔다.

마틴은 들어가지 않고 여닫이창 옆에 서서 가족들이 자기 집 주방 벽에 거지처럼 한 줄로 서 있고, 침입자는 한스의 의자에 앉아 그들을 한 명씩 올려다보며 하인에게 어떤 지시를 내릴지 고민하는 광경을 지켜보았다.

"넌 누구지?" 이방인이 잉그리드에게 물었다.

가족들은 이자가 놀리려고 하는 말인 걸 알지 못했다. 잉그리드는 엄마의 손을 놓고 한 걸음 앞으로 나가 이름을 말했다. 남자는 고개를 끄덕였지만 특별히 그 애에게 관심을 보이는 것은 아니었고 이번에는 바브로에게 시선을 돌려 같은 질문을 했다. 바브로는 대답하지 않았다.

"먹을 것 좀 없어?"

그들은 무슨 말인지 이해했지만 뭐가 어디에 있는지 모른다는 듯 가만히 서 있었다. 식료품 저장실 문, 스토브, 굴뚝 도관, 커피 그라인더, 소금통과 설탕통, 한스가 그해 봄 로포텐에서 가져온 개수대 옆 벤치에 놓인 통까지 본 적 없다는 듯 굴었지만, 침입자는 이곳에 사는 사람인 양 행세했고 심지어 자기 집에 온 것처럼 편안해 보였다. 그는 다시 '음식'을 말했고, 가족들은 움츠러들었고, 잉그리드만 마음을 잡고 뭘 원하는지 물었다.

그는 가족들이 귀라도 먹은 것처럼 큰 소리로 빵, 버터, 고기가 있을 게 아니냐고 말했다. 밖에 소가 있는 걸 봤어. 송아지도…….

마리아가 식료품 저장실 문을 열었다. 이방인은 그녀에게 뭐라고 소리쳤다. 마리아가 움직임을 멈추고 어깨 너머로 쳐다보았다. 이제 한스는 더 이상 그 자리에 없었다. 그는 여자 셋과 조카 하나를 남겨 둔 채 새 주인이 소리치는 말이 귓가를 울렸지만 아랑곳하지 않고 나갔다.

"대체 어딜 가는 거야?"

그는 보트가 시야에 들어와 일손을 멈췄던 감자밭으로 가서 집을 등지고 앉았다.

잉그리드는 창문 밖으로 아빠를 보았다. 할아버지가 아빠를 따라가 옆에 앉았다. 두 사람은 이야기를 나누었다. 그리고 비가 내리기 시작했다. 바브로는 흔들의자에 앉아 라스를 무릎에 앉히고 낯선 남자를 쳐다보았다. 그도 바브로 흉내를 내며 쳐다보았다. 바브로는 흔들의자를 앞뒤로 흔들며 라스가 가만히 앉아 있도록 꼬집었고, 침입자가 인내에 한계를 느끼고 막 폭발하려는데 마리아가 테이블에 음식을 내왔다. 이제 잉그리드도 더는 그 자리에 있을 수 없었다.

잉그리드는 흙때가 낀 손으로 시선을 내렸지만 허락 없이는 밖으로 나갈 수 없었다. 엄마가 아닌 빵과 차가운 생선과 버터를 먹고 있는 이방인에게 나가도 되는지 물었다.

그는 하고 싶은 대로 하라고 말했다.

잉그리드는 무릎을 살짝 구부려 인사하고는 감자밭으로 가서 아빠 앞에 섰다. 아빠는 고랑 사이에 무릎을 꿇고 앉아 화를 내며 감자를 상자에 담았는데 한 번도 보지 못한 모습이었다. 한스 바뢰이는 무릎을 꿇는 사람이 아니고 여자들이 감자를 캐면 상자에 담아 지하 저장소에 가져다 놓았다. 그런데 지금 그는 기도하는 듯 보였다. 잉그리드는 아빠가 뭘 그렇게 쳐다보냐고 물을 때까지 그 자리에 서 있었다.

그가 다시 물었다.

아빠 너머 할아버지도 무릎에 손을 얹고 앉아 있는 것이 보였다. 할아버지는 고개를 저었다. 한스는 비틀거리며 자기 발로 일어서더니 딸을 때릴 것처럼 손을 들었다. 잉그리드는 두렵지 않았다. 한스는 손을 내리고 자기 옆에 와서 서 있는 마틴을 곁눈질했다.

그들은 몇 마디 말을 주고받았다. 잉그리드는 눈을 깜박였다.

그들은 어깨를 나란히 하고 에덴동산을 떠나 부두를 가로질러 로포텐 보트 창고로 사라졌다가 다시 나타났다. 한스는 돌고래를 사냥할 때 쓰는 작살 발사포를, 아버지는 큰 망치 자루를 들었고 함께 집으로 돌아갔다.

잉그리드는 두 사람을 막고 싶었지만 목소리가 입 밖으로 나오지 않아 조용히 뒤를 쫓아갔다. 주방 창문 밖에 서서 비에 젖은 판유리 너머로 들여다보았지만 아무것도 보이지 않았다. 그래서 현관 쪽으로 걸어가는데 다시 문이 열리더니 이방인이 뒷걸음치며 나왔다. 그가 갑자기 작아진 것처럼 보였다.

곧이어 총을 어깨에 올리고 남자의 배낭을 손에 든 한스가 나오더니 그에게 가방을 던져 주었다. 그 뒤로 라스를 품에 안은 바브로가 나오고 이어서 마틴이 비틀거리며 나오더니 앞으로 넘어지면서 망치 자루로 이방인의 얼굴을 쳤고, 그는 크게 비명을 지르며 할아버지와 같이 넘어졌다.

잉그리드는 아빠가 어깨에 무기를 올리고 눈 감는 것을 보았다. 엄마가 아빠의 팔에 손을 올렸다. 할아버지는 다시 일어났다. 이방인은 얼굴에 피를 흘리며 욕을 쏟아 냈다. 가족들이 미처 알아차리지 못한 그의 옷을 살피니 단추가 반짝이는 조끼와 날카롭게 주름 잡은 바지 등 비싼 정장을 잘 차려입었고 한쪽 주머니에서는 금 시곗줄이 삐져나왔다. 그 부자는 남쪽 초원으로 도망쳤고 온 가족이 그를 쫓았다.

배가 있는 곳에 도착하여 가족들은 서로를 쳐다보았다.

남자는 손으로 얼굴을 닦고 어깨를 으쓱였다. 그들은 남자가 보트를 해안가로 미는 것을 지켜보았고 한스는 여전히 그에게 총을 겨누었다. 이방인은 배에 올라 노를 젓기 시작했고 이곳으로 왔을 때처럼 서툴게 움직이며 처음에는 자기가 왔던 말비카와산맥 쪽으로 향하더니 이내 교역소가 있는 북동쪽으로 방향을 틀었다. 그는 뿌연 가랑비 속으로 사라졌다가 다시 나타나더니 굵어진 빗줄기 속으로 영원히 모습을 감추었다.

가족들은 빗물에 흠뻑 젖었다. 그들은 남자의 이름은 물론 어디서 왔고 어디로 가는지 아무것도 몰랐다. 아는 거라곤 그가 이곳에 왔었다는 것뿐이다. 잉그리드는 아빠를 쳐다보았지만 아빠는 눈길을 주는 대신 엄마와 팔짱을 끼고 총을 팔 아래로 내린 채 집으로 걸었고, 할아버지는 망치 자루를 휘둘렀고, 고모는 평상시처럼 뛰어다닐 수 있게 라스를 내려놓았다.

다음 날 밤 잉그리드는 사방에서 보트가 밀려드는 소리에 잠을 깼다. 몸을 뒤척이고 고개를 돌리고 눈을 감으며 잊어버리려 하고 도망치려고도 했지만 두 발이 눈꺼풀처럼 무거워 움직이지 않았다. 안방으로 가서 엄마를 깨웠지만, 엄마는 네 방으로 돌아가라고 표정으로 말했다. 하지만 마음을 바꿔 잉그리드의 방으로 가서 옆에 눕자 딸은 그 남자가 다시 올 것인지 물었다.

"아니." 엄마가 대답했다.

바브로 고모가 떠났을 때도 엄마는 그렇게 말했다.

그리고 다음 날 잉그리드는 보트나 말을 찾듯 감자밭 주위를 살피는 아빠를 보았다. 아빠는 그 나쁜 놈을 죽이지 않은 게 유감이며 그가 자기 보트가 아닌 아돌프의 보트를 타고 도망치게 놔둔 것도 멍청했다고 말했다. 잉그리드는 왜 그러지 않았는지 이해가 되지 않았다. 섬에서 빼앗긴 것은 아무것도 없고 훔쳐 가거나 부서진 것도 없었다. 하지만 이방인은 그들이 가진 것 중에서 가장 중요하고 두 번 다시 얻을 수 없는 무언가를 앗아 갔다. 잉그리드는 이방인이 쳐들어온 날 그 분위기를 참을 수 없어서 주방을 나온 사람들과 그냥 그 자리에 있던 사람들이 반응한 방식과 관련 있다고 생각했다. 잉그리드는 지나치게 섬세한 아이였다.

31

한스 바뢰이는 못을 밟는 통에 발가락을 다쳤고 패혈증까지 걸렸다. 날이 지날수록 점점 더 심하게 다리를 절었다. 결국 본토의 병원에서 발가락을 절단해야 했는데 병원을 너무 늦게 찾은 나머지 잘라 내야 하는 발가락이 하나가 아닌 둘을 되었다. 목발 신세를 지고 돌아오는 길에 마리아는 이제 남편이 로포텐으로 일하러 갈 수 없다고 말했다.

"그럼 우리는 어떻게 살아?"

"목발을 짚고 바다로 나갈 수는 없잖아요." 아내가 대답했다.

새해 첫날 바뢰이섬에 들른 얼링도 마리아의 의견에 수긍했다. "이번 겨울에는 한스가 어구를 대신 봐 줄 사람을 구해야 할 겁니다. 그에게 어획량의 절반을 주고 동생은 집에서 목발이나 짚고 근처에서 낚시나 하라고 해요, 하하."

한스는 형의 말을 묵묵히 따랐다. 그에게 장비의 절반을 보내고 가족과 새 항구에 남아 바뢰이베링이 15년 만에 처음으로 자신을 싣지 않고 출항하는 모습을 지켜보았다.

그날이 1월 3일 아침이었다.

헛간에서 일해야 하는 사람들은 헛간으로 갔다. 그동안 한스는 가만히 서서 주위를 둘러보았다. 참 흥미로운 상황이나 둘러 볼 만한 건 아무것도 없었다. 지평선은 저기, 육지는 여기 있다. 그리고 바닷소리를 들었다. 하지만 그게 다였다. 이제 그는 걸음을 옮겨 새 보트 하우스에 놓을 벤치를 만들기 위해 자재를 챙기고 작업에 착수했다. 쉬지 않고 일해서 다음 날 완성했다. 벤치두 개를. 그리고 바브로에게 미끼줄 만드는 법을 가르쳐 주겠다고 했다.

"어떻게 만드는지 이미 알고 있어." 바브로가 대답했다.

"하지만 수리할 줄도 알아야지." 한스가 말을 이었다. "가지런히 감아 놓는 법도."

바브로는 그것까진 못했다. 그녀는 고리에 청어 조각을 걸어 낚싯줄을 조심스럽게 상자에 넣으려고 했지만 애를 쓸수록 줄은 더 꼬여 버렸다. 반면 잉그리드는 학교에 가지 않을 때면 그 작업을 아주 잘 해냈다. 마리아도 외양간에 있거나 요리를 하지 않을 땐 그 작업을 했다.

공허하지도 외롭지도 엄숙하지도 않은 이상한 겨울이 찾아왔다. 잉그리드 생애 가장 멋진 겨울이며 여름처럼 짧지 않았다. 날씨도 딱 적당했다. 한스와 마틴은 1년 중 가장 바쁜 때라 매일 동이 틀 무렵에 일어나서 바뢰이와 하브스테인 사이의 바다에 라인튜브 네 개를 던져 두고 날씨가 허락할 때면 육지에서 낚시를 했다. 그들은 그물로도 물고기를 잡았다.

그물이 점점 더 많아졌다.

1월 중순 처음으로 생선 건조대가 빛을 보았다. 그동안 바뢰이 섬에는 어망을 말리는 것 말고는 건조대가 없었다. 한 개가 세워졌고 다른 하나가 더 생겼다. 3월 말이 되자 세 개로 늘어났고 전부 서쪽 언덕에 자리했다. 그곳에서 이 기간에 잡은 물고기 12톤을 말렸는데 남자 둘하고 여자 두 명 반이 일한 것치고는 괜찮은 성과여서 말리면 3톤에 가까운 생선이 나왔다. 날씨가 나쁠 때는 육지에 있어야 했고, 어떤 게 안 좋은 날씨인지 최종 결정을 내리는 사람은 마리아였다. 어획량이 좋아서 조금이라도 강풍의 징조가 보이면 집에서 쉬어도 상관없었다.

하지만 가족들은 꼬리 묶은 생선을 건조대로 직접 날라야 했기에 한스는 다시금 말을 죽인 걸 후회했다.

그는 이 일로 많은 생각을 했다. 말이 먹는 사료를 생각한다면 말을 키우는 건 아직 경제적으로 가능하지 않았다. 가족들이 생선을 상자에 담으면 한스가 가족들의 등에 끈으로 묶어 나를 수 있게 해 주었다. 라스는 양손에 물고기를 들고 눈밭에서 질질 끌며 뒤따랐다. 끔찍한 사투였다. 우리가 생선을 손질해 묶는 부두 창고 뒤쪽으로 건조대를 옮기면 되지 않을까? 아니, 그럴 수 없었다. 건조대는 풀과 늪지가 아닌 암반에 세워야 물고기 비린내도 안 나고 파리도 쫓고 대참사도 막을 수 있었다.

그는 또한 외양간에도 들어갔다. 외양간에 사람이 들어가다니. 마틴은 그런 기막힌 일은 듣지도 보지도 못했다.

잉그리드는 하브스테인 학교 의자에 앉아 산수를 배우고 성경 이야기를 읽고 찬송가를 부르면서 집에 돌아가고 싶었다. 친구들이 있지만 집에 있을 때나 보고 싶을 뿐이었다. 그리고 이번 겨울에는 다시금 자신이 바뢰이섬 사람이라는 게 분명해졌고 더 이상계절이 없는 그 섬이 잉그리드가 어디에 있든 함께 했다.

그런데 이번 겨울이 달랐듯 다음 여름도 그랬다. 5월 초 얼링이장비를 들고 찾아와서 북쪽 사정이 아주 나빠 어획량이 줄었다고알려 주었다. 마찬가지로 가족들이 직접 말린 생선을 교역소에파는 가격이 정말 낮았다. 톰메센 교역소장은 주변 섬들의 조황이 좋아서 그런 거라고 설명했다.

"그 쪼그만 물고기를 들고 아스베레트에 가서 얼마나 쳐주는지 보고 오든가."

게다가 생선은 최상품도 아니었다. 톰메센은 2등급짜리가 너무 많다고 했다.

그래서 그해 여름에는 바뢰이섬에 새 건물이 들어서지 않았다.하지만 6월 내내 한스와 마틴은 해머의 남쪽 암반에서 토탄을 벗기고 그 자리에 건조대 하나를 옮겼다. 덕분에 물고기를 멀리 나르지 않아도 되자 가족들은 이게 무엇을 의미하는지 생각했다.한스가 이번 겨울에도 그들처럼 이곳에 있을 생각인가?

그게 가능하기나 할까?

한스와 마리아는 강인하고 자유롭고 늘 함께 하기에 그러기로했다.

하지만 한스는 남은 장비를 써야 했기에 북쪽으로 보낼 것이없었다. 게다가 그들은 청어나 작은 대구 같은 미끼를 충분히 조달하지 못해 1월 내내 낚시보다는 어망을 더 썼고 그건 연안에서도 마찬가지였다. 그런데 갑자기 날씨가 매우 나빠졌다. 결국 바브로가 만든 어망이 거의 다 소실되었다. 그녀는 손가락이 닳도록 새 어망을 짰다. 하지만 새 어망도 다 잃어버렸다. 2월에 폭풍우가 밀려와서 물고기를 가득 걸어 놓은 건조대 하나를 망가뜨렸다. 가족들은 물고기를 물에 씻어 다시 말려야 했다. 한스는 한밤중에 더 자주 깨어나 주방으로 내려가서 날씨를 살피고 불을 지피고 이리저리 오가며 커피가 떨어졌는지 확인했다. 또한 이방인이 남기고 간 신기한 후회와 불안에 빠져 보트와 건조대를 살폈다. 이제 그 남자의 흔적은 전혀 보이지 않지만 한스는 여전히 떨쳐 버리지 못했고 자신이 그의 목숨을 빼앗았다면 마음속에 다른 걱정이 생겼을지 궁금했다.

불안감은 고된 노동으로 지워 버릴 수 없었다. 그래서 지금 그는 두 가지를 다 겪어야 했다.

서리가 찾아오고 폭풍이 사라지면서 다시 어획량이 많아졌고 부활절까지 이어졌다. 그런 해는 대개 6월 초 오후까지 봄이 찾아오지 않았다. 그 전까지는 쭉 빙판과 얼음뿐이었다. 이어서 추위와 농작물과 동물, 심지어 사람에게까지 해를 끼치는 강풍을 동반한 비가 찾아왔다.

상황이 매우 나빴다. 한스 바뢰이는 자신의 섬이 너무 작은 건 아닌지, 로포텐으로 일하러 가지 않고 두 번의 겨울을 난 것이 가치가 있었는지, 자신이 가혹한 운명을 맞닥뜨린 것인지 궁금증이 생겼다. 솔직히 말해 첫해는 좋은 핑계가 있어서 집에 머물러도 괜찮았지만 그다음 해는 순전히 게을렀다. 지금은 어망도 낚싯줄도 없는 안 좋은 상황이라 정리하기까지 최소 1년은 더 걸릴 터였다. 이게 다 발가락 때문이었다. 발가락 두 개. 아무튼 그는 더 이상 애향심이 남지 않았다.

본토에는 노르웨이선이라는 철로가 세워지고 있었다. 그 일이 가난한 자들을 구원해 줄 것이다. 이제 한스 바뢰이는 구원받을 수 있었다. 그는 훌륭한 십장이고 산맥을 구석구석 잘 알기에 암반 폭파 작업도 능했다. 그는 건조대에서 건초를 말리기 시작한 직후 공사 현장으로 떠났다가 12월 중순에 볼이 움푹 꺼지고 등이 굳고 여름밤에 잠을 못 잔 사람의 몰골을 하고 돌아왔다. 하지만 새 장비, 낚싯줄, 닻줄, 고리를 가져왔고 로포텐에 가고픈 열망으로 한없이 들끓었다.

그는 부두 창고에서 장비와 튜브 여덟 개를 설치하며 크리스마스를 보냈다. 그는 신기한 물건을 하나 더 가져왔는데 보트 창고 뒤쪽에 윈치를 설치하여 배를 끌어당기거나 내보낼 때 회전식 숫돌을 돌리듯 크랭크를 돌리기만 하면 돼서 편했다. 마틴은 너무 늙고 라스는 너무 어려서 일하기 힘든 터라 꽤 도움이 되었다.

마리아와 바브로는 빵을 구우며 넉 달 치 기본 식량을 준비하고 그의 침대보와 옷을 챙겼다. 작은 서랍 안쪽에는 안경, 면도기, 장뇌 소량, 연필, 각설탕을 넣었다. 그리고 1월 2일 겨울 어둠 속에서 얼링이 배 고물을 향해 랜턴을 비추는 동안 가족들은 다시금 아빠이자 오빠이자 남편이자 삼촌이 떠나는 모습을 보며 손을 흔들고 귀가 멍해지도록 소리쳤다. 흡사 장례식이 연상되는 광경이었다. 남은 가족들은 집으로 들어갔고 다시금 외로움을 느끼며 심각해졌다. 바브로, 마리아, 잉그리드, 라스 넷이서. 마틴은 이 기념비적인 날에 침대에 누워 있었다. 평생 가장 힘든 두 번의 겨울을 겪고 난 뒤 아주 늙고 쇠약해져서 지금은 절반만 사람 구실을 했다. 이후 몇 달간 복수하듯 잠만 잤는데, 어쩌면 그의 아들이 로포텐에 오래 머물러서 행운이 그와 함께 하는 것일 수도 있었다.

32

마틴은 일을 그만두다시피 했다. 그 전까지는 겨우내 근교 해안을 돌며 지그와 다른 어망을 던졌는데 지금은 일주일에 한 번 트롤링만 했다. 그는 라스를 데려갔다. 라스는 제멋대로인 데다 열정이 많은 아이였다. 마틴은 기력이 있을 때 토탄 덩어리를 가져와서 자기 말고는 아무도 못 만지게 하는 대구 기름 램프를 켜고 생선을 살피며 바브로에게 이렇게 저렇게 일을 시켰다. 하지만 꼭 필요한 일도 아닐뿐더러 유용하지도 않았다. 안 그러면 자기 마음대로 할 수 있는 어린 스웨덴 사람인 라스와 놀아 주었다.

할아버지와 손자는 바닥을 기고 겨루기를 했다. 라스는 손아귀 힘이 좋고 튼튼해서 두 다리로 서서 할아버지의 머리를 잡았다. 마틴은 몸뚱이를 들어 올리기엔 손자가 너무 무겁고 거칠다고 생각하여 다친 척하다 달려들어 공격하려 했고, 어린 손자는 까르르 웃으며 도망갔다. 라스는 할아버지의 추격을 받으며 온 섬을 돌았다. 마틴이 지칠 때까지. 하지만 잠잘 때는 아이와 놀아 주려고 하지 않았다. 고양이 카눗은 여전히 그의 침실에 있고 마틴만큼 늙어 그의 배 위에서 잤다. 그가 낮잠을 자면 라스가 나무 막대기를 들고 들어와 처음에는 고양이를 그다음에는 할아버지를 찔렀다.

"아, 젠장, 난 예전 같지 않아." 마틴은 자리에서 일어나 밖으로 나갔고 자기가 할 일이 없는지 두리번거렸다. 보통은 없었다. 그는 불쏘시개를 좀 잘라서 어떻게 하는지 라스에게 보여 주었다.

잉그리드는 더는 나무 자르는 일을 하고 싶지 않아서 레프세를 굽고, 소젖을 짜고, 크림을 분리하고 치대서 달콤한 치즈와 피클 같은 고메를 만들고, 실을 잣고, 뜨개질을 하고, 노를 젓고, 수영을 했다. 이제는 거의 모든 걸 할 수 있었다. 오리털을 빗질하고 어망을 가지런히 통에 넣고 미끼줄을 정리하고 말리기 좋게 물고기 내장을 가르는 등 남자의 일과 물고기를 두 마리씩 묶는 여자의 일 조금, 남자와 여자가 모두 하는 갈매기 알 모으기와 열매 따기, 감자 캐기까지 전부. 감자밭에서는 토탄을 캘 때와 마찬가지로 한스는 서 있고 여자들이 땅바닥에 무릎을 꿇은 자세로 일했다. 마틴도 몸을 구부리고 일했다. 집에서 등을 대고 누워 있지 않을 때면.

열두 살에 잉그리드만큼 많은 걸 할 수 있는 사람은 세상에 없을 것이다. 잉그리드는 부딪히는 파도를 위험이나 위협으로 보지 않고 모든 것의 수단이자 해결책으로 보는 바다의 딸이었다. 한스가 다시 막노동을 하러 간 뒤, 어느 날 잉그리드는 라스에게 페링을 타고 북쪽으로 노를 저어 토마스와 잉가가 사는 스탕홀만으로 가서 할아버지에게 줄 담배를 살 수 있을지 알아보자고 했다. 최근 들어 마틴은 담배나 커피가 없다고 엄청나게 넋두리를 해댔다.

"내게 돈이 좀 있거든." 잉그리드가 자신 있게 말했다.

잉그리드는 교역소에 내다 파는 청어의 아가미를 손질하고 소금을 쳐서 엄마에게 받은 돈을 차곡차곡 서랍에 모아 두었다.

둘이 새 윈치를 써서 아주 쉽게 페링을 바다에 띄우고 돛을 올리고 반쯤 나갔을 때 마리아가 아이들을 보고 놀라서 뛰어나왔다. 아이들은 들리지 않는 척했고 마리아의 목소리는 훈훈한 바람 속으로 서서히 자취를 감추었다. 스탕홀만에 가까워지자 집들과 바위가 보였다.

그런데 스탕홀만에는 자연 부두가 없고 얕은 해변만 있어 암초 사이로 들어가 마지막 암초를 돌아서 돛을 내리자 마리아처럼 화가 난 토마스가 해안가로 나와 소리쳤다.

"집으로 돌아가! 천국에 가고 싶니?"

그는 하늘을 가리키고 고개를 흔들며 화를 냈다.

담배도 커피도 없고 노를 저어 섬으로 들어갈 수도 없지만 잉그리드는 빈손으로 돌아가고 싶지 않았고 날씨도 아무 문제가 없었다. 라스도 마찬가지였다.

두 아이는 다시 돛을 올리고 작은 섬들 사이를 가로질러 교역소 쪽으로 방향을 잡았고, 항구 밖에 도착했을 때 처음으로 강한 돌풍이 잉그리드의 손을 세게 내리치며 배를 뒤집으려고 했다. 라스는 비명을 지르며 배 밖으로 떨어지는 걸 간신히 피했다. 잉그리드는 고물을 바람 쪽으로 돌리고 돛을 거의 다 내리고 교역소와 교회 사이의 암반 위 풀 쪽으로 조용히 몰았다. 항로를 정하지 않았지만 휘몰아치는 강풍과 점점 더 거칠어지는 바다가 길을 안내했다. 배가 들썩거릴 때마다 물이 들어오자 잉그리드는 라스에게 뱃머리로 가서 바위에 부딪히기 전에 계류용 밧줄을 잡고 뭍으로 뛰어내리라고, 안 그러면 날아갈 거라고 소리쳤다.

두 아이는 바위 대신 풀밭에 부딪쳤고 페링은 젖은 한숨을 내쉬며 부드러운 풀과 해초 위로 안착해 키가 바람에 흔들리는 문처럼 퍼덕이다가 멈췄다.

아이들은 뭍으로 올라가서 보트를 더 끌어올리려고 했다. 하지만 꼼짝도 하지 않았고 잉그리드는 무슨 일이 벌어질지 알았다. 바다는 더욱 거세지고 파도가 계속 높아져 배는 천천히, 하지만 분명히 산산조각이 날 것이다. 그들의 소중한 보트가.

잉그리드는 차마 그 모습을 볼 수 없었다.

라스를 끌고 바위 위로 올라갔다. 그리고 교역소를 향해 걸었다. 빗물과 바닷물에 완전히 젖어서 누구도 두 아이가 울고 있다는 걸 몰랐다. 상점에 들어가 계산대에 서 있는 마르고트 앞에 서자 단호한 마르고트조차 아이들을 알아보고는 이런 날씨에 어떻게 여길 왔는지 물었고, 둘이서 왔다는 걸 알고 적이 놀랐다.

"할아버지 드릴 담배를 주세요." 라스가 울부짖었다.

"어떤 담배를 줄까?"

"할아버지한테 줄 거요. 할아버지한테 줄 거……."

라스는 당황해하며 콧물을 흘렸다. 잉그리드는 울음을 멈추고 라스의 콧물을 닦아 주었다. 라스는 눈물을 흘리며 밖으로 나갔고, 잉그리드가 따라가 보니 들판에 가만히 서서 이와 함께 온몸이 얼어 버린 듯 달달 떨었다.

잉그리드는 라스를 데리고 상점으로 돌아와 석탄통에 앉았으나 아무 할 말이 없었다. 혹은 할 일도. 잉그리드는 다시 울기 시작했다. 아이들은 얼른 바다에 가고 싶었다. 그러다 바람 소리가 약해지는 걸 느끼고 처마 아래로 나와 보니 빗줄기 역시 잦아들었고 날씨는 남쪽부터 맑아지고 하늘도 밝았다.

다시 상점에 들어가 록 슈거와 시럽 한 통을 산 뒤 마르고트의 경고도 듣지 않은 채 보트로 뛰어왔고, 배가 부서지지 않고 같은 자리에서 옆으로 흔들리는 것을 보았다.

두 아이는 배를 바다로 밀고 파도를 헤치며 노를 저었다.

잉그리드는 믿기지 않았다.

아이들은 너울에 대항하여 노 두 개를 저었다. 라스는 잉그리드와 박자를 맞추다가 점점 더 거칠어져 뭐라고 소리쳤고, 잉그리드는 라스가 숫자를 세는 줄 알았고, 라스는 점점 더 빨리 노를 저어 결국 잉그리드가 따라잡을 수 없었다. 어느새 마지막 섬을 지났다. 라스는 배멀미를 해서 토하다가 노 하나를 잃어버렸고, 아이들은 노가 작별을 고하고 물속으로 사라지는 걸 지켜보았다. 이제 잉그리드 혼자 노를 저었다. 라스는 무릎을 꿇고 앉아 몸을 둥글게 말고 물이 찬 배에 엎드려 양손으로 귀를 막았다. 잉그리드는 계속 노를 저었다. 더웠고, 눈앞에 붉은 회오리가 보였고, 팔이 떨리고 등이 타는 것 같았지만 멈추지 않았고, 마지막 남은 힘을 짜내며 다시 돌풍이 불어오길 기다렸다. 그것이 이 여정이 성공하지 못하리란 걸 알려 주는 증거였다. 아이들은 너무 멀리 와 버렸고 바다는 광분했고 돌풍이 불면 파도가 흰 포말을 만들었다. 갑자기 덜컥하고 페링이 요동치자 잉그리드는 암초에 부딪힌 것이고, 라스와 함께 그렇게 죽을 거라고 생각했다.

하지만 이곳엔 암초가 없었다.

아이들은 다른 배와 부딪힌 것이었다.

잉그리드가 몸을 돌리자 바뢰이의 커다란 보트가 보였다. 마리아와 바브로가 노를 젓고 마틴이 커다란 너울 앞에서 희고 단호한 얼굴을 하고 들리지도 않는 목소리로 외치며 난간에 발을 올리고 서서 기다리며 오르락내리락하더니 젊은이처럼 페링으로 뛰어올랐다. 그리고 잉그리드의 손에서 노를 빼앗아 손녀를 뱃전 사이로 밀어 버렸다. 잉그리드는 라스와 거기 엎드려 할아버지를 올려다보며 그가 다음 너울을 지렛대처럼 이용해 노 하나로 페링의 방향을 돌리는 걸 지켜보았다. 할아버지가 파도를 뒤에 놓고 자리에 앉아 노를 들고 몸을 앞으로 구부린 모습이 검은 날개 두 개가 공중으로 솟은 것처럼 보였다.

33

잉그리드는 깨어나는 순간 자신이 죽은 듯 느껴졌다. 좁은 침대에 등을 대고 누워 있고 텅 빈 방 창문으로 햇살이 들어왔다. 그래, 죽은 것이 맞다. 침대보가 납처럼 무겁게 온몸을 짓눌렀고 등이 아프고 팔이 덜덜 떨리고 정신은 잠들어 있었다.

오른쪽으로 간신히 돌아눕자 하얀 문이 보였다. 바닥, 벽, 천장을 전부 하얗게 칠한 방에는 몸을 뉜 침대와 시선이 닿은 창문 그리고 문밖에 없어서 자세히 살폈다. 그 문을 열 수 있을지, 어디로 이어질지, 문을 연다면 멀리서 웃음처럼 들리는 소음이 이 하얀 방을 관통할 것인지 궁금했다.

그 아이의 이름은 잉그리드다. 열두 살이고 바싹 마른 머리칼은 빗질만 하고 땋지 않았으며 화관 같은 걸 두르고 누워 있다. 잉그리드는 숨을 참았다가 내쉬고 눈을 감았다. 다시 눈을 떴다. 창문으로 햇살이 들어왔다. 바람도 불지 않고 소리도 나지 않고 멀리서 목소리들과 웃음소리가 들렸다.

무거운 오리털 이불을 옆으로 치우고 자리에 일어나 앉았다. 팔다리를 움직일 수 있기에 비틀거리며 창가까지 가서 방목장으로 쓰는 네모난 초원을 내려다보았다. 갈색 테이블보에 올린 초록색 종이처럼 보였다. 그 위에 사람들이 있었다. 두 사람은 팔베 개를 하고 누워 움직이지 않았다. 살아 있는 남자였고 서로 이야 기를 나누었다. 다른 두 명은 멀리 서 있는데 여자였고 마찬가지 로 이야기를 했지만 소리가 들리지 않았다. 그리고 긴 막대기를 든 남자아이가 두 사람 사이를 뛰어다니며 초록색 풀밭에 8자 같 은 것을 그렸다. 어른들이 몸을 돌려 아이를 쳐다보고 웃고 뭐라 고 소리쳤다.

잉그리드는 손가락이 발톱처럼 오그라들었다.

손가락을 쭉 펴려고 했다. 그들이 누구인지 안다. 엄마와 바브 로 고모와 할아버지이며 남자아이는 라스다. 그런데 한 남자는 모르는 사람이다. 잘 모르는 여자도 눈에 들어왔다. 다른 사람들 이 몸을 돌려 그녀를 향해 미소 지었다. 그녀가 그들에게 하얀색 작은 컵을 나누어 주고 주전자를 기울여 무언가를 따라 주자 다 들 마시고 이야기를 나누었다. 잉그리드는 이제 이곳이 스탕홀만 이고 남자는 토마스이며 여자는 잉가라는 걸 알았다. 잉그리드는 여기 와 본 적이 몇 번 있지만 대개는 바다를 사이에 두고 손을 흔 든 게 전부였다. 고개를 드니 멀리 바뢰이섬이 보였다.

잉그리드는 엉뚱한 곳에 와 있는 것이다.

안 좋은 점은 이렇다. 손을 펴 보니 관절마디가 다 붉어지고 쓸 려서 벗겨졌다. 치맛자락 끝으로 튀어나온 무릎을 쳐다보니 무릎 뼈에서 얇게 피가 흘러 종아리까지 닿았고 다른 쪽 오금도 마찬 가지였다. 입을 벌려 소리를 질렀지만 아무 소리도 들리지 않았다. 초록색 종이로 내려오니 모두가 놀라서 움직임을 멈추고 잉그리드를 쳐다보았다. 잉그리드는 엄마가 입을 벌렸다 다시 닫고는 자신에게 뛰어오는 것을 보았다.

좋은 점은 이렇다. 그들은 함께 집으로 돌아왔고 마리아와 잉그리드는 페링에서, 바브로와 라스는 다른 보트에서 각자 노를 잡았다. 마틴은 고물에 앉아 그들이 아직 서툴다는 듯 특히 노를 제대로 젓기 위해서 하면 안 되는 것을 알려 주었다. 바다는 고요했고 길고 게으른 너울만 있었다. 10월이다. 가족들은 누가 먼저 집에 도착하는지 내기했다. 마리아가 피에 대해 설명해 주었다. 잉그리드는 엄마보다 노를 세게 젓지 말라는 소리를 들었다. 라스와 바브로가 먼저 도착했다. 라스가 환호성을 질렀다. 그 소리에 놀란 소들이 헛간에서 울부짖었다. 양들은 에덴동산에 누워 감자 줄기를 씹었다. 부두 창고 지붕에 독수리 한 마리가 날아와 앉았다. 독수리는 다시 건조대에서 다른 건조대로 옮겼다. 그런데 피가 흘렀다. 잉그리드가 돌아보니 스탕홀만의 남쪽 곶 위에 있는 토마스와 잉가가 체스 말처럼 작게 보였다.

"이제 아줌마 아저씨한테 손을 흔들어 주렴." 마리아가 페링을 돌리며 말했다. "그래야 우리가 도착한 걸 알 수 있지."

잉그리드는 바위 꼭대기로 올라가 손을 흔들며 잊어야 할 모든 것에 대해 생각했다. 이방인이 이 섬에 와서 가족들이 가진 줄도 몰랐던 무언가를 빼앗아 갔다. 반대편 섬에서는 부부가 초록색 스카프와 함께 손을 흔들며 화답했는데 그건 신호용 깃발이다. 도움이 필요할 때는 붉은색을 썼다.

마리아가 잉그리드의 등 뒤로 다가와 바브로가 저녁을 준비하는 동안 외양간에 가자고 말했다. 그리고 조용히 물었다. "이걸 어떻게 가져왔니?"

페링 바닥에 있던 불룩한 갈색 혹. 록 슈거다. 하지만 시럽통은 괜찮았다. 잉그리드는 전혀 손상되지 않은 시럽의 중요성을 양손으로 고스란히 느끼며 통을 들고 집으로 갔다.

34

넬리가 놀러 왔다. 부활절 전 성금요일이고 간조였다. 1년에 얼마 안 되는 짧은 이 시기에는 섬이 가장 커 보이고 눈처럼 하얀 모래사장과 섬 전체를 걸어 다닐 수 있지만, 해머 아래쪽과 새 부두는 항상 물이 깊어서 라스만 뛰어들 뿐 다른 가족은 그러지 않았다. 잉그리드가 만조 때 섬 전체를 수영해서 돈 적이 있는데 아주 더운 한여름이고 섬도 덩치가 가장 작았다.

잉그리드는 엄마가 외갓집에 간 사이에 놀러 온 넬리와 어울렸다. 넬리는 아빠나 형제자매 이야기를 전혀 하지 않았다.

넬리는 바뢰이에서 절대로 묻지 않는 질문을 했다. 왜 문에 열쇠 구멍이 없어? 라스 아빠는 누구야? 너는 왜 형제자매가 없는 거야? 거기에 대해 할아버지는 뭐라고 하셔?

모두 잉그리드가 엄마한테 하면 안 되는 질문들이었다. 하지만 그중 잉그리드도 알고 싶어서 곰곰이 생각하고 계속 곱씹은 것이 있었다. 다른 섬 아이들은 아홉이나 열셋까지 형제자매가 있는데 자신은 유독 아무도 없는 이유였다. 넬리는 오빠가 여섯이었다. 스탕홀만에 사는 토마스와 잉가는 딸 다섯에 아들 셋으로 학교를 마치고 한 명씩 섬을 떠나 지금은 바쁜 철에만 도우러 오고 평상시에는 부부만 섬을 지키는데, 잉그리드가 기억하기에 그런 지 꽤 오래되었다.

하지만 그들에게는 신호를 보내는 초록색과 붉은색 스카프가 있었다.

넬리는 또한 바뢰이섬에 대해 몇 가지 마음에 들지 않는 점을 말했다. 우선 네 가족이 사는 자기네 섬 라오이와 달리 잉그리드 네 말고는 가족이 아무도 없다는 것이다. 그리고 왜 이곳에는 개 가 없어? 왜 집을 페인트로 칠하지 않지? 넬리네 집도 칠을 하지 않았지만 다른 건물은 붉은색이었다. 하브스테인 학교에서 볼 수 있는 유일한 건물이라 넬리가 손으로 가리키며 그 붉은 이웃의 헛간을 보여 주었다.

넬리는 삶은 명태도, 간도 그리 좋아하지 않았다. 그런데도 라 스처럼 엄청 먹는 건 괜히 욕심낸 것이 분명하다. 그 애가 좋다고 말하진 않았지만 좋아하는 음식도 아주 많았다. 시나몬 비스킷과 버터, 작년에 만든 대황잼, 신선한 우유, 얇은 비스킷 그리고 북쪽 방에서 잉그리드와 나란히 잘 때 덮는, 라오이에는 없는 오리털 이불까지. 넬리는 식탁에 자기 의자가 있는 것도 고마워했다. 로 포텐으로 일하러 간 한스의 의자인데 넬리가 여왕처럼 상석에 앉 았고, 자주는 아니지만 그 자리에서 반대편 끝에 앉은 마틴을 똑 바로 쳐다보았다. 간조에는 커다란 모자챙처럼 생긴 섬 전체를 돌며 작은 그물 바구니에 갈매기 알을 모았고, 그건 아무 섬에서 나 할 수 있는 일이 아니었다.

넬리는 마리아가 둘이 가서 놀라고 해도 일을 야무지게 잘했고 잉그리드는 그런 점이 신선하게 느껴졌다.

잉그리드와 넬리가 놀리자 라스가 누나들을 쫓아 모래언덕을 달려왔고, 라스에게 잡히지 않으려고 도망치는 넬리의 땋은 머리가 어깨 사이에서 밧줄처럼 흔들렸다. 라스는 성미가 급하고 다부진 체격에 비해 키가 크지 않았다. 잉그리드와 넬리가 달걀을 던지자 노른자가 꿀처럼 반짝이며 라스의 화난 얼굴로 흘러내렸다. 잉그리드는 장난치는 게 좋았다. 라스는 마른 헤더 꽃으로 얼굴을 닦고 집에 돌아온 모습이 멍청한 도치 같아 보였다. 잉그리드는 소중한 달걀로 장난쳤다고 엄청 크게 혼났다. 넬리도 같이 혼났다. 라스가 냅다 뛰어와 잉그리드의 얼굴을 세게 때렸고, 마리아가 코피를 멎게 하려고 코에 천 뭉치를 밀어 넣었다.

마틴과도 문제가 생겼는데 그는 잠들지 않을 때면 자신만의 세상 속 낯선 사람처럼 사방을 돌아다녔다. 라스가 여자애들만 쫓아다닌 뒤로 생긴 증상이었다.

무엇보다도 마틴은 늘 기분이 나빠서 뭐라고 웅얼거렸다. 넬리는 그가 뭐라고 했는지 물었다. 잉그리드는 할아버지가 하거나 아직 하지도 않은 모든 말을 알아들었지만 이것 역시 답이 없는 질문이었다.

그런데 잉그리드에게 형제나 자매가 없는 문제는 어떡할까?

처음엔 집에 가고 싶어 하던 넬리가 정작 돌아갈 날이 다가오자 눈물바람을 하고 코를 훌쩍거렸다. 마리아가 바브로와 잉그리드에게 외양간에 가지 않아도 된다면서 넬리와 둘이서만 이야기를 했다. 덕분에 넬리는 처음 왔을 때와 거의 같아졌지만 여전히 집에 가고 싶어 하지 않았다. 지금까지 살면서 가장 좋았다며 평생 바뢰이섬에 살고 싶어 했다.

저녁 식탁에서 마틴이 넬리에게 여행을 많이 다녔는지 물었다.

넬리는 하브스테인과 라오이에 쭉 있었다고, 아버지와 교역소에 한 번 다녀왔을 뿐 아스베레트의 다른 교역소에 물고기를 대면서도 거긴 한 번도 가 보지 못했다고 대답했다.

마틴이 웃었다. 넬리도 같이 웃었다. 그는 넬리네 할아버지 이름을 물었고, 알고 보니 마틴이 여러 해 겨울 트레나에서 같이 물고기를 잡던 사람이었다. 마틴은 더 많은 질문을 했고 넬리는 노인의 말을 모두 이해하고 대답했다.

라스 역시 넬리에게 형제자매가 몇이냐고 물었다.

넬리는 형제자매를 손가락으로 세어 나갔고, 라스는 이 분위기를 타서 바브로에게 왜 자신은 형이나 남동생이 없는지 물었다.

그리고 침묵이 흘렀다.

라스는 잉그리드를 슬쩍 살피고 마리아에게 시선을 돌렸다가 멈췄다. 너무나 골똘히 생각한 나머지 머릿속 톱니바퀴가 끽끽거리는 소리까지 들릴 정도였다. 다시 입을 열려는데 마틴이 자리에서 일어나며 어제 배앓이를 해서 검댕을 먹인 송아지를 살피러 나가 봐야겠다고 말했다. 잉그리드는 라스를 보며 얼굴에 다시 달걀을 맞고 싶냐고 물었다.

그 소리에 모두가 웃었지만 라스는 웃지 않았고 자리에서 일어나 할아버지를 쫓아갔다.

모두 자러 간 다음 잉그리드는 넬리가 자면서 코를 훌쩍거리고 알 수 없는 말을 웅얼거리는 소리를 들었다. 하지만 바뢰이섬을 떠나고 싶어 하지 않으며 허리까지 내려오는 자기 머리를 땋아 준 사람의 알 수 없는 신음 소리를 듣는 것에 깊은 감사를 느꼈다.

마리아와 바브로가 배에 태워 두 아이를 학교로 돌려보냈다.

잉그리드는 가장 좋은 옷을 입고 코가 찡한 것을 느끼며 넬리 옆에 앉았고 해머에 서 있는 할아버지와 라스가, 고향에서 노인과 소년이 점점 작아지는 광경을 지켜보았다. 넬리는 흐느끼며 기침을 했다. 눈물을 숨기려 하지 않고 가슴이 시키는 대로 잃어버린 시간을 만회할 기회를 놓치지 않으려 한 것이다. 하브스테인에 도착하자 넬리도 창백하고 차분해졌다. 소녀들은 농장으로 걸어갔고 몸을 돌려 이미 항구를 떠나는 마리아와 바브로에게 손을 흔들었다. 바브로는 노를 들어 화답했다. 잉그리드에게는 하브스테인과 바뢰이 둘 다 집이었다. 잉그리드는 감수성이 풍부하고 아주 행복했다.

35

1년도 넘게 지났지만 자신은 왜 형제자매가 없는가, 하는 의문이 다시 고개를 들었다. 쉽사리 사라지지 않는 물음이었다.

올여름은 지독하게 더워서 평생 가장 더운 여름으로 기억되었다. 하늘과 바다는 걸쭉한 스튜처럼 낮과 밤에 늘어졌고, 뜨거운 햇빛이 풀을 다 태우며 성장을 막아서 감자 농사를 망쳐 버렸고, 동물과 사람들은 땀에 젖어 헐떡였다. 그들은 북극권 한계선 옆에 자리한 열대 섬에서 반나체로 파리 떼를 헤치며 걸었다.

너무 더워 집 안에서는 요리를 할 수 없자 한스가 스웨덴 사람들이 지은 보트 하우스에 있던 스토브를 바위틈으로 옮겼다. 가족들은 창문과 문을 열어 놓고 잤으며 날마다 바닷물에 몸을 담갔다. 늙은 마틴도 몸을 담그고 한스와 바브로처럼 물살을 헤쳤다. 라스는 바위에서 다이빙을 하고, 마리아와 잉그리드는 몰톨만까지 헤엄쳐 나가 햇살 아래 부드러운 바위에 눈을 감고 누워 쉬다가 돌아왔다.

바뢰이섬은 지상낙원과도 같았다.

그러나 7월 초 새 빗물저수조가 바닥을 드러냈다. 참으로 어처구니없게도 토탄도 하나씩 말라 갔다. 스코그숄만의 바위 웅덩이도 마찬가지였다. 바람이 불지 않아서 한스와 마틴은 빈 교유기와 양동이를 가지고 교역소에 갈 때 노를 저어야 했다. 하지만 거기도 물이 다 떨어져서 말비카 옆 산속의 샘으로 가야 했다. 언제나 그랬던 것처럼 지금 이곳에 조금이라도 바람이 불어 돛을 밀어 준다면 얼마나 좋을까.

그들을 하루에 두 곳을 가느라 등이 너무 아팠기 때문에 다른 곳은 갈 수 없었다. 사람들은 평상시보다 물을 많이 마셨고 그 바람에 동물들은 물을 충분히 얻지 못했다.

그런데 산맥을 덮은 마지막 남은 눈이 사라지자 말비카의 샘이 말라 버렸다. 갈매기들은 좀처럼 날지 않았다. 라스가 쫓을 때면 그저 오리처럼 뒤뚱뒤뚱 걸었고, 보통은 사막이 다 되어 버린 권태로운 바닷속으로 머리를 집어넣었다.

한스는 마리아와 목소리를 낮춰 이야기했다. 가축 몇 마리를 죽여야 할까?

마리아는 남자가 해결할 문제니까 알아서 하라고 얼버무렸다. 한스는 절망적인 충동에 빠져 가족들에게 곡괭이와 삽을 쥐어 주었고, 그들은 늪지의 낡은 우물 바닥을 팠지만 역시 말라 있었다.

한스와 라스는 검은 바닥으로 내려가 욕을 하고 파리와 등에를 쫓았다. 다른 사람들은 양동이 가득 변색된 붉은 흙을 퍼 담아 들판과 초원의 팬 곳에 뿌렸다. 그들은 원래 흙에서 태어나 끊을 수 없는 고리로 연결되어 있지만 지금은 손톱과 발뿐 아니라 모공과 생각, 귀, 머리, 눈으로 흙이 들어왔고 등에와 쇠파리와 신경질적인 싸움을 벌이느라 바쁜 손이 닿을 수 없는 등골까지도 흙이 침투했다.

가족들이 데워진 바닷물에 몸을 씻을 때면 갈색 구름이 피어올랐다. 그들은 다시 흰 몸으로 새롭게 태어나 입으로 짠맛을 느끼며 우물 작업을 계속하러 갔다. 섬이라도 지하수가 필요하고, 한스는 당연히 콸콸 흘러나오지 않더라도 지하수가 지구의 핵에 갇혀 있을 거라고 말한 적이 있었다. 그러므로 분명 땅 밑에 물이 있을 것이다.

일종의 절망이 한스의 인생에 찾아와 흰자위에 걱정을 드리웠다. 예측할 수 없는 위험한 징조이고 부자연스러운 위험이었다. 이런 여름의 끝은 어떤 모습일까?

카르비카 사람들을 몰살시켰을 때처럼 될까?

가뭄이 올까?

이곳 바뢰이에?

어느 오후 가족들은 진흙과 젖은 쓰레기로 가득 찬 양동이 옆 갱도 깊은 곳에서 라스의 먼 비명 소리를 들었다.

전에 흙을 뒤집어쓴 적이 있지만 지금과는 비교가 되지 않았다. 라스와 한스는 흡사 성경에 나오는 인부들처럼 알몸으로 구덩이 속에서 일했고 그들의 입에서 나온 거친 말이 젖은 메아리가 되어 울렸다. 두 사람이 쉬기 위해 사다리를 타고 올라왔을 때 가족들은 키 차이를 제외하곤 누가 누구인지 구별할 수 없었다.

"어떻게 되어 가고 있어요?"

"뭐…어……."

두 사람이 깨끗이 씻고 돌아왔을 때 한스가 갑자기 초원에 멈쳐 서서 조용히 하라고 말하더니 손을 귀에 갖다 대고 물소리 같은 것을 들었다. 그의 눈동자도 따라 움직였고 가족들도 같이 고개를 돌렸다. 한스가 뛰기 시작했고 가족들은 그를 따르다 모두가 섬의 총알 자국이 난 곳 주변으로 둥글게 엎드린 채 아무 말 없이 그들을 맹렬하게 노려보는 검은 눈동자를 내려다보았다.

물에서 방귀와 늪과 기름 냄새가 났지만 그 위로 무지개가 보이지는 않았다. 한스가 낡은 침대보를 통과 양동이에 쭉 늘어뜨려 필터처럼 쓰라고 말했다. 그들은 이미 첫 번째 양동이의 바닥을 볼 수 있었다. 그 물을 주위에서 헐떡거리는 소들에게 주었다. 다음에 나오는 물은 더 깨끗했고 졸졸 흐르는 소리는 콸콸거리는 시냇물처럼 한층 더 두드러졌다. 그리고 다음 날 아침 그들은 우물 구멍 위로 끌어올리는 장치를 만드느라 분주했다. 발이 다섯 개 달린 원뿔형 천막에 도르래 장치를 달고 아래로 늘어뜨린 밧줄에 판자를 달아 라스가 앉을 수 있게 했다. 그들은 조심스럽게 라스를 내려 보냈고, 라스가 양동이 가득 물을 퍼내고 또 퍼냈다. 가족들은 그 물을 윈치로 올려 음매 하고 우는 동물들에게 주었고, 이제 양들도 몰려들어 모두가 허둥지둥 움직였지만 마음은 편했다. 이제 물로 커피를 끓일 수 있었다. 저녁에는 가족들도 평상시처럼 물을 마실 수 있었다. 물은 얼음처럼 차갑고 비린 맛이 나지도 않았다.

그날 저녁 가족들은 감자밭에 물을 주었다. 다음 날 아침은 전처럼 건조했지만 감자 줄기는 이제 그들의 무릎까지 올라왔다.

가족들은 라스를 올리고 내렸고, 라스가 물을 퍼내고 또 퍼내서 하루 종일 감자밭에 물을 줄 수 있었다. 다음 날 저녁 물이 먼지로 뒤덮인 고랑에 진주 구슬처럼 들어가 사라졌지만 풀은 차츰 더 솟아났다. 그렇게 일주일이 지났다.

그리고 비가 내렸다.

자신의 발아래에서 직접 물을 찾아 하늘을 열기까지 어디서도 찾아볼 수 없는 신성한 일주일을 보냈다는 감동이 밀려들었다. 자포자기한 날도 많았지만 그들은 스스로 운명을 개척했다는 걸 증명했다. 섬은 6월 초부터 7월 말까지 11월처럼 갈색이었다. 이제는 전에 없이 푸르러졌고 심지어 로즈에이커도 더는 붉은색을 띠지 않았다. 해가 나고 비가 오는 날이 차례로 이어졌으며 가족들은 변변찮은 건초를 수확했다. 섬의 수확도 변변치 않았지만 크리스마스가 아닌 한여름에 동물을 도축하는 것보다는 나았다. 그리고 어느 오후, 잉그리드는 막 풀을 벤 스캡에이커에서 엄마 옆에 등을 대고 누워 가족들이 살아남았으니 새로운 자유 속에서 자신은 왜 형제자매가 없는지 물어도 된다고 느꼈다.

마리아는 팔꿈치로 몸을 일으켜 세우고는 아이는 갖는 것이 아니라 얻는 것, 즉 선물이라고 말했다. 잉그리드는 그만 입을 다물어야 한다는 생각이 들었지만 왜 누구는 선물을 받고 누구는 받지 않는지 되물었다.

"누가 있었으면 좋겠니?" 마리아가 날카로운 목소리로 물었다가 이내 누그러뜨리고는 작년에 넬리가 여기 놀러 왔을 때를 기억하는지 물었다. 그 애가 집에 돌아가야 할 때 많이 울었던 건 말을 더듬어도 바뢰이섬 사람들 누구도, 심지어 라스도 놀리지 않았기 때문이라며, 넬리는 그 점을 고맙게 생각했다고 말했으나 잉그리드는 무슨 의미인지 이해하지 못했다.

그래서 혼란스러운 얼굴로 엄마를 쳐다보았다.

"넬리는 형제와 자매가 있잖아." 마리아가 날카롭게 설명했다.

잉그리드는 그게 무슨 의미인지 묻고 싶었고 다시금 혼자인 것이 가치 있다는 말을 듣고 싶었다. 그런데 갑자기 얼굴로 그림자가 드리워져 올려다보니 라스가 조용히 기어 와서 해를 막았다.

마리아가 고개를 들어 할아버지는 어디 있냐고 물었다.

"낮잠 주무세요." 라스가 대답했다.

바지가 너무 커서 바브로가 다리 부분을 자르고 뜸줄을 땋아 만든 멜빵으로 길이를 조절했다. 라스는 그 모양새로 하루 종일 맨발로 반쯤 벗은 채 돌아다녔고 이제 어른처럼 자라 일곱 살이 되었기에 학교에 가야 했다.

"어디서?" 마리아가 물었다.

"저기요." 라스가 가리켰다.

마리아가 쳐다보니 마틴이 한 번도 간 적 없고 아무도 가지 않는 카르비카와 폐허 쪽이었다. 마리아는 아무리 살펴도 보이지 않자 자리에서 일어나 치마에 묻은 풀을 털고 계속 찾더니 갑자기 탄식을 토하며 뛰기 시작했다. 잉그리드와 라스는 놀라서 마리아를 쳐다보았다.

36

마틴은 햇살이 충분히 비치지 않는 그늘에 쭉 늘어져 쉬고 있었다. 배 위에 고양이 카눗이 없는 점만 빼고는 언제나처럼 잠든 것 같아 보였다.

마리아는 몸을 돌려 아이들에게 멈추라고 한 뒤 남편을 찾았다. 한스가 커다란 낫을 내려놓고 천천히 걸어왔다. 집에서는 영문도 모른 채 바브로가 나왔다. 그렇게 마치 신호를 본 것처럼 온 가족이 모였다.

한스는 마틴 옆에 쪼그리고 앉아 아버지 뺨에 손을 올렸다. 누구도 입을 열지 않았다. 한스는 몸을 세우고 라스를 쳐다보며 부두 창고에 뭘 가지러 같이 가자고 말했다. 잉그리드는 아빠가 라스에게 뭔가 열심히 설명하는 걸 지켜볼 뿐 들을 수는 없었다.

두 사람은 빗물저수조를 만들 때 쓴 사다리와 스웨덴 사람들이 깔고 자던 러그 두 장을 들고 왔다. 한스가 한 장을 사다리에 깔았다. 바브로와 함께 마틴을 들어 그 위에 뉘고 다른 러그로 덮은 다음 보트 창고로 옮겨 가서 늘 페링을 세워 두는 굴림대에 내려놓았다. 그리고 새들이 들어오지 못하도록 앞문과 뒷문을 닫았다.

다음 날 아침 가족들은 보트 두 척을 나눠 타고 본토로 갔다. 바브로와 한스가 폐링 보트 두 척 중 큰 쪽의 노를 저었다. 잉그리드와 마리아는 고물에 앉았다. 라스는 이물 화물창에서 눈물을 흘렸다. 그들은 바람이 불지 않아서 마틴이 누워 있는 사다리를 실은 보트를 끌었다.

그들은 교역소 아래 작은 선착장에 내렸다. 한스가 뭍으로 올라가 요하네스 맘베르게트 목사와 함께 돌아왔고, 목사는 가파른 계단을 내려오려면 도움을 받아야 했다. 목사는 한 사람씩 손을 잡으며 가족들에게 위로의 말을 건넸다. 수차례 해 봐서 익숙하지만 그래도 진심이 느껴질 수 있도록 애를 썼다. 증기선이 막 얼음을 가져와서 시신을 냉동고에 보관할 수 있었다.

"수의는 가져왔나요?"

당연히 옷뭉치를 가져왔고 마틴이 일요 예배를 볼 때 입는 옷도 들어 있었다.

관은 어쩌지?

당연히 수중에 돈도 있었다.

한스와 바브로가 사다리를 들고 계단을 올라 냉동고로 들어갔고, 톱밥으로 덮인 얼음 두 덩어리가 놓인 가대(架臺) 사이에 마틴을 내려놓았다. 여기 있는 얼음은 작년 겨울 호수에서 잘라 온 것으로 역대 가장 더운 여름에도 녹지 않고 남아서 서늘하고 쾌적한 느낌을 주었다. 창고가 너무 조용해서 물 떨어지는 소리가 크게 들렸다.

그들은 다시 부두로 나갔고 사람들이 모여 있었다. 교역소 직원이 다가와 한스와 악수하며 예상하지 못한 말을 건넸다. 그 사람은 바브로와도 악수했다. 가족들은 장례식에 관한 이야기를 나누었다. 맘베르게트 목사는 가파른 계단을 내려가지 못하는 걸 사과했다. 한스는 괜찮다고 말했다. 그들은 다시 악수를 하고 페링으로 내려가 다른 보트를 끌고 집으로 돌아왔다.

고양이 카눗과 라스가 가장 크게 슬퍼했다. 라스는 울부짖으며 눈앞에 보이는 것을 닥치는 대로 부숴 버렸다. 한스는 말이 없었다. 바브로는 아무도 보지 않는다고 생각할 때 조용히 흐느꼈다. 마리아의 얼굴은 가뭄에 동물들이 죽을까 봐 걱정할 때처럼 굳고 핼쑥해졌다. 그리고 잉그리드는 어떤 슬픔은 자신이 아는 다른 슬픔보다 더 사무친다는 사실을 알았다. 잉그리드는 부두 창고 근처 해머로 가서 커다란 손이 나타나 자신을 바다로 쓸어 버리고 파도가 숨을 앗아 가길 바랐지만 물속에 뛰어들 기력도 없고 육지에서 끝낼 수도 없을 노릇이라 그저 온 마음을 다해 흐느꼈다. 마리아가 다가와 바위 끝에서 딸을 끌어내리며 정신 차리라고 말했다. 이제 잉그리드는 라스와 페링을 타고 몰래 나간 게 어떤 행동이었는지 이해했다. 마틴은 노인이고 아이들은 아이들이라 그 차이는 엄청났다.

잉그리드는 몸을 이리저리 비틀고 꼼지락거리며 뱀이 되었다가 다시 단단하고 조용한 매듭으로 변했다. 오늘은 북쪽 방 엄마 옆에서 잤고 아빠는 남쪽 방에서 혼자 잤다. 눈을 감기 전에 속에서 타들어 가는 고통이 다시 올라오자 그때부터 아빠나 엄마 혹은 누구를 믿어야 하는지 의구심이 들었다.

장례식이 열리는 날 얼링 삼촌이 새 부두의 선창에 배를 댔다. 삼촌은 배에 친척들을 가득 싣고 왔다. 잉그리드는 그들에 대해 많이 들었지만 본 사람은 몇 명뿐이라 고모 넷하고 고모부들, 이모 셋하고 이모부 둘, 얼링 삼촌과 헬가 숙모와 숙모의 아버지가 다였다. 그 밖에도 다양한 나이의 친척 열다섯 명이 지난 24시간 동안 크고 작은 섬에서 출발해 이곳 바뢰이로 왔다.

가족들은 배에 올라 악수를 하고 아무 말 없이 왼쪽과 오른쪽, 가운데에서 친척들을 맞이했다. 깊은 고요가 이 방주에서 햇살이 이어진 교역소를 향해 퍼져 나갔다.

그들은 통로에 서서 한동안 배가 안전하게 정박하는 것을 지켜본 뒤 비틀거리며 시신을 옮겼다. 그렇게 반짝이는 검은 의상을 걸치고 상점과 집들을 지나 하느님의 공포의 땅에 자리한 낡은 교구를 거쳐 천천히 교회로 행진했다. 그곳에서 요하네스 맘베르게트 목사가 인도하는 장례식이 진행되었다. 그 자리에는 목사의 어여쁜 아내와 두 어린 아들을 비롯해 언제나처럼 노를 저어 온 스탕홀만의 토마스와 잉가, 다른 섬에서 온 열두 명 등 잉그리드가 평상시에 본 것보다 훨씬 많은 사람이 모였다. 맘베르게트 목사가 트레나 주위 바다에서 마흔네 번의 겨울을 보내느라 손이 거칠 수밖에 없었던 마틴에 대해 들려주자 모두 경의를 표하며 고개를 끄덕였다.

"그런 삶은 하느님의 은총으로 지상에 헌신할 수 있는 육체를 가진 덕분이며 바다는 또한 천국과 같으니 우리가 그 점을 결코 잊지 말아야 합니다. 특히나 이곳이 아니더라도 마틴이 원하는 장소에서 아주 평화롭게 잠들었다는 걸 잊어서는 안 됩니다. 마틴 콘라드 한센 바뢰이는 자신의 섬을 떠나 마침내 사랑하는 아내 카야가 잠든 이곳에 묻히게 되었습니다. 태풍이 키운 갈망이 결실을 맺어 우리는 이 자리에서 만조에 떨리는 입술과 눈물로 그를 내려다보게 되었습니다."

요하네스 맘베르게트 목사는 한숨을 쉬며 붉은 손수건으로 두피에 맺힌 땀을 닦고 고개 들어 바위 산맥을 바라보며 교회지기에게 관을 내리라고 말했다. 잉그리드에게 할아버지의 무덤은 몇 달 전에 그들이 판 우물처럼 생긴 구덩이에 불과해서 차마 보기 힘들었다.

섬으로 돌아오는 길에 한스가 무언가를 기억해 내고 형에게서 키를 넘겨받아 방향을 돌렸다. 차가운 냉동고 밖 부두에 놔두고 온 사다리와 러그 두 장을 가지러 간 것이다. 사다리는 새것과 다름없기 때문이었다.

잉그리드는 할 말을 잃었다.

그날 잉그리드는 별말을 하지 않았다. 또한 목사의 진지한 설교에 모두가 기분 전환이 되었고 교회 마당의 평화와 고요함이 영원할 것 같았다. 하지만 바람조차 숨을 죽인 그때 어디선가 웃음소리가 들렸다. 부두 난간에서 잉그리드의 숙모 하나가 마리아를 껴안았고 그녀는 손으로 입을 막으며 웃지 않으려 애썼다. 가장 작은 아이들은 신이 나서 갑판을 뛰어다녔지만 어른들은 신경 쓰지 않았다. 잉그리드는 조타실 창문을 통해 나침반 위에서 균형을 잡고 큰 너울과 유일하게 수직을 이루는 술병과 초록색 유리잔 다섯 개가 아빠와 동료들 사이에 건네지는 것을 보았다.

그들은 바뢰이에 보트를 세우고 선창을 연 다음 음식과 음료가 든 상자를 해안가로 옮기고 침대보와 옷도 꺼냈다. 그리고 낯선 사람들이 섬으로 올라와 오랫동안 잊힌 장소와 후미진 곳을 재발견했다.

"저건 노스윈드리지 아냐?"

"저건 크비트산다야……."

바위틈, 초원, 작은 만……. 이들 이방인은 자기 손등처럼 바뢰이섬 구석구석을 알았고 다시 마주하는 걸 매우 기뻐했다. 잉그리드는 모든 보물과 비밀을 안고 있는 섬 주민이 자기만이 아니며 놀라서 말을 잇지 못하는 방문객들도 한때 이곳에서 살았고 그들의 어린 시절 또한 결코 지울 수 없기에 앞으로도 남으리란 걸 알았다.

한스의 여자 형제 중 하나가 무릎을 꿇더니 풀이 무성히 자란 솜털오리 집 하나를 파냈다. 잉그리드는 처음 보는 거였다. 그녀는 잉그리드가 보지 못한 다른 집도 찾아내어 씻더니 슬레이트 타일로 수리하고 싶어 했다. 잉그리드는 타일을 어디서 찾을 수 있는지 알려 주었다. 손님들은 오리가 어디에 있고 어장은 어디이고 독수리가 어디에 둥지를 틀었는지, 이 섬 식품저장소의 모든 선반과 비밀 서랍 등을 다 알고 있어서 아무것도 직접 보여 줄 필요가 없었다. 심지어 여기 와 본 적도 없는 아이들조차 자기 집에 온 것처럼 짜증을 부리고는 보트 창고와 부두 창고로 돌아다녔다. 남자아이 둘은 허락도 없이 라스와 함께 보트에 올랐고 라스는 오늘이 무슨 날인지도 잊은 채 평생 가장 좋은 날처럼 이리 저리 손짓을 하며 신이 났다. 여자애들은 다들 자매인 듯 육지에 작은 검은색 텐트처럼 모여 서서 함께 어울리려 들지 않고 바라만 보았다. 자기 섬에서는 늘 형제자매끼리 붙어 있을 터라 잉그리드는 더욱 외롭게 느껴졌다.

그때 잉그리드 또래의 여자아이가 어둡고 무거운 눈썹 아래 슬픈 얼굴로 잉그리드를 바라보며 뭐라고 했다. 동시에 마리아가 시누이와 할아버지 방을 청소하며 모든 흔적을 지우다 웃는 소리가 들렸다.

"네가 잉그리드니?"

잉그리드는 뭐라고 말을 건네기에는 아직 서먹해서 고개만 끄덕였다.

"난 조세핀이고 가스베레트에서 왔어."

잉그리드는 다시 고개를 끄덕이고 마틴이 죽은 이후로 그 자리를 떠나려 하지 않는 카눗이 집에서 쫓겨나 잘 모르는 사람들의 다리 사이로 이리저리 방황하다 바다에 나가려는 듯 보트 창고로 들어서는 것을 보았다.

한스와 얼링은 해변에 모닥불을 피웠다. 낡은 러그가 불꽃에 휩싸였다. 숙모가 낡은 옷더미를 가져오고 마리아가 침대보를 들고 왔으며 불꽃이 8월의 금빛 하늘로 마구 치솟았다. 마틴의 돗짚자리를 가지고 나온 바브로는 어느새 칠남매의 강인한 막내가 되어 포옹하고 애교를 부리고 놀림을 당하며 햇살처럼 빛났다. 그녀는 다양한 스타일로 빗어 넘긴 머리를 하고 밖에 내놓은 의자에 여왕처럼 앉아 있었다. 그러다 다시 일어나서 집 안의 의자를 전부 밖으로 가져오고 응접실과 주방의 테이블을 꺼내다 커피와 음식과 케이크와 술을 차렸다. 의자가 없는 사람들은 러그나 잔디에 앉아 먹고 마셨으며 왁자지껄한 목소리와 웃음소리가 죽음이 아닌 삶을 보여 주었다.

잉그리드는 다시 해머로 가서 바다에 휩쓸리고 싶었다. 하지만 사촌 조세핀의 무신경한 눈동자에서 벗어날 수가 없었다. 삼촌이 앞으로 넘어져 사람들에게 박수를 받았을 때는 자기도 모르게 웃으려고 했다. 눈물을 조금 쏟았지만 미소가 지어졌다. 한편 잔잔한 비처럼 밤이 찾아올 때까지 모든 질문에 대답하며 바뢰이를 낯선 도시로 만들어 버린 사람들 때문에 미칠 지경이었고, 그 너머로 엄마의 매우 낯선 모습도 계속 보게 되었다. 잉그리드는 엄마를 이해할 수가 없었다. 할아버지가 안됐다는 마음이 온몸을 타고 흘렀다.

37

바뢰이섬의 새 부두가 완성된 지 1년하고 하루가 지났다. 한스 바뢰이는 새 부두를 큰 성취이자 건축의 걸작으로 여겼고 계속 좋은 작품을 만들어 내야 한다는 의무감을 가졌다. 그는 교통국, 낙농장, 지역 의회에 여러 통의 편지를 보내고 자신의 프로젝트와 관련해 만나기도 했다.

아무 소득이 없었다.

그런데 아버지가 돌아가신 뒤에 또 다른 시도를 했고 이번에는 마리아와 함께 본토로 갔다. 남은 세 사람은 해변에서 부부가 부슬비 속으로 사라지는 모습을 지켜보며 뭔가 중요한 일이 시작되었다고 생각했다.

바뢰이를 우유 항로에 포함시키는 일이었다. 소형 어선이 하브스테인과 다른 두 섬을 일주일에 세 번 오가며 우유통을 수거하여 교역소로 가는데, 비상시에는 섬 주민들을 위한 여객선으로 운영하고 수소를 암소에게 보내거나 암소를 수소에게 보내는 힘든 일도 이 어선을 이용하면 수고를 덜 수 있었다. 한스는 해도를 가져가서 수석행정관의 주방 테이블에 펼치고는 바뢰이섬에 들르면 돌아가지 않아서 훨씬 편하다고 설명했다.

그러나 부부는 뜨뜻미지근한 반응과 늘 부족한 지역 의회 예산에 대한 변명만 들었고, 행정관은 자신은 이 일과 아무 관련이 없다고 주장했다.

이내 마리아는 커피가 나오지 않은 걸 알아차렸고 그건 예산과 전혀 상관없다는 점을 깨달았다. 대화는 줄곧 제자리걸음만 하다가 갑자기 철학적인 주제로 넘어갔다. 행정관은 수년간 한스 바뢰이가 문명 사회의 항로 표지, 램프나 신호등처럼 배들이 항해하는 데 참고할 만한 장치를 바뢰이섬이나 다른 근교 작은 섬 혹은 암초군에 설치하자는 의견을 묵살해 온 걸 기억해 냈는데, 사실 그의 섬은 항로 중간, 더 정확히는 먼바다 쪽에 자리했다.

한스는 그 문제가 이번 건과 무슨 상관인지 물었고 행정관은 비공식적인 거래를 하는 것이 어떠냐고 제안했다. 그의 아들이 항로표지협회에서 일하니 일주일에 세 번 우유 항로에 바뢰이를 넣어 주는 대신 작은 섬인 스카르브홀만을 그냥 바다 위 암초로 놔두지 말고 표지를 설치하자고 말이다.

한스는 어떻게 해야 할지 몰랐다.

표지등을 세우면 밤에 잠을 설칠 터였다.

그는 등대보다는 이정표가 나았다. 하지만 주방 창가에 앉아 검은 손가락 같은 것이 중앙에 흰 벨트를 차고 머리에는 강철 삼각기를 단 채 지평선에 서 있는 걸 보니 둘 다 없는 편이 나았다. 게다가 작업을 하는 몇 달 동안 사람들이 왔다 갔다 할 것이다. 수세대 전에 했어야 하는 일인데 바뢰이섬과 가까운 그제소야의 습지를 돌려받으면 거기에 더 많은 풀을 키울 수 있고, 그러면 얼마나 많은 소를 먹일 수 있을까? 또한 진짜로 우유수송선이 일주일에 세 번 들락거리는 걸 볼 자신이 있는가?

질문이 계속해서 머릿속에 떠올랐고 고민할 날이 점점 줄어든다는 걸 알려 주었다.

이 모든 것이 마틴의 죽음에서 비롯되었다.

그리고 섬의 지속적인 생존과 연결되었다.

이미 1년이 지났지만 유독 시간이 더디게 느껴지자 한스는 몸을 비틀고 고개를 저으며 최종 결정을 내리고는 마리아가 손글씨도 더 정갈하고 글솜씨도 좋으니까 대신 편지를 쓰게 했다. 부부는 본토로 가서 함께 이야기했고, 낙농장용 사본을 들고 행정관을 찾아가 바뢰이에 대한 확신을 전한 뒤 집으로 돌아오면서 모든 이야기가 아주 금방 끝난 데 만족하며 웃었다. 그리고 자신을 세상에 열어 보인 부부는 그들의 이름을 지도에 남겼다.

2주 뒤 우유수송선이 처음으로 도착했을 때 양이 얼마 안 되는 우유 한 통만 실을 거라 한 명만 나와도 충분했는데 다섯 명이 부두에 서서 굵은 밧줄을 잡고 있었다. 한스와 학교를 같이 다닌 선장이 우유통에 새로 칠한 숫자를 보고 다른 섬의 10~12통에 달하는 우유통과 비교했을 때 이런 일로 온 가족이 행차한 것은 너무 과하다는 생각이 들어 미소를 지었다. 한스 바뢰이는 악마와 거래했다는 걸 깨달았고, 이제 되돌릴 수도 없기에 다른 방도 없이 곧바로 그제소야를 돌려 달라고 요구했다.

한스는 그해 가을철도 일을 그만두고 학교에 들어간 라스를 데리러 갔다가 그제소야로 가서 도랑을 팠다. 곡괭이와 삽을 썼다. 두 사람은 그곳에 벼랑이 있는 걸 파악하고 구덩이는 돌과 잔가지로 메웠으며 바위들 사이에 커다란 목초지를 만들 수 있다는 것도 알았다.

하지만 그건 영혼과 몸을 파괴할 만큼 엄청난 일이었다. 한스는 2주 만에 이 일이 실현 가능한지 의문이 들기 시작했다. 물론 곧바로 그만둘 생각은 없었다. 삽의 달인인 바브로가 몇 주간 그들과 함께 했다. 한 달이 지난 뒤 본토에서 백수 청년 둘을 고용했고, 그 대가로 섬사람들이 갖지 않은 돈을 줘야 했다.

마침내 서리가 찾아왔을 때 한스 바뢰이는 등을 펴고 자신과 진지한 대화를 나누었다. 이 새로운 땅이 눈앞에 펼쳐진 사실이 뿌듯하고 설명할 수 없을 만큼 아름다운 땅이지만 그의 다른 밭이나 목초지처럼 실제로 그의 것일까?

그는 흙 작업을 좋아하지 않기에 이만큼 해낸 것이 소름 끼쳤다. 그는 바다의 사나이라 농부라기보다는 어부이고 흙의 노예라기보다는 사냥꾼에 더 가까웠다. 단순히 노는 땅 그 이상을 만들어 보려는 의도가 엄청나게 커져 버렸다.

한스의 마음에서는 언제나 바다와 육지 사이의 충돌이 있었다. 바다에 있을 때는 아끼는 섬이 그립고 흙에 손을 담그면 항상 바다를 쳐다보며 고기잡이를 생각하는 자신을 발견했다. 하지만 이런 혼란은 상호 균형을 이루었는데, 지금 바로 그 부분이 위협받고 있었다.

그는 자신의 혼란을 해결할 수 없어서 바쁘게 움직이는 라스에게 다가가 빌어먹을 땔감은 잊어버리고 올해는 그만두자고 말했다.

그들은 연장을 챙겨서 집을 향해 조용히 노를 저었다. 라스는 무슨 일인지 차마 묻지 못했고, 한스는 조카가 알고 싶어 하는 게 뭔지 모르는 척했는데 그 자신도 이해하지 못했기에 자연스러운 침묵이 이어졌다. 우유수송선이 오는 날 오후 외지 청년들도 돈을 받고 떠났다. 우유 한 통을 싣고서.

그리고 다시 시작되었다.

바뢰이 사람들은 우유를 주는 대신 치즈를 얻었다.

직접 만들어 쓰던 버터와 크림과 사워크림도 얻었다. 하지만 남은 우유로 지금도 만들고 있으니 이런 걸 발전이라고 할 수 있을까? 가족들은 어구와 보트와 바다에서 쓸 장비를 살 돈이 필요하지 다른 사람들이 다른 곳에서 만든 치즈 따위는 필요 없었다.

한스는 그 어느 때보다 크게 분노했다.

그러나 지금은 모든 결정을 미뤄야 하는 시기인 12월이었다. 그는 해안에서 라스와 함께 크리스마스까지 낚시를 하며 지금의 상황을 분명하게 인식했다. 그리고 로포텐에서 다시 겨울을 보낸 뒤 집으로 돌아와 목재, 기름통 네 개, 100미터 길이의 단단한 널빤지를 구입한 다음 다른 섬에서 하는 것처럼 바뢰이 남쪽에 뗏목을 만들어 동물들을 안전하게 싣고 그제소야로 가는 계획을 세웠다.

그제소야를 건초를 키우는 곳이 아니라 목초지로 쓰는 것이다. 송아지들을 위해서. 소들이 외양간에 있는 동안. 이제 그들은 더 많은 우유를 짤 수 있고 더 많은 송아지를 키울 수 있다.

라스는 등교 첫날 마리아, 바브로와 함께 하브스테인으로 갔
다. 직접 노를 젓는 대신 바뢰이의 우유 두 통과 함께 우유수송선
에 올랐다. 여전히 키가 작아서 1년 늦게 입학했지만 아무도 뭐라
고 하지 않았다. 하지만 뭐든 빠르게 익히고 글도 읽을 줄 알았다.

바뢰이의 집에서 한스는 다시금 자신이 1년을 허비했다고 느
꼈다. 그럼에도 불구하고 중요한 한 해였다. 그가 낭비한 2년보
다 더 중요한 한 해였다. 그는 여전히 마음을 정하지 못했고 얼마
나 더 시간을 허비해야 하는지도 알 수 없었다. 돌아가신 아버지
가 그리웠다.

38

　그해 가을 이정표를 세우는 작업이 시작되었다. 한스 바뢰이는 한동안 철로 공사장에서 일하며 돈을 벌어야 했기에 그곳에 없었다. 잉그리드도 없었다. 잉그리드는 일자리가 정해지지 않아서 다른 섬 출신의 열다섯 명과 예비 수업을 듣기 위해 캐런 루이스 맘베르게트와 함께 지냈다. 공부하지 않을 때면 목사의 두 아들을 돌보며 하녀가 되는 법을 배웠는데 넬리와 조세핀을 비롯해 다른 친구들과 함께여서 참 좋았다. 게다가 캐런 루이스는 다시 임신을 했고 이제껏 아이들이 아무도 죽지 않았으니 목사는 여덟 번째 자식을 보는 셈이었다.

　한편 항로표지협회에서 바뢰이섬에 도착했을 때 집에는 마리아와 바브로만 있었다. 열한 명이 각자 배와 뗏목을 타고 왔으며 인부와 감독이 섞였는데 감독들은 천 모자에 조끼와 반짝이는 부츠, 울 스웨터 차림이라 기술자처럼 보였다. 그들은 고기나 생선 혹은 납작한 빵을 살 때 매너가 좋고 예의가 바른 데다 돈도 많이 썼다. 잠은 글루텐 2호라고 적힌 강철 배에서 잤는데 날씨가 좋을 때면 작업장에 닻을 내리고 그렇지 않으면 새 항구에 정박했다.

　첫날 오해가 있었지만 마리아는 분명히 하지도 않고 신경 쓰지도 않았다. 그들은 합의한 것처럼 스카르브홀만에서 시작하지 않고 바뢰이섬 남쪽 끝에서 작업을 시작했다. 게다가 표지가 아니라 강철 구조물이었다. T자 수직 기둥 네 개를 바위 위에 시멘트로 단단히 세우고 그 위에 183센티미터 높이로 랜턴을 달아서 흰 등대에 붉은 모자를 쓴 듯한 형태라 멀리서 보면 곤충이나 서커스 광대가 하늘로 뛰어오르는 것 같았다. 바위 아래 볼트로 연결된 관에서 나오는 파라핀으로 10월 1일부터 3월 1일까지 불을 밝혔다가 남은 한 해 동안 끄는데 특유의 흰색과 붉은색이다 보니 불을 켜지 않아도 눈에 잘 띄었다.

이제 곧 11월이 된다.

바뢰이 남쪽 끝에서 한 달 넘게 불빛이 반짝였고 한스는 집으로 돌아와 자기 섬에 영원한 크리스마스트리 장식이 생긴 걸 보고 노발대발했다.

하지만 마리아나 바브로에게 어떤 동정도 받지 못했다. 그들은 땅을 빌려 주고 받은 122크로네를 내보이며 평생 등대를 유지 보수하면서 적으나마 정기적인 보수를 받을 거라고 말했다. 그들은 우유 생산자가 되었고 지도에 이름을 올렸을뿐더러 국가에 봉사하는 등대지기가 되어 급여를 받게 되었다.

한스 바뢰이는 이런 사실을 받아들이지 못했다.

누군가에게 봉사하고 싶지 않았다.

다음 날 마리아 없이 우유수송선을 타고 본토로 향했다. 바뢰이섬이 바다 너머로 희미해지기도 전에 가장 좋은 옷을 차려입고 직접 노를 젓거나 돛을 올리지 않고 새로운 길로 본토에 간다는 사실을 깨달았고, 그런 점에서 비공식적인 '거래'에 대한 불만이 조금 누그러졌다. 결국 민원을 넣는 건 쉽지 않은 일인 데다 어느 기관을 찾아가야 한단 말인가?

그는 조타실에서 안전한 물길을 따라 교역소와 섬들 사이를 오가며 원할 때 휴가를 내고 수입까지 안정된 이 수월한 일을 수십 년간 해 오는 학교 친구 파울루스와 함께 섰다.

한스는 하브스테인에서 우유 싣는 걸 도와주었는데 다섯 개 농장에서 스물한 통의 우유가 나왔다. 그들은 짐 선반을 내리고 바닥짐을 안정시킨 다음 스카르벤으로 떠났다. 거기서 열다섯 통을 더 싣고 루트베르에서 다시 열한 통을 실을 다음 그날 오후 늦게 교역소에 도착했다. 행정관을 찾아가기엔 너무 늦은 시간이라 한스는 모든 섬사람이 쓸 수 있게 만들어 놓은 임시 움막으로 가서 스토브에 불을 지피고 커피를 마시고 매트에서 잤다.

그는 다음 날 아침에도 행정관을 찾아가지 않았다. 섬을 본토와 연결해 주는 여객선이 교역소 부두에 정박하고 있었다. 그런데 마음속에서 무언가가 그를 헤집어 놓았다. 그는 배에 올라 시내로 가서 낚시용품점에 들러 라인 튜브 네 통, 밧줄 여덟 묶음, 부표줄, 고리, 대마실과 칼을 샀다. 그리고 커피, 설탕 한 자루, 콩 한 자루, 훈제 소시지 한 통, 크리스마스용 테이블보, 아이들에게 줄 크리스마스 잡지 세 권, 아쿠아비트 두 병, 파란색 꽃무늬가 있는 원피스 옷감 8미터, 서랍 여덟 개가 달린 서랍장에 범선 그림이 든 액자도 샀다.

그는 증기선을 타고 오후에 돌아와 어부의 움막에서 밤을 보낸 뒤 쇼핑한 물건들을 들고 우유수송선에 올라 집을 떠난 지 정확히 이틀 만에 돌아왔다.

그리고 부두에서 우유 두 통을 들고 서 있는 가족들의 환영을 받았다.

가족들은 크리스마스 잡지와 테이블보에 흥미를 보일 뿐 서랍장에는 별 관심을 두지 않다가 나중에야 자세히 들여다보고는 응접실에 얼마나 잘 어울리는지 깨달았다. 마리아는 이 모든 일이 어딘가 불편했다. 서랍장을 만져 보니 기름칠한 레일이 미끄러지듯 움직이고 다리에는 작은 고양이 발을 음각 세공했으며 서랍 정면과 둥근 네 모서리에도 모두 조각 장식이 있고 뒤편에는 청동 명판이 달려 있었다. 코포드 앤 선, 장식장 제작자, 니다로스.

마리아는 남편에게 대체 무슨 생각이냐고 물었다. 남편은 이 서랍장이 근사하지 않냐고 되물었다. 그녀는 가격이 얼마인지 알고 싶었고 한스는 기억나지 않는다고 말했다. 마리아가 영수증이 없냐고 묻자 그는 없다고 대답했다. 그녀는 서랍장을 열었다 다시 닫으며 장뇌와 히비스커스와 체리 향을 비롯해 잘 알지 못하는 이국적인 향을 맡았고, 망치와 못을 들고 서서 동쪽 창문 옆에 범선 액자를 걸려고 하는 남편의 등을 쳐다보았다. 그는 똑바로 걸렸는지 확인한 다음 주방으로 가서 아버지의 흔들의자에 앉아 술을 한 잔 따르고 담뱃불을 붙인 뒤 내일 돼지를 잡을 거라고 말했다. 바뢰이에 항상 돼지가 있는 것은 아니었다. 하지만 올해는 있었다. 내일 그 돼지는 죽을 것이다.

테이블 맞은편에 잉그리드와 라스가 앉아서 크리스마스 잡지를 읽었다. 바브로는 그림이 있는 잡지를 보았다. 마리아는 저녁 준비를 했다. 그들은 밥을 먹고 커피를 마셨다. 바브로가 라스에게 부요이와 그제스베레트에 사는 친척들에게 우유수송선을 통해 보낼 크리스마스 카드를 쓰라고 말했다. 그녀는 조용히 아들의 손글씨를 보며 감탄했다.

아이들이 자러 가자 한스가 술을 석 잔 더 따라서 마리아와 바브로에게 한 잔씩 주고 122크로네를 테이블에 올려놓았다. 이번 겨울 그가 로포텐에 있는 동안 외상으로 장볼 필요가 없게 해 준 것이다. 마리아는 이러지 않아도 된다고 했고 그는 돈이 필요할 거라고 대답했다. 그녀는 한스가 이런 돈을 줄 형편이 아니라고 말했다. 그러자 한스가 성질이 난 듯 자리에서 일어나 자러 갔다. 돈은 여전히 테이블에 놓여 있었다. 마리아도 자리에서 일어나 자러 갔다. 바브로는 남쪽 방에서 목소리가 들리는 것을 알았다. 그리고 침묵이 흘렀다. 그녀는 술을 마시고 마리아의 술까지 마신 다음 스토브에 땔감을 가득 넣어 두고 돈을 챙겨 자기 방으로 갔다. 바브로도 서랍장이 있었다.

39

본토 목사관에서 수업을 들은 뒤로 잉그리드는 바뢰이섬이 지루해졌다. 어둠 속에서 배들을 인도하는 등대가 생긴 것은 전혀 도움이 되지 않았다. 섬을 떠나고 싶다기보다는 달라진 섬을 보고 싶었다. 아니면 섬을 세상으로 데려가 빠진 부분을 다 채워 주고 싶은데 그렇게 채울 것이 자신의 열망만큼이나 많았다. 토탄을 가져오고 외양간과 감자 창고에 가고 바브로 고모와 어망을 거두고 고기 내장을 꺼내는 따분한 일보다는 거울 앞에 서고 합창단에서 노래하고 편지가 오길 기다리며 다른 여자들과 담소를 나누고 웃고 단체로 같은 옷을 입고 바닷소리가 들리지 않는 푸른 하늘 아래에서 산책하고 싶었다.

이상하게도 이듬해 겨울에는 바뢰이섬에 큰일이 없었지만 잉그리드는 잠이 오지 않자 몸이 어디 아픈 게 아닌가 싶었고 엄마가 깨울 때까지 침대에 누워 있었다. 이곳에 사랑하는 사람이 아무도 없고 바뢰이는 단조로운 바다와 바람이 웅얼거리는 평범한 섬이라는 사실을 전에는 미처 알지 못했으며, 그 점이 잉그리드를 미치게 만들었다. 갈매기와 검은머리물떼새와 솜털오리와 바보 같은 가마우지가 시꺼먼 수도승처럼 암초 위에 서서 바람이 부는 대로 머리칼을 흩날리며 울어 대는 것도 지긋지긋해 반드시 이곳을 떠나 하녀로 일하러 가야겠다는 생각이 들었다.

하지만 세상은 그녀를 원하지 않았다.

잉그리드는 갑자기 쓸모없는 사람이 된 듯했다. 마리아는 딸이 알게 모르게 여기저기 찾고 물어보았지만 소득이 없었다. 한스는 딸에게 요리사로 로포텐에 같이 가자고 제안했다. 그러나 마리아는 자신이 로포텐에서 요리사로 있었고 거기서 한스를 만난 것으로 족하다며 허락하지 않았다. 라스가 집에 있고 잉그리드와 같이 물고기를 잡으러 가고 싶어 하는 데다 잉그리드도 조신한 여성과는 거리가 너무 멀어서 일자리 구하기가 한층 더 힘들었다. 아무튼 잉그리드는 라스와 같이 가서 노 앞에 앉았고 라스는 다리를 벌리고 서서 열정적으로 어망을 끌어올리며 자신이 사는 지옥에다 물고기를 가득 쏟아 냈다.

그러던 어느 날 마리아가 딸에게 편지 한 통을 보여 주었다. 교역소장의 아들 오스카 톰메센과 남쪽 지방에서 온 어린 아내 제니니가 교역소 맞은편 새로 지은 집에서 두 아이를 키우는데 그 집에서 견습으로 일할 수 있다는 내용이었다.

"1년 뒤에 돌아오는 거야."

잉그리드가 고개를 끄덕였다.

"일이 힘들 거야." 마리아는 모든 길이 집으로 이어진다는 걸 알고 있다는 듯 말했다. 아니면 질투 혹은 상실감의 초기 증상이거나.

이제 우유수송선이 시계 역할을 했고 가족들은 본토의 시간 체계에 맞춰 잉그리드를 데려다주었다. 프루 톰메센과 그녀의 아이들이 기다리다 잉그리드가 뭍에 발을 내딛자 인사를 건넸다. 제제니는 환영하며 편안하게 지역 사투리로 말했다. 잉그리드는 작은 여행 가방을 들고 바다와 불안한 소리에서 멀리 떨어져 고요한 언덕으로 향했다. 그녀의 새 집은 지붕 용마루 끝에 용머리 장식과 풍향계가 달려 있고 저녁 바람에 잎사귀가 부스럭거리며 흔들리는 아름드리나무에 둘러싸였지만 그마저도 고요하게 느껴졌다.

집 안으로 들어서는 순간 잉그리드는 처음 학교에 갔을 때처럼 자신이 바보같이 느껴졌지만 눈치껏 처신했다. 덕분에 제제니가 알아차리지 못하고 잉그리드가 머물 방을 자신이 직접 만든 것처럼 소개해 주었다. 잉그리드는 서랍장과 장롱을 보고 감탄했으며, 집주인이 냄새가 나는지 가까이 와서 킁킁거리지도 않고 다시금 손을 잡고 환영하면서 손톱을 살피는 것만 보았다. 다행히 잉그리드는 마리아의 감시 아래 손톱 밑을 깨끗이 닦은 터라 침착하게 검사를 받으며 서 있었다. 그리고 다 같이 아래층으로 내려가 주방에서 더 자세한 지침을 들으며 자신이 시험에 통과했고 눈앞에 놓인 과제를 극복할 수 있을 거라 생각했다. 그 과제란 네덜란드 델프트에서 온 파란 타일을 붙인 스토브였다. 바뢰이섬에 있는 검은 주철 스토브와 같은 방식으로 불을 지피는 데다 지금은 쓰지 않지만 여기 오래 있었던 것 같고 석탄으로 만든 연료인 코크스를 쓴다고 해도 토탄보다 어려울 게 없어서 거뜬했다.

여기가 우리 거실이란다. 제제니가 이렇게 말하며 집에서 가장 사적인 공간으로 이어지는 단계처럼 구성된 방 세 개를 보여 주었고, 그곳에도 스토브가 있었다. 잉그리드는 하루에 한 번만 오후 5시에 불을 피워서 오후 7시 남자들이 일터에서 돌아오면 몸을 녹이게 하고, 추와 로마 숫자와 청동 초침이 있는 이 집의 가보인 커다란 괘종시계를 나흘에 한 번씩 청소해야 했다. 그것 말고는 거실에서 할 일이 없었다. 아이들 역시 이 거실에서 놀지 못했다.

잉그리드는 왜 이렇게 두려워했는지 궁금했다. 어쩌면 섬에서 너무 오래 기다렸기 때문이라고 생각하며 세상이 그녀를 원하지 않는 게 아니라 자신이 상황을 오해한 것이고, 그러니 다시는 같은 실수를 하지 말자고 다짐했다. 그리고 엄마가 외로워서 딸을 붙잡았을지도 모른다는 의혹이 뇌리를 스쳤지만 잉그리드는 더 이상 신경 쓰지 않기로 했다.

40

　목사관에서 견습이 끝나기를 기다리는 행복한 시간이 지나자 오스카 톰메센 부부의 집에 사는 일이 별로 근사하지 않았다. 확실히 복잡했다. 우선 아이들이 목사네 아이들 같지 않았다. 맏이인 펠릭스는 일곱 살인데 무슨 이유인지 학교에 가지 않았다. 원하는 걸 얻지 못하면 동물처럼 비명을 질렀고, 그러면 엄마가 방에서 나와 잉그리드에게 아들을 진정시키라고 말했다.

　둘째는 세 살배기 딸 수잔이다. 수잔은 성인 남자가 들어가도 될 만큼 큰 요람에 누워 있거나 엄마 혹은 잉그리드의 무릎에 앉아 있을 뿐 아무것에도 관심이 없는 듯 보였다. 아니면 잉그리드가 꽃무늬 장식이 있는 작은 나무 유모차에 태워서 제제니의 심부름으로 장을 보러 가거나 생선을 얻으러 교역소에 내려갈 때 데리고 갔다.

　잉그리드는 상점으로 가는 길이 좋았다. 날마다 작은 아이가 탄 유모차를 밀며 그 길을 걸을 때면 다섯 살은 더 먹은 책임감 있는 사람이 된 듯한 기분이 들었다. 외모와 옷차림에 자신이 있었고 사람들이 말을 걸면 곧바로 대답하며 미소 지어서 다들 대화를 이어 갔다. 보기에는 이상할지 모르지만 잉그리드는 섬에서 온 성격 좋고 싹싹한 아가씨였다.

그런데 이 조그만 아이는 혼자 걷기는커녕 아직 똥오줌도 못 가리고 바닥에 똑바로 앉지도 못했다. 잉그리드는 어딘가 잘못되었다고 생각했다. 제제니는 그런 소리를 들어 본 적이 없을 테고 수잔은 그냥 좀 연약하다고 생각하는 듯했다. 연약하다는 말이 도자기처럼 우아하게 느껴졌다.

이 집의 여주인 역시 어딘가 잘못되었는데 행동하는 게 같은 계층의 평범한 사람들 같지 않았다. 바느질하다 갑자기 비명을 지르고 일어나서 집을 뛰쳐나가 몸이 좋지 않은 시아버지 대신 남편 오스카가 물려받아 일하는 교역소로 내려갔다가, 다시 미소를 띠거나 눈이 휘둥그레지고 머리가 헝클어져서 돌아오는데 두 가지 모습이 동시에 나타나기도 했다. 그러고 나선 잉그리드에게 왜 펠릭스한테 먹을 걸 줬냐며 당연한 것을 물었다. 펠릭스를 조용히 시키기 위한 것도 있지만 주된 이유는 밥 먹일 시간이기 때문이었다.

펠릭스의 엄마는 손가락이 델까 봐 두려워하는 사람처럼 아이의 머리를 조심스럽게 쓰다듬고는 위층에 올라가서 쉬는데, 창문을 열어 환기해야만 방에 들어갔다. 잉그리드는 매연이 전혀 없는 곳에서 자랐기에 환기한다는 말은 들어 보지도 못했다. 잉그리드가 아이들에게 저녁을 먹이고 남자 주인이 거실에 앉아 파이프 담배를 피우는 가장 사적인 시간이 되어서야 여주인이 다시 나타났다.

잉그리드는 주방에서 남편과 아내가 웃고 말다툼하고 서로에게 소리치다가 다시 웃는 걸 전부 들었고, 상황이 그때그때 아주 빠르게 바뀌어서 일주일쯤 지나자 피로가 쌓여 일찍 잠자리에 들어야 했다. 저녁 식탁에서도 지치는 일이 이어져 집주인 부부의 질문에 만족스러운 대답을 하지 못했고 그들이 웃는 이유를 몰라서 따라 웃을 수도 없었다.

교역소장의 아들은 예의 바르고 거리감이 있고 좀 멍하지만 쾌활했다. 그는 커다란 원장에 우표를 비롯해 나폴레옹과 노르웨이를 통치했던 덴마크와 스웨덴 왕의 동판을 모았는데, 이것들을 커다란 거실 테이블에 펼쳐 놓고 정확한 순서대로 정리하는 것은 잉그리드의 몫이었다. 그는 또한 특별한 눈길로 잉그리드를 쳐다보았고 아내가 보지 않을 때 윙크를 하기도 했다. 그리고 생선 가시를 뺄 줄 몰라서 커다란 대구 덩어리를 포크로 쑤시다가 비늘과 뼈가 달린 그대로 입 안에 넣고는 못 넘기는 것들은 손가락으로 끄집어냈는데, 말을 하면서 동시에 그렇게 하느라 매우 힘들어 보였다.

게다가 뿌연 김이 서린 안경을 썼다. 잉그리드가 안경을 닦아야 하는지 묻자 모호한 얼굴로 쳐다보는 통에 그 의미를 포착할 수 없었다. 잉그리드는 말을 절대 하지 않는 아들처럼 집주인도 어디가 아픈 거라고 생각했다. 이 집은 부모와 자식이 모두 딴 세상에 살았다.

아무것도 필요 없는 부잣집에 이처럼 작은 실망들이 하나씩 쌓이면서 잉그리드의 기대를 충족시키지 못했다.

키우는 가축도 없고 매주 교회 너머 협곡의 작은 농장에 사는 노파가 찾아와 잉그리드의 방을 제외한 아홉 개의 방과 주방을 초록색 비누로 문질러 청소하기 때문에 할 일이 많지 않았다. 잉그리드는 노파가 어두울 때 와서 어두울 때 떠나고 종종 돈을 받지 않는다는 걸 알게 되었다. 제제니는 부끄러워하는 기색도 없이 가만히 서서 오늘은 돈이 없다고 말했다. 그럼 잉게보르그 할머니는 당분간 외상으로 물건을 사야 할까?

노파는 늘 침묵할 뿐 절대 입을 열지 않았고 등이 굽었고 이상한 냄새가 났다. 돼지 기름 냄새 같았다. 그녀는 아이들이 길을 막기라도 한 것처럼 내몰기도 했는데 사실 아이들은 그런 적이 없었다. 잉그리드는 이 집안의 거의 모든 것을 보고 나자 어느새 이 집이 자기 집처럼 느껴졌고, 이상한 관습을 비롯해 모든 걸 변호하는 버릇까지 들었다. 집주인이 독특하게 생선을 먹는 방식도 평범하다고 여겼다.

그런데 이곳에 온 지 석 달이 채 지나지 않았을 때 교역소에서 전갈이 왔다. 오스카 톰메센이 예정대로 증기선을 타고 도시로 갔는데 돌아오지 않았다는 것이다.

많은 이유가 있었지만 어느 것도 납득되지 않자 제제니는 저녁 내내 손을 비틀며 집 주위를 서성였고 잉그리드가 하녀로서 간간이 물어보는 질문에 대답하지도 않았다.

다음 날도 남편은 돌아오지 않았다. 그다음 날도 돌아오지 않자 제제니는 아이들도 돌보지 않고 후줄근한 유령처럼 돌아다니며 이런저런 물건과 가구를 살폈고, 모두 하드커버 노트에 기록하고 분류하여 커다란 여행 가방에 챙겨 넣었다. 그리고 이틀 밤과 사흘 낮 내내 불을 환하게 켜 두었다. 그러다 그녀 역시 아무 말 없이 사라졌다. 어느 날 아침 잉그리드가 아래층으로 내려가 스토브에 불을 넣고 커피를 끓이는데, 전에 없이 집이 조용하고 무덤과 어둠처럼 정적에 휩싸였다.

잉그리드는 시계가 울릴 때까지 기다렸다가 아이들이 침대에서 일어나자 밥을 먹이고 또 기다렸다. 아무 일도 일어나지 않았다. 위층 집주인의 침실로 올라가 문을 두드렸지만 아무 대답이 없어 슬쩍 들여다보니 더블베드가 가지런히 정돈되어 있고 아무도 없었다. 잉게보르그 할머니가 바닥을 청소하러 왔다가 무슨 일이 일어났는지 파악하고는 혼잣말을 웅얼거렸다. 이것이 세상이 돌아가는 방식이고 모두가 파산을 예상했으며 그게 별에 쓰여 있지는 않지만 분명 신문에는 난 모양이었다.

잉그리드는 파산이 뭔지 몰랐다. 일주일에 세 번 신문이 오지만 읽지 않았다. 노파가 톰메센 부부는 미국으로 갔을 거라고 웅얼거리자 그제야 머리가 빙빙 돌기 시작했다.

노파는 코트를 벗지 않고 널따란 주방에 앉아 처음으로 금빛 테두리 장식이 있는 컵에 커피를 마시며 이 집의 늙은이가 앓아 눕자 사업이 점점 악화되었다고 말해 주었다.

잉그리드는 적어도 이 일이 자신과 아무 상관이 없기에 이상한 안도감을 느꼈다. 그렇지만 지금 자기 자식이 아닌 두 아이를 돌봐야 하는 처지가 되었다. 오늘은 바닥 청소를 하지 않을 것이고 잉게보르그 할머니는 커피를 다 마시더니 다시는 오지 않을 거라고 말했다.

"그런데 난 어떻게 해야 하나요?" 잉그리드가 물었다.

"글쎄, 우리가 할 수 있는 게 있을까?" 노파는 이렇게 되묻고 떠나 버렸다.

잉그리드는 진작 울지 않은 걸 후회했다. 지금은 아무도 보지 않지만 울기엔 너무 늦었다.

41

잉그리드의 방 창문 너머로 바다와 섬들이 보였다. 바뢰이는 다른 섬보다 더 어둡게 보이는데 절벽이나 바위보다는 풀이 많아서 그럴 것이다. 매일 밤 바뢰이를 바라보며 잘 자라, 인사하고 아침에 섬을 다시 마주하지만 가끔은 분명하게 보이고 어떤 때는 그림자처럼 아른거렸다. 지금은 가을이고 어두워서 아무것도 보이지 않았다.

잉그리드는 자리에서 일어나 음식을 만들고 램프를 끄고 아이들과 놀아 주고 다시 램프를 켜고 아이들과 놀아 주었다. 오늘은 펠릭스를 목욕시킬 차례라 그렇게 했고 밥을 먹이고 수잔과 펠릭스를 차례로 재웠다. 펠릭스는 한 번도 엄마를 찾지 않았지만 막대기를 들고 집 안을 돌아다니며 가구들을 쳐서 잉그리드가 막대기를 빼앗자 고래고래 소리를 질렀다

다음 날 밤 잉그리드는 한숨도 못 잤다. 그래도 언제나처럼 6시에 일어나 세 사람 몫의 아침을 준비하고 혼자 먹고 손대지 않은 2인분의 음식 옆에서 시계가 울리길 가만히 기다렸다가 아이들을 깨우고 먹이고 옷을 입히고 같이 산책을 했다. 비가 와서 오늘은 어떻게 할지 문을 두드리고 물어봐야 했다.

하지만 어디에 물어야 할까?

잉그리드는 목사관으로 갔지만 사방이 어두웠다. 다시 집으로 돌아와 아이들과 놀아 주고 밥을 먹고 씻고 램프에 불을 켜고 시계태엽을 감았다. 다행히 오늘은 두 아이 다 목욕을 시키지 않아도 되었다.

이날 밤 잉그리드는 업어 가도 모르게 곯아떨어졌다.

그러다 너무 조용해서 잠을 깼다. 자신도 모르게 눈물이 흘렀다. 창문을 열고 바닷소리를 들으며 다시 잠이 들었다. 아침에 일어나 아래층으로 내려가서 어른 셋과 아이 둘의 식사를 준비한 뒤 창문으로 해가 들어올 때까지 기다렸다가 아이들을 깨웠고, 스스로 옷을 입으라고 하자 펠릭스가 악을 써서 뺨을 때렸다. 잉그리드는 수잔과 함께 아래층으로 내려갔고 펠릭스가 옷을 반만 걸친 채 징징거리며 따라왔다. 펠릭스가 옷을 제대로 입도록 도와주며 일곱 살이나 됐는데 혼자서 옷을 못 입는 건 부끄러운 일이라고 말해 주었다. 펠릭스가 양말만 신고 밖으로 뛰어나가자 잉그리드가 쫓아가 끌고 와서 억지로 테이블에 앉혔다. 식사를 끝낸 뒤 펠릭스에게 외출복을 입히고 수잔도 옷을 입혀서 부두로 데려가 증기선을 기다렸다.

증기선이 가벼운 눈을 맞으며 도착해서 짐을 내린 뒤 우유와 생선을 싣고 떠났다.

노려보는 저 시선들은 무슨 의미지?

그리고 마을을 걸으며 누군가 그들을 챙겨 주길 바랐다. 하지만 아무도 걸음을 멈추지 않았고 아무도 질문을 하거나 부유한 집 아이들을 거두는 잉그리드를 칭찬해 주지 않았다. 잉그리드는 다시 집으로 들어와 램프를 켜고 요리를 하고 수잔을 목욕시킨 다음 잠들 때까지 듣지도 않는 이야기를 해 주었다. 수잔 역시 엄마를 찾지 않았다.

다음 날 증기선이 왔다.

그리고 다시 떠났다.

잉그리드는 아이들과 이곳저곳을 돌아다녔다. 어떤 주목도 받지 못했다. 상점의 마르고트는 당연히 부모가 돌아올 거라고 말했지만 잉그리드가 카운터에 올려 둔 물건들은 그냥 두고 가는 편이 낫겠다고 덧붙였다. 돈을 낼 사람이 없으니까.

잉그리드는 멍한 표정으로 그녀를 쳐다보았다.

새 주인이 교역소를 인수할 거라는 이야기가 들렸다.

또다시 잠 못 이루는 밤이 찾아왔다. 다음 날 아침이 되었지만 새 주인도 옛 주인도 나타나지 않았다. 잉그리드는 작은 여행 가방을 꾸리고 두 아이와 다시 부두에 서서 증기선이 들어오고 나가는 것을 지켜보았다.

그러다 빈 우유통을 내리는 우유수송선이 들어왔고 개조한 소형 어선의 선장은 아빠의 어린 시절 친구인 파울루스였다.

잉그리드는 수잔을 품에 안은 채 펠릭스의 손을 잡고 통로로 걸어가서 같이 가고 싶다고 말했다. 조타실 창문으로 쳐다보던 파울루스가 그럴 수 없다고 거절했다. 잉그리드는 뭍으로 돌아가 여행 가방을 챙기고 작은 유모차에 수잔을 앉혀서 담요로 감싼 다음 바닥에 앉아 무릎 사이에 유모차를 끼웠다. 펠릭스는 잉그리드 옆에 앉았다. 파울루스가 갑판으로 나와 그들을 데려갈 수 없다고 다시 말했다. 일단 부모의 허락이 필요한 데다 날씨도 좋지 않아서 바뢰이섬까지 갈 수 있을지 확신할 수 없다고 덧붙였다. 잉그리드는 대답하지 않고 가만히 앉아서 울었다. 펠릭스는 잠자코 있었다.

42

바브로와 마리아는 우유 두 통을 들고 바뢰이 부두에서 왁자지껄하게 웃다가 우유수송선의 갑판을 쳐다보고 크게 놀랐다. 잉그리드는 잠이 들었다가 몸이 찌뿌둥한 상태로 눈을 떴다. 아이들은 배멀미를 해서 토했다. 잉그리드와 아이들은 겨우 뭍에 내렸고 파울루스는 씩씩거리며 아이들을 하나씩 들어 내려 준 뒤 섬에서는 전혀 쓸모없는 유모차까지 날라 주었다. 하지만 유모차는 적어도 수잔을 태우거나 들것처럼 쓸 수 있을 것이다.

펠릭스는 기운을 차리고 혼자 힘으로 걷기 시작했고, 잠시 후 잉그리드의 손을 잡았다.

잉그리드는 따뜻한 집에 들어오자 자기 이야기를 네다섯 번 반복한 뒤 주방 벤치에서 잠들었고 누구도 이해할 수 없을 감정에 휩싸인 채 잠꼬대를 했다. 자기 자식도 아니고 감당하기도 어려운 두 아이를 데리고 바다로 둘러싸인 고향에 돌아왔다는 안도였다.

이틀 뒤 마리아는 이 사건의 해결책을 알아보려고 본토로 갔지만 소득 없이 돌아왔다. 아이들의 할아버지는 여전히 갈피를 못

잡았고 목사의 아내는 아직 돌아오지 않았으며 상점의 마르고트 또한 새로 들은 소식이 없었다.

다시 한 주가 흘렀다.

나쁜 날씨 때문에 이틀 동안 우유수송선이 오지 못했다. 마리아는 다시 본토로 나갔지만 역시나 변변찮은 결과를 안고 돌아왔다.

한편 수잔은 잉그리드와 잤고 펠릭스는 혼자 북쪽 방의 더블베드를 차지했다. 펠릭스는 한 번 소리 지르며 떼를 썼다가 바브로가 억지로 외양간에 데려가서 자기 아들이 하는 것처럼 우유 짜는 법을 가르쳐 주려고 하자 그 버릇이 없어졌다. 펠릭스는 울면서 누가 보고 싶다는 말도 하지 않고 우유를 짰다. 장난감을 갖고 싶어 해서 그 대신 가지고 놀 만한 것들을 주자 울지 않았다. 가족들은 라스가 작아서 못 입는 옷도 주었다. 사흘 뒤 잉그리드는 펠릭스를 데리고 바다로 가서 낚시를 하려고 했지만 낚시는커녕 노 젓기나 생선 손질도 전혀 할 줄 몰랐다.

참을성 있는 잉그리드는 하는 수 없이 자기가 직접 잡아 집으로 가져왔다. 펠릭스는 그저 가만히 듣고 더듬거릴 뿐이었다. 다음 날도 마찬가지였다. 가족들이 시키자 땔감과 토탄을 가져왔고 바브로와 함께 크림분리기의 손잡이를 돌렸다. 수잔은 주방 바닥을 기어 다니며 재잘거렸고 언제고 일어설 준비를 했다.

수잔은 라스의 의자에서 배변 훈련을 했다. 마리아가 의자에 앉아 아이의 무릎 사이를 잡고 손을 놓았다. 수잔이 넘어졌다. 이번에는 바브로가 시도했다. 수잔은 계속 넘어지고 기어가고 또 넘어졌다. 그날 밤 펠릭스는 내내 바브로의 무릎에 있었고, 그녀는 꼼짝도 못 하고 펠릭스가 잘 때까지 가만히 앉아 있다가 침대로 데려갔다. 잉그리드는 언덕에 앉아 날개를 펴고 바람에 모든 것을 맡기는 새들만이 느낄 수 있는 그런 힘을 감지했다.

아이들이 섬에 온 지 열흘이 되었을 때 라스가 하브스테인의 학교에서 돌아왔다. 직접 노를 저어서. 라스는 오는 길에 낚시를 했고 보트를 부두 크레인 아래 사다리에 묶은 다음 고개를 들어 모르는 얼굴들을 보았다.

"넌 누구니?"

"난 펠릭스야." 펠릭스가 대답했다.

라스가 사다리에 올라 물고기를 부두로 올리고 작업대에서 손질하는 동안 펠릭스는 가만히 서서 지켜보았다. 라스는 물고기의 배를 가르고 소금에 절여 용기에 담고 남은 것은 신선할 때 먹으려고 잘라서 들통에 넣은 뒤 책가방과 함께 들고 집으로 왔다. 펠릭스는 라스를 따라갔다. 라스는 집으로 들어가서 엄마에게 다시 한번 이 아이가 누군지 물었다. 바브로가 같은 대답을 했다. 펠릭스라고. 창가에 앉아 뜨개질하던 잉그리드도 똑같이 대답했다. 바닥에서는 여자아이가 갈고리의 나무 손잡이를 씹고 있었다.

"그럼 저 애는 누구야?" 라스가 다시 물었다.

"수잔이야." 잉그리드가 대답했다.

라스는 물고기 양동이를 물통 옆 벤치에 내려놓았다. 바브로는 짐부터 풀라고 말했다. 라스는 씩 웃었다. 그녀는 노를 저어 오느라 힘들지 않았냐고 물었다. 라스는 괜찮았다고 대답했다.

"뭐, 이제 날씨가 좋으니까." 바브로가 이렇게 말하며 라스가 이미 깨끗이 씻은 물고기를 다시 씻었다.

라스는 여전히 웃는 얼굴로 엄마를 지켜보았다.

"뭘 그렇게 웃고 있어?" 바브로가 물었다.

"엄마를 봐서요." 라스는 복도로 가서 코트와 부츠를 벗었다. 다시 돌아오니 펠릭스가 주방 한가운데 서서 쳐다보았다. 라스는 테이블에 앉았다. 펠릭스가 다가왔다.

"가서 감자를 가져와." 바브로가 펠릭스에게 시켰다.

펠릭스가 밖으로 나가더니 양동이를 가지고 돌아와 바브로에게 주었다. 그녀는 빈 양동이를 들여다보고는 무슨 말을 해야 할지 고민하는 듯했다.

"왜 그래요, 엄마?" 라스가 물었다. "감자가 모자라요?"

"아니."

"그럼 왜요?"

"아무것도 아니야. 무슨 말이 하고 싶은 거니?"

"난 뭐가 보이는지 물었을 뿐이에요."

"그래, 넌 뭐가 보이는데?"

라스는 대답하지 않았다. 하브스테인에서 넬리를 봤냐고 묻기 위해 기다리는 잉그리드를 슬쩍 쳐다보았다. 잉그리드가 묻자 라스는 잠시 생각하고는 봤다고 대답했다. 잉그리드는 뜨개질을 하면서 넬리가 어쩌고 있는지 물었다. 라스는 모르겠다는 듯 어깨를 으쓱이고는 누나를 쳐다보며 뭘 뜨는지 물었다. 잉그리드는 뜨던 걸 들어서 스웨터의 소매를 보여 주었다. 라스는 테이블 위로 팔을 뻗어 손끝으로 감촉을 느꼈다.

"누구 거야?"

"내 거야."

잉그리드는 제제니가 드레스 입을 때 하던 것처럼 소매에 팔을 집어넣어 보여 준 뒤 주먹을 쥐고 손가락을 꽃잎처럼 펼쳤다. 손목은 립 조직으로 짜고 소매 끝에는 별 무늬를 넣었는데 울 뜨개실은 파란색, 별은 흰색으로 잉그리드가 직접 염색한 거였다. 라스는 고개를 끄덕였다. 잉그리드는 뜨개질을 계속했다. 마리아가 헛간에서 나와 집으로 들어왔다. 라스를 한번 쳐다보더니 크림 양동이를 내려놓고는 체를 찾으러 식료품 저장실에 갔다가 돌아와 다시 라스를 쳐다보고 말했다.

"보트를 안에 넣어 둬. 날씨가 나빠지고 있어."

"밥 먹고 할게요."

"지금 해!" 마리아가 소리치고는 다시 식료품 저장실로 들어갔다.

라스는 여전히 그 자리에 서서 자신을 쳐다보는 펠릭스에게 시선을 돌렸다.

"같이 갈래?"

"좋아." 펠릭스가 대답했다.

43

라스가 학교로 돌아가기 하루 전날, 우유수송선은 바뢰이섬에 들어올 수 없었다. 이틀 뒤에 왔지만 라스는 날씨 때문에 여전히 섬에 남았다.

한스 바뢰이는 한 달 만에 인부 일을 마치고 돌아와 섬에 발을 디뎠다. 탄띠처럼 상반신에 검은 파이프를 둘둘 감고 긴 가방과 커다란 나무 상자를 함께 내려놓았다. 그가 왜 지금 돌아왔는지는 아무도 몰랐다.

하지만 가족들은 행복했다.

예상치 못한 귀환이지만 마리아는 남편이 살아서 돌아온 것만으로 안심했다. 이 나라와 전 세계가 위기에 빠졌고 사람들은 망하거나 경제 사정이 빠듯해서 농가를 버리고 떠나야 했다. 어떤 이들은 직장을 잃었고 한스가 십장으로 있던 폭파 현장의 인부들은 해고되었다. 한스는 이미 그들에게 임금을 지불했지만 정작본인은 보수를 받지 못하고 대신 물건을 받아 왔다.

파이프는 기름용이지만 새것이고 깨끗해서 수관(水管)으로도 쓸 수 있고, 펌프와 필터 그리고 연결 장치도 있었다. 그는 그것들을 상자에 담았고 구리 파이프 가닥을 자르는 금형도 함께 가져와 가족들이 마침내 주방에서 물을 쓸 수 있게 해 주었다. 이 일은 한참 전에 마무리했어야 하지만 아무튼 서리가 내리기 전인 지금이 적기였다.

"넌 누구니?" 한스가 다가와 바브로의 손을 잡고 있는 펠릭스에게 물었다.

펠릭스는 다른 사람들보다 라스를 많이 닮았고 라스의 행동을 곧잘 따라 했으며 라스의 옷까지 입었다.

그 옆에 열두 살의 남자가 된 진짜 라스가 서서 엄마를 올려다보며 하브스테인의 학교로 돌아가고 싶지 않다고, 집에 있어도 되냐고 물었다. 한스는 엉덩이에 손을 올리고 갑판에 서 있는 파울루스를 향해 곁눈질을 했다. 그는 그럼 어떻게 할 거냐며 대답을 재촉하는 눈치였다.

바브로가 대답하기 전에 라스가 부두에 가방을 내려놓고 남쪽으로 뛰었다. 그들은 가만히 서서 지켜보았다.

한스가 웃음을 터뜨리고 파울루스에게 말했다. "자넨 그냥 가는 게 좋을 것 같아."

한스는 밧줄을 놓았다. 파울루스는 밧줄을 잡아당기고 고개를 저으며 조타실로 사라졌다. 가족들은 상자와 짐 가방과 기름 파이프와 빈 우유통 두 개를 들고 집으로 돌아왔다. 우유수송선은 그들이 세상과 소통하는 접점이자 특별히 기름칠할 필요가 없는 시계였다.

다음 날 아침 한스는 아이들을 섬 주변으로 보냈다. 토탄 바구니에 이끼를 모아 오라고 했다. 그리고 식료품 저장실의 기초벽에 구멍을 내고 이후 며칠간 라스와 바닥에 누워 바닥 장선(長線) 아래에 10미터 길이의 나무 관을 만들었다. 빗물저수조는 집의 남쪽 끝에 있고 주방은 북쪽에 있는 탓에 그들이 소리쳐 알려 주면 밖에서 펠릭스와 잉그리드가 필요한 자재를 넘겨 주었다. 다음은 탱크가 있는 벽에 구멍을 내고 수면 1미터 아래에 필터를 달아 나무 관을 통해 파이프를 연결한 다음 바닥에 구멍을 뚫어 파이프를 주방으로 끌어 왔는데, 길이가 50센티미터밖에 되지 않았다. 마지막으로 싱크대에 펌프를 달고 파이프를 연결했다.

하지만 이끼가 아직 마르지 않았다. 나무 관의 파이프 단열재로 쓸 이끼를 헛간 다락 바닥에 쭉 깔아 두었다. 게다가 아직 서리도 내리지 않았다.

문제는 이 일이 급하냐는 것이었다.

물론 그랬다. 한스는 주방 스토브 위 천장에 생선 상자 여덟 개를 매달고 그 속에 이끼를 넣어 말리기 시작했다. 집 안에서는 한여름 건초 만드는 냄새가 났다. 펠릭스와 라스가 같이 쓰는 북쪽 방에도 이끼를 깔아 놓았다.

한스는 교역소의 이전 소유주와 이야기를 나누기 위해 페링의 노를 저었다. 수소문 끝에 노부부의 집에서 그를 찾았다. 그는 버는 돈 없이 노부부에게 얹혀살고 있었고, 아들에게 닥친 비극을 한탄하듯 중얼거렸다. 그는 이미 아이들에 대한 이야기를 들은 터였다.

"아이들이 그곳에서 잘 지내야 할 텐데." 그가 흐느끼며 말했다.

"그곳에서라뇨?" 한스가 물었다. "바뢰이섬에서요?"

늙은 소유주는 벽만 쳐다보았다.

한스는 이 남자를 평생 알고 지냈으며 그는 왕자이자 이 해안의 족장이고 다른 사람의 노동력을 앗아서 사는 인간이라고 수없이 욕했다. 하지만 지금 이 집에서 피폐하게 누워 있는 그의 모습은 특권층의 삶이 노인에게 어떤 만족도 가져다주지 못한 것처럼 보였다.

한스는 목사를 보러 갔다. 목사는 이웃 교구에서 가을을 보내고 돌아온 터였다.

요하네스 맘베르게트 또한 아이들과 잉그리드의 고난에 대해 들었지만 지역 공동체 평계를 대고는 부유한 사람들도 고난을 겪는 법이며, 그러니 삶은 곧 고통이라고 말했다. 그러곤 목소리를 낮춰서 젊은 톰메센이 자살한 것 같다고 속삭였다. 그의 아내는 보되의 정신병원에 있다고 하면서 다른 사람의 불행을 두고 입방아 찧는 사람이 적은 곳이라고 덧붙였다. 일요일 설교에서 이 이야기를 언급할 예정인데 지금 그 준비를 하는 중이라는 말도 했다. 목사는 여기까지 말하고 나서 술 한잔 하겠냐고 물었다.

"네, 주세요." 한스는 거절하지 않고 말했다.

그는 석 잔을 마셨다. 두 사람은 조금 더 기다리며 상황을 지켜보자고 했다. 어쩌면 제제니에게 가족이 있어서 그들이 나설지도 모르는 일이었다. 하지만 목사는 회의적이었고 한스는 그 이유를 알 수 없었다.

그리고 뜬금없이 한스가 물었다. "혹시 목사님이 받아줄 수는 없나요?"

"누구를?"

"그 아이들요."

"내가?"

"네, 목사님이요."

요하네스 맘베르게트는 무릎을 내려다보았고 눈길이 벽을 따라 방황하다 한스 바뢰이에게 돌아오는가 싶더니 다시 눈길을 내렸다. 지역 복지 체계가 제대로 갖춰지지 않아서 빈곤 구제 정도밖에 할 수 없는데 그 아이들은 부자이고 혹은 부자였다는 핑계를 댔다. 두 사람이 앉아서 부자가 가난해지면 어떻게 되는지, 논리가 뒤집히고 역사가 거꾸로 가면 어떻게 되는지에 관해 조용히 눈싸움을 해 봤자 그건 물이 아래에서 위로 흐른다고 주장하는 것만큼이나 터무니없는 일이기 때문이었다.

캐런 루이스가 다과를 내오려다 문 앞에서 돌아갔고, 그들은 한동안 앉아 있다가 한스가 먼저 자리에서 일어나 술대접에 감사하다며 목사에게 악수를 청했다.

목사도 고마움에 화답했다.

한스는 상점으로 가서 평상시처럼 형편보다 더 많은 물건을 샀다. 그러면 그 정도의 외상은 문제없었다. 그리고 다시 페링을 타고 동풍과 서리가 찾아올 징조인 장밋빛 노을 아래서 피오르를 지났다. 그는 주방 상자에 담긴 이끼를 생각하고 이렇게 중얼거렸다.

"마투티넘, 마투티넘……."

라틴어로 내일이라는 뜻인데 철도 부지에 있는 기도서에서 본 글귀였다. 그 단어가 입 안의 진주처럼 그에게 박혔다. 자신의 섬에 돌아왔는데도 좀처럼 침통한 마음이 가시지 않았다. 그곳에서 낳고 자란 이 남자는 평정심을 잃지 않고 집에 도착하기를 바랐지만, 결국 목사에 대한 것은 물론 다른 모든 것도 다 실패했다는 사실에 대해 의심의 여지가 없었다. 섬은 단단한 바위이며 이미 그 사실을 알고 있으나 세상이 삐딱한 지금 이렇게 신앙심이 고조되긴 처음이고 전에 없이 어깨가 무겁게 느껴져 해안에서 돛을 내리고 페링의 강철 부분이 나무에 닿을 때까지 몇 미터 미끄러지게 놔두었다.

하지만 그는 집으로 가지 않았다.

그는 구입한 물건들을 들고 보트를 창고에 넣은 다음 계단에 앉아 파이프를 꺼냈고, 자신이 여전히 키를 잡고 있는 것처럼 오른쪽 손가락을 곧게 펴지 못한다는 사실을 알아차렸다. 담배를 피우고 장밋빛 노을이 서서히 파란빛으로 바뀌는 북쪽 하늘을 바라보았다. 그리고 그 자리에서 죽은 채 발견되었다.

가족들이 발견했을 때 그는 이미 너무 굳어 버려서 뉘어도 여전히 앉아 있는 것처럼 보였다. 가족들은 그를 펼 수도 없고 쳐다볼 수도 없었다. 그래서 그를 담요로 덮어 두었다. 다시 페링을 바다로 내리고 교역소에 가서 이 소식을 알릴 힘이 남아 있는 유일한 사람은 라스였다.

44

이 긴 해안에서 가장 의미 없는 죽음이었다. 한스 마틴센 바뢰이는 쉰이 채 되지 않았고 곰처럼 튼튼한 남자였다. 맘베르게트 목사가 섬으로 와서 비탄과 고통 같은 단어를 가득 늘어놓았고 바다 용어도 좀 써 가며 자신의 역할을 충실히 해냈다. 하지만 언제나처럼 바다를 무서워했다. 파도만큼 겁나는 것이 또 있을까. 그는 이런 생각을 했고, 폭우를 맞아 지친 상태로 도착하여 마리아를 찾아보니 그녀는 무릎에 손을 올린 채 얼이 빠져 있었다. 딸인 잉그리드도 마찬가지였다.

그런데 라스는 왜 저런 눈길로 쳐다보는 것일까?

바브로는 등을 돌리고 서서 어린 소년을 꾸짖으며 목사에게 시선을 주지 않았다. 가족들 모두 경황이 없어서 요하네스 맘베르게트는 시신을 본토로 보내고 장례식을 주관하는 등 모든 준비를 도맡아 해야 했다.

말비카의 아돌프와 스탕홀만의 토마스가 악천후 속에서도 가족을 데리고 장례식에 참석했다. 목사가 이제껏 주관한 가장 단출한 장례식으로 그는 다 같이 손을 잡고 기도문을 읽었다. 그는 정기적으로 섬을 찾아와 그들이 어떻게 지내는지 살피고 아이들

문제도 고민했다. 마리아는 말 몇 마디만 간신히 뱉어 낼 뿐이었다. 목사는 아이들을 데려가려고 생각하는 것일까?

장례식 다음 날 라스는 잠에서 깨어 스토브에 불을 지피고 천장에 매달린 고기 상자를 내린 뒤 잉그리드를 깨워 마리아와 바브로가 마실 커피를 준비하라고 말했다. 잉그리드는 자리에서 일어나고 싶지 않았다.

라스는 어쩔 수 없이 해야 한다고 말했다.

그의 눈 속에는 무언가가 있었다.

그리고 라스와 펠릭스는 하루 종일 바닥 아래에 등을 붙이고 누워 파이프가 담긴 나무 관에 이끼를 채우고 다시 못질을 했다. 다음은 벽의 구멍을 벽돌로 막았다. 라스는 학교를 그만두었고 그건 별일이 아니었다. 이번에는 연장을 챙겨 보트를 몰고 몰톨만으로 가서 앵커볼트를 바위에 박았다. 펠릭스가 같이 가서 망치로 칠 때 잔해가 밖으로 튀지 않도록 끌 주위에 천을 받쳐 주며 무엇을 만드는 거냐고 물었다.

라스는 지켜보면 안다고 대답했다.

둘은 바뢰이섬으로 돌아와 부두 창고로 가서 그물 다섯 개를 꺼내고 도르래 장치와 닻줄 하나를 챙겨 다시 몰톨만으로 갔다. 도르래를 고정하고 닻줄을 주위에 감은 다음 그걸 가지고 바뢰이로 돌아와서 바뢰이에도 강철 볼트를 박았다. 그리고 그물 다섯 개의 줄을 내려 해협의 절반을 막은 뒤 줄을 살짝 더 잡아당겨 중간을 팽팽하게 조절했다.

바브로는 집에서 소년들을 지켜보다 내려와 무엇을 하는 거냐고 물었다. 라스는 이제 육지에서도 고기를 잡을 수 있다고 말했다. 날씨가 좋지 않아도 대구와 명태는 해협으로 들어오고 넙치도 마찬가지이며 여름에는 연어도 잡을 수 있었다. 바뢰이와 그제소야 사이에도 해협을 가로질러 그물을 놓을 예정이고, 바뢰이와 가까운 두 개의 스카르브홀만 사이에도 열다섯 개의 그물이 놓일 것이다.

바브로는 고개를 저었다.

라스는 한스가 자신이 너무 늙어서 보트 밖으로 나갈 수 없을 때 하려고 생각했던 일이라고 설명했다. 바브로는 집으로 들어가 마리아에게 아이들이 무슨 일을 벌이는지 알려 주었다. 그러나 마리아는 반응하지 않았고 잉그리드와 가만히 앉아 서로를 따라 하는 것처럼 똑같은 모습으로 무릎에 실을 올리고 뜨개질에 집중했다. 바브로는 식사 준비를 시작했다. 수잔은 어느새 테이블 옆에 설 만큼 자랐고, 테이블 가장자리를 이로 갉았다. 하지만 수잔을 보고 웃는 사람은 아무도 없었다. 아이는 넘어졌다가 다시 일어나서 테이블 가장자리를 물고 가만히 있었다. 잉그리드가 흐느끼며 뜨개질을 하는 중에 라스가 들어와 해협이 너무 넓고 날씨도 나쁜데 펠릭스는 덩치가 작아서 도와주기 어려우니 같이 그제소야로 가자고 말했다.

펠릭스가 따라 들어와 자신은 작지 않다며 소리를 질렀다.

셋이 같이 가서 그제소야의 북쪽 끄트머리에 강철 말뚝을 박고 스카르브홀만에도 두 곳에 하나씩 박아 마지막 해협에 그물 세

개를 쳤다. 일을 마치자 저녁이 되었다. 아이들은 부두 창고로 돌아와 소금에 절인 생선 몇 마리를 자르고 지하실에서 감자도 좀 챙긴 다음 집으로 돌아왔다.

"쬐끄만 수잔이 이제 설 수 있네." 바브로가 수잔을 칭찬하며 감자를 씻었다.

바브로가 식사를 준비하는 동안 다른 사람들이 수잔을 살폈다. 라스는 눈을 뜬 채 자는 것처럼 보이는 마리아를 슬쩍 살피고는 바뢰이에 앉을 의자가 충분한 건 이번이 처음이라고 말했다.

"아니, 그렇지 않아." 마리아가 입을 열었다.

그게 그녀가 그날 한 말의 전부였다.

다음 날은 아무 말도 하지 않았다.

라스, 잉그리드, 펠릭스는 그물을 당기고 상자 세 개에 대구와 명태를 담았다. 부두 창고에서 물고기의 내장을 뺀 다음 대구를 두 마리씩 짝지어 꼬리를 묶고 건조대로 가져가 널고 커다란 명태의 살을 발라내 집으로 가져왔다. 바브로가 살을 다져서 어묵을 만들어 튀기고 같이 곁들일 감자와 당근을 삶는 동안 수잔은 세 걸음을 내딛고 넘어졌다. 그렇게 하루하루가 지났다. 마리아는 여전히 아무 말도 없었다. 잉그리드는 엄마와 남쪽 방에서 자고 펠릭스와 라스는 북쪽 방에서 잤다. 수잔은 바브로와 잤다. 잉그리드의 방은 비었고 아무도 그 방에서 자지 않았다.

열흘이 지난 뒤 라스가 마리아에게 식량을 사야 하는데 돈이 있는지 물었다. 마리아는 대답이 없었다. 잉그리드가 그 소리를 듣고 라스를 남쪽 방으로 데려가서 엄마의 장롱 속 작은 서랍에 들어 있는 것을 보여 주며, 크리스마스 전에 낙농가에서 돈이 좀 들어올 텐데 그리 큰 금액은 아니라고 말했다. 라스는 크리스마스 전에 함께 상점에 가야 하지만 펠릭스랑은 가고 싶지 않다고 반복해서 강조했다.

"어째서?"

"그 애는 배멀미를 하니까."

"그건 너도 마찬가지잖아."

라스는 배멀미에 익숙해졌다고 반박한 뒤 펠릭스는 배에 가만히 앉아 있지 못하는 데다 소금기와 서리 때문에 그 아이의 저린 손이 낫지 않을 거라고 설명했다. 그러자 잉그리드는 한번 살펴보겠다고 말했고, 둘은 주방으로 내려가 마리아에게 상점에서 뭘 사 와야 하는지 물었다. 그녀는 대답하지 않았다. 그리고 마리아의 몸에서 냄새가 나기 시작했다. 잉그리드는 그래 봐야 소용없을 걸 알지만 엄마에게 씻으라고 말한 뒤 바브로에게 집에 필요한 것을 물었다. 바브로는 몇 가지 물건을 술술 말했다. 당근, 설탕……. 라스가 낡은 목요일 달력을 찢어서 목록을 적은 다음 주머니에 넣었다. 그때 뱃고동 소리가 들렸고 둘은 우유수송선을 마중하러 나갔다.

잉그리드와 라스는 우유통을 교환했다. 그런데 갑판에 트렁크가 놓여 있었고 잉그리드는 파울루스가 그 트렁크에 줄을 칭칭 감아 뭍으로 넘겨줄 때 그것이 제제니의 트렁크임을 알아보았다.

잉그리드는 파울루스를 한쪽으로 데리고 가서 말했다. "엄마가 아파요."

"무슨 일인데?"

"신경쇠약 같아요."

파울루스는 다른 밧줄로 한 번 더 단단히 묶은 뒤 트렁크를 집 까지 들고 갈 수 있게 도와주었고, 그들은 주방 벤치에 트렁크를 내려놓았다. 파울루스가 마리아와 대화를 시도했지만 그녀는 답 이 없을뿐더러 그가 주방에 들어온 것도 인식하지 못했다. 그는 자리에 서서 주변을 살폈다. 라스와 펠릭스는 충혈된 눈에 얼굴 은 소금에 절고 머리는 덥수룩하게 젖어서 그를 뚫어져라 쳐다 보았다. 파울루스는 아이들에게 잠은 잤는지 물어보았다. 라스는 조금 잤다고 대답했다. 수잔은 불안하게 스토브 옆에 서서 한 손 으로 바브로의 치맛자락을 잡고 다른 손은 입에 넣었다. 바브로 는 그를 등지고 서 있어서 우유수송선 선장이 처음으로 이 집을 방문한 걸 알지 못한 듯 보였다. 그녀는 잠도 못 자고 계속 고기를 잡으러 나가는 일이 끔찍하고 죽을 것 같다고 소리쳤다.

파울루스는 잉그리드에게 배로 돌아가자고 했다. 잉그리드에 게 줄 것이 있었다. 가는 길에 선장은 잉그리드에게 마리아의 상 태가 심각하니 보고하여 누군가 도와주러 오게 할 거라는 이야기 를 했다.

그는 배에서 편지 한 통을 가지고 돌아와 그제야 잉그리드의 얼굴을 살피며 잠을 좀 잤는지 물었다. 잉그리드는 편지를 쳐다 본 다음 고개를 들어 그를 보았다. 그는 고개를 젓고 계류 밧줄을 풀며 이런 상황에서는 남자애들을 바다에서 떨어뜨려 놓아야 한 다고 말했다. 바브로가 한 말이 맞다고 덧붙였다.

잉그리드는 알겠다고 대답했다.

그는 배에 올라 다시 강풍 속으로 들어갔다.

그들은 주방에서 제제니의 트렁크를 펼쳤다. 식기 한 세트가 들어 있었다. '코니그젤트, 폴란드산'이라고 적혀 있고 잉그리드가 톰메센의 하녀로 일할 때 읽지 못했던 신문으로 겹겹이 싸여 있었다.

그들은 트렁크에 든 식기를 한 번에 하나씩 꺼내서 식탁에 올리고 신문은 남겨 두었다. 금 테두리에 꽃무늬를 넣은 정찬용 접시 열두 개, 대접시 열두 개, 작은 접시 열두 개, 소서와 볼이 열두 개였다. 모든 것이 다 열두 개인데 컵만 열한 개이고 그중 하나는 손잡이가 없었다. 그리고 그레이비 그릇 두 개, 감자를 담아내는 뚜껑 달린 접시 두 개, 두 개는 원형이고 두 개는 타원형인 커다란 서빙 플레이트 네 개, 크기가 다른 크림 저그 두 개, 뚜껑이 있는 설탕통 하나, 뚜껑이 달린 커피 저그와 용도를 알 수 없는 두툼한 원형 그릇 하나가 들어 있었고 이것 역시 멋졌다. 바브로는 조리용 냄비와 접시의 중간쯤이니 귀리죽을 담는 용도로 쓰면 좋겠다고 했다. 트렁크 바닥에는 금줄이 달린 녹색 벨벳 주머니가 있고 그 안에는 검게 변질된 작은 은수저 스물네 개가 들어 있었다.

바브로는 식료품 저장실에 식기 세트를 넣어 둘 자리를 만들었다. 라스와 펠릭스는 트렁크를 북쪽 방으로 가져갔다. 잉그리드는 넙치를 삶으며 제제니에게 배운 대로 물에 식초 몇 방울을 떨어뜨리고 월계수 잎 두 장을 넣었다. 그들은 새 접시에 음식을 먹고 클로티드 사워크림도 마저 먹었다. 수잔이 접시 하나를 깨뜨렸다. 바브로는 식료품 저장실로 가서 다른 접시를 가져오며 수잔에게 이것마저 깨뜨리면 뺨을 맞을 거라고 경고했다. 저녁을 먹은 뒤 잉그리드가 펠릭스의 아픈 손을 살피고는 며칠 동안 물에 담그지 말라고 주의를 주었다. 펠릭스는 라스에게 어리둥절한 눈길을 보냈다.

45

그들은 사흘 동안 배를 타고 나가지 못했다. 대신 해안가에서 그물로 고기를 잡았다. 대구는 대부분 쌍으로 묶어 건조대에 말리고 남은 것은 소금에 절여 두었다. 또한 우유를 짜고 가축을 먹이고 양들을 방목했다가 날씨가 안 좋아서 헛간에 가둬 두었다. 양들은 안에 있을 때는 나가려 하고 밖에 있을 때는 안으로 들어가려고 했다.

그들은 상점으로 물건을 사러 가지도 못했다.

그러는 동안 잉그리드는 마리아를 씻기지 못했다. 그런데 폭풍우가 걷히고 가족들이 본토로 나갈 준비를 마쳤을 때 맘베르게트 목사가 의사와 함께 우유수송선을 타고 찾아왔다. 의사는 마리아를 살피고는 그녀를 같이 데리고 나가야 한다고 진단했다. 잉그리드는 자신과 바브로 고모가 섬을 떠날 때 썼던 작은 여행 가방에 짐을 챙겼다.

세 사람이 길을 나설 때 돌연 잉그리드가 라스에게 본토로 가는 여정을 미뤄야 한다고 말했다. 라스는 거의 모든 물자가 바닥난 터라 그 이유를 물었다. 잉그리드는 대답하지 않았고 라스도 더는 묻지 않았다.

잉그리드는 남쪽 방의 침구를 벗겨 스웨덴 사람들의 보트 하우스에 있는 보일러에서 빤 다음 부두 창고에서 말렸다. 그리고 새 침구로 바꾼 뒤 바브로에게 지금부터 수잔이랑 같이 잘 테니 고모는 침대가 비좁다고 불평하지 않아도 된다고 말했다. 바브로는 굳이 그럴 필요 없다고 대답했다. 잉그리드가 그건 자신이 판단하겠다고 말하자 바브로는 웃으면서 입을 다물었다. 수잔의 이부자리가 남쪽 방으로 옮겨졌고, 잉그리드는 아이에게 걷는 법을 제대로 가르치고 옷을 입혀서 밖으로 데리고 나갔다. 비가 쏟아질 때면 부두 창고나 보트 작업장 혹은 거실을 왔다 갔다 했다.

라스와 펠릭스는 육지에서 친 자망을 사용해 보트에서 낚시를 했다. 펠릭스의 상처는 거의 다 나았다가 다시 벌어지더니 붉고 작은 혀가 달린 하얀 입술처럼 부풀어 올랐다. 하지만 다행히 더 이상 넘어지지 않고 새로운 상처도 생기지 않았다. 잉그리드와 바브로는 우유를 짜고 가축을 먹이고 요리를 했다. 수잔은 날이 지날수록 잘 걸었고 이제 말도 하기 시작했다.

"난로 뜨거."

"맞아."

"그리고 굴뚝도."

크리스마스 이틀 전 바람이 잦아들어 물건을 사러 본토로 갈 수 있었으나 돛을 올릴 엄두가 나지 않았다. 펠릭스는 가는 내내 멀미를 하고 토해서 죽고 싶다고 했지만 발이 육지에 닿자마자 회복되었다. 펠릭스는 두 달 동안 집에 오지 못했다. 어둠 속에 덩그러니 남은 집과 삐걱거리는 풍향계, 잎이 다 떨어진 나무들……. 그래서 한동안 자기 집을 알아보지 못하다가 입을 열었다.

"저기 우리 집이야."

"아니, 아니야." 잉그리드가 부정했다.

아이들은 상점으로 가서 당근 한 자루를 샀다. 라스는 당근에 돈을 낭비하는 건 이번이 마지막이라고 맹세하며 바뢰이섬에서 직접 당근을 심어 먹겠다고 선언했다. 이어서 파라핀과 밀가루를 비롯해 11월의 목요일 달력에 적어 둔 것들을 샀고 마르고트의 질문에는 대답하지 않았다. 그녀는 다시 친절하게 굴었지만 잉그리드는 무시해 버렸고 라스는 상점을 나서자 나쁜 사람이라고 욕했다.

펠릭스는 그런 모습이 인상 깊었는지 혼자 웃었고, 다행히 어릴 때 살던 집을 알아보지 못하고 지나쳤다. 그때 잉그리드는 다른 무언가를 눈치챘다. 라스의 눈동자에 더 이상 낯선 무언가가 들어 있지 않았다.

아이들은 돌아올 때도 돛을 올리지 않고 노를 저었다. 바브로와 수잔이 해안가에서 훌쩍이며 기다리고 있었다. 라스는 무슨 일이냐고 물었다. 바브로는 대답하는 대신 당근 자루를 등에 지고 걸음을 옮겼다. 잉그리드는 수잔에게 이제 절대 안아 주지 않을 거라고 말했다. 수잔은 기어갈지언정 스스로 움직여야 했다.

수잔은 집까지 가는 마지막 50미터는 기어갔지만 처음 두 언덕은 똑바로 걸었다.

다음 날 바다는 고요했다. 하늘은 푸르스름하게 검어서 광택이

나는 바다 같았다. 가족들은 크리스마스이브에 늘 그랬던 것처럼 트리로 쓸 가장 좋은 노간주나무를 고르기 위해 배에 올랐다. 잉그리드는 제제니의 식기와 함께 들어 있던 손편지를 읽었다. 그 안에는 잉그리드가 다른 가족들과 절대 공유할 수 없는 비밀이 들어 있었다. 제제니가 보되의 병원에 입원해 있지만 곧 집으로 돌아갈 것이고 교역소와 집은 경매로 팔렸으나 아직 사람이 들어오지 않았다는 내용이었다.

잉그리드는 어떻게 반응해야 할지 몰랐다.

스코그숄만으로 가는 길에 잉그리드가 크리스마스트리를 가지고 집으로 돌아갈 즈음이면 서리가 내리기 때문에 라스와 펠릭스는 헛간 욕조에서 목욕을 해야 한다고 말했다. 또한 얼링 삼촌이 왔을 때 아빠의 어구들을 챙겨서 로포텐으로 들려 보내면 고기를 잡은 몫의 절반이라도 얻을 수 있으며, 아마도 수백 크로네가 될 거라고 덧붙였다. 잉그리드는 고리로 어떻게 긴 줄을 치는지 알았다. 라스도 마찬가지였다. 펠릭스는 배우면 되는 일이었다.

46

하지만 아이들은 손이 빠르지 못했다. 12월 26일, 부두에 바뢰이베링이 정박했다. 화가 난 얼링 삼촌이 키를 잡아서 평상시보다 며칠 일찍 도착한 터였다. 빌어먹을 목사가 12월 23일이 되어서야 그에게 동생이 죽었다는 소식을 전보로 보냈고, 전보는 너무 많은 섬을 돌고 돌아서 늦게 도착하는 바람에 그들은 새로운 계절을 준비할 시간이 없었다. 헬가도 함께 왔고 그들의 열여덟 살짜리 아들 아놀드와 세 명의 다른 어부도 있었다.

그런데 마리아는 어디 있지?

세상에, 여긴 전부 엉망이구나!

그들은 돼지 반 마리와 소시지 한 통을 가져왔다. 헬가와 바브로와 잉그리드가 집을 싹싹 문질러 청소하고 모든 방에 불을 피웠다. 심지어 마틴의 작은 방에도 불을 피웠다. 헬가가 여행 가방을 풀어 그 방에 자수 테이블보와 성서가 놓인 크리스마스 재단을 꾸몄고 다른 뱃사람들은 배에서 잠을 잤다.

라스는 얼링 삼촌과 함께 로포텐에 가고 싶었지만, 깊은 물 속에서 오랫동안 해야 하는 일이라 고작 열두 살인 라스에게는 가당치도 않았다. 라스는 육지에 머물며 헛간에서 일할 수도 있고 미끼를 끼울 수도 있다고 주장했다.

"이미 미끼는 충분해." 얼링이 이렇게 대답하며 바뢰이섬에서 가족을 돌보라고 말했다. 그리고 학교도 계속 다니라고 충고했다.

마리아가 돌아올 때까지 헬가가 섬에 머물기로 했다.

"마리아는 곧 집으로 돌아오는 거죠?"

가족들은 알지 못했다.

어부들과 라스와 잉그리드와 펠릭스는 부두 창고에 서서 크리스마스 기간 내내 낚싯줄을 만들고 봉돌에 줄을 달고 부표와 닻줄과 상자를 준비하는 등 한스만의 특별한 스타일로 두 세트를 완성했다. 얼링 삼촌의 후한 수익 공유 계획에 맞춰 완전한 어획 수익을 얻기 위한 준비였다. 그들은 1월 3일에 준비를 마쳐서 또 다른 강풍을 타고 북쪽으로 향했다. 헬가와 함께 타고 왔을 때처럼 평범한 여정이 아니었다. 잉그리드와 라스와 펠릭스는 부두에 남아 자신들만의 계획을 구상했다.

헬가는 마리아가 좀처럼 섬에 돌아오지 않자 실망했고 그 점을 거침없이 드러냈다. 또한 그녀는 어느 누구도 자신의 부모에 대해 이야기하지 않고 무슨 일이 있었는지 물어볼 때마다 등을 돌리자 짜증을 냈다. 뿐만 아니라 독실한 기독교도이자 청결에 엄격해서 집안일을 잘하지 못하는 바브로에게 언니 역할을 자처했다. 그리고 일곱 살 아이가 겨울에 보트에서 낚시한다는 소리는 들어 보지 못했다며 펠릭스를 막았다.

바브로는 그녀에게 마틴의 방에 쌓아 둔 작은 토탄들을 태우지 않게 조심하라고 말했는데, 헬가는 눈처럼 둥글게 뭉쳐 놓은 토탄에 대해 전혀 몰라서 밤에 춥게 잤고 결국 추가로 오리털 이불을 얻어서 덮었다. 그녀는 선장의 아내이고 부요이섬의 집에 하녀를 둔 터라 외양간에 가는 일이 없었고, 수잔조차 그런 그녀에게 다가가지 않았다. 잉그리드가 시킨 거였다. 펠릭스는 헬가가 무엇을 시키면 아무 대답도 하지 않고 바브로 옆에 가만히 서서 헬가가 직접 할 때까지 기다렸다. 그런 다음에야 일을 했다.

라스가 학교로 돌아가는 계획은 이루어지지 않았다. 집에 머물며 헬가를 없는 사람 취급하는 얼굴을 하고 움직였다. 펠릭스는 힘이 남아 있는 한 라스와 고기를 잡으러 갔다. 아니면 잉그리드가 따라갔다. 그들은 대구를 말리고 소금을 치지 않은 명태를 먹고 해덕도 그렇게 했는데 헬가가 어묵을 만들면 다 같이 폴란드 그릇에 담아 먹기도 했다. 신년까지 한두 주가 채 남지 않은 어느 저녁 헬가는 마틴의 흔들의자에 앉아 수잔이 바닥을 이리저리 뛰어다니는 모습을 보고 이제 이곳에서 더는 할 일이 없으니 집으로 돌아가야겠다고 말했다.

이틀 뒤 그녀는 자신의 성경과 재단과 이것저것 할 것 없이 전부 다 챙겨서 파울루스의 우유수송선을 타고 떠났다. 잉그리드가 유일하게 작별 포옹을 해 주었다. 바브로는 우호적인 미소를 지어 보였고, 수잔의 손을 잡고 서서 꼬마에게 섬을 떠나는 보트를 향해 손 흔드는 법을 알려 주었다.

"이제 너도 배를 향해 인사할 수 있어."

파울루스는 배를 정박한 뒤 부두로 올라와 라스와 이야기를 하고 싶어 했다. 앞으로 그가 올 때마다 대구를 납품할 수 있는데 지금은 우유가 별로 나오지 않으니 전에 교역소에서 받은 것과 킬로그램당 동일한 가격을 쳐 준다는 것이었다. 현재 교역소는 새 주인인 뱅 요한센이 운영하고, 다시 생선을 사들이기 시작했다.

"어떻게 가격이 같을 수 있어요?" 라스가 물었다.

"배송 때문이지." 파울루스가 설명했다. "네 쪽에서 내지 않아도 되잖아."

"뭘 말이죠?"

"기름값 말이야."

파울루스가 능글맞게 웃으며 때가 되면 가격 문제를 해결하겠다고 말했다. 라스는 파울루스가 물고기를 가져갈 때마다 한 상자당 킬로그램이 적힌 영수증을 받고 싶으며 섬에 대저울이 있으니 무게는 정확할 것이고 결제는 곧바로 해 주면 좋겠다고 말했다.

파울루스는 그런 이야기는 들어 본 적이 없다면서 큰 소리로 웃더니 잉그리드와 이야기하고 싶다고 말했다. 라스는 잉그리드를 데리러 갔고 잉그리드가 내려와 라스와 같은 말을 했다. 그들은 조건에 동의했지만 파울루스는 매번이 아니라 세 번째, 다시 말해 일주일에 한 번 비용을 지불하는 것으로 합의했고 날씨가 너무 안 좋아서 오지 못하는 경우는 제하기로 했다. 그들은 모두 웃었다. 잉그리드와 라스는 신중한 표정을 주고받았다.

다음 주에 파울루스는 391킬로그램을 받았고 그다음 주에는

443킬로그램을 그다음에는 확 줄어서 80킬로그램을 받았다. 물량이 줄어든 까닭은 라스와 잉그리드가 상점에 갔다가 파울루스가 신선한 물고기를 교역소에 파는 것이 아니라 자기 농장 아래 바위에 세운 건조대에 널어 말린다는 이야기를 들었기 때문이었다. 말린 생선은 무게가 4분의 1로 줄어들어도 막 잡은 생선보다 비싸게 쳤다. 둘은 파울루스의 건조대를 살피러 갔고 바뢰이섬의 바위에서도 충분히 할 수 있다는 것을 알았다. 그래서 4주째 되는 날 파울루스에게 18킬로그램짜리 상자 두 개를 주었다. 그는 허허거리며 날씨가 좋아서 고기를 잡는 대신 놀러 다녔냐고 빈정거리듯 물었다.

라스는 그물을 많이 잃어버렸다고 말했고, 36킬로그램을 건넸다는 확인서를 받으면서 바뢰이의 건조대가 점점 더 채워지는 것 같다는 비꼬는 말을 들었다. 하지만 라스는 신경 쓰지 않고 집으로 돌아와 지금부터 모든 대구를 직접 말릴 것이고 모캐도 마찬가지이며 6월에 구매자와 등급선별자가 왔을 때 말린 생선을 교역소에 팔 거라고 말했다. 그것이 바로 한스와 마틴이 해 온 일이었다.

그런데 파울루스는 얼렁뚱땅 속을 사람이 아니었다. 가족들에게 거절할 수 없는 가격을 제시하며 교역소에서 소금만 칠 수 있도록 생선을 다듬어 준비해 달라고 했다. 잉그리드와 바브로는 부두 창고에서 대구의 배를 갈라 무게를 재고 상자에 담고 눈이 내릴 때면 눈을 뿌려 덮었다. 파울루스는 곧바로 돈을 지불했다.

그리고 대구의 머리와 등뼈를 로포텐에서 하던 것처럼 말려 달라고 했다. 가족들은 돗바늘로 머리를 하나로 꿰고 등뼈도 묶어서 선반에 널었다. 이건 비료로 쓰이기 때문에 그 비용도 받았다.

라스는 계산을 하기 시작했다. 또한 기록하고 계획을 세우고 새로운 방식으로 생각했으며 돈을 직접 관리하고 싶어 했다. 잉그리드는 그 부분에 동의하지 않았다. 결국 둘은 언성을 높였다. 바브로가 나서서 돈은 자신이 관리하고 봄이 오면 둘에게 남은 것을 주겠다고 결정했다. 펠릭스도 일한 몫을 받을 것이다. 라스는 자신이 펠릭스보다 더 열심히 일했다고 주장하며 반대했다.

"넌 아니야." 바브로가 아들을 진정시키며 대구 머리와 등뼈를 선반에 말려서 뭘 할 거냐고 물었다.

"그건 비료예요." 라스가 대답했다.

"그게 뭔데?"

"나도 잘 몰라요."

"거름이에요." 잉그리드가 설명했다. "수출하는."

바브로가 수출이 뭔지 물었다.

"외국에 갔다 파는 거예요." 이번에는 펠릭스가 대답했다.

가족들이 펠릭스를 쳐다보았다.

"그런 걸 어디서 배웠어?"

"집에서요."

잉그리드는 그것 말고 집에서 배운 다른 지혜가 있는지 물었다. 펠릭스는 대답하지 않았다. 라스는 잉그리드를 성질 못된 할망구라 불렀고, 잉그리드는 칼로 몸을 잘라 버리겠다며 위협했다. 바브로가 그만두라고 말렸다.

"망할 어린놈들, 너희 전부 다."

"아니, 우린 아니에요." 펠릭스가 바로잡았다. "우리는 어른이에요."

바브로는 그 말에 웃음을 터뜨리고 집을 향해 걸었다. 잉그리드는 계속 생선의 배를 갈랐고 라스는 깔끔하게 자르지 않아서 뼈에 살이 너무 많이 붙었다고 지적했다. 잉그리드가 한번 배워 볼 거냐고 물었다. 라스는 망설이다 그러겠다고 대답했다. 잉그리드가 라스에게 가르쳐 주었다. 펠릭스가 가만히 지켜보다 누구에게 배웠냐고 물었다.

"아빠가 가르쳐 줬어."

라스는 왜 한스가 자기한테는 안 가르쳐 주었는지 물었다. 잉그리드가 한스는 자기 아빠지 라스의 아빠는 아니라고 말했다. 라스는 다시 물고기에 집중했다.

펠릭스가 잉그리드를 쳐다보고 물었다. "잉그리드가 우리 누나야?"

잉그리드는 왜 그런 걸 알고 싶은지 물었다.

잉그리드가 모자 관계도 아니고 형제자매도 아니라고 대답하자 펠릭스는 이유를 찾을 수 없었다. 사실 펠릭스가 듣고 싶은 말은 그게 아니었다. 라스가 부두에서 나머지 생선을 나르는 동안 잉그리드가 펠릭스는 라스의 동생인데 라스만 모르고 있으니 우리 둘 사이의 비밀로 하자고 속삭였다. 펠릭스의 눈가가 촉촉해졌다. 잉그리드는 그 모습을 보기 힘들어 여기서 시간 낭비는 그만 하자고 말한 뒤 집으로 가서 제제니의 편지를 떠올렸다. 하루에도 수차례씩 갑자기 머릿속에 나타나 떠나지 않는 통에 결국 편지를 태워 버리는 수밖에 없었다.

47

2월이 되었다. 축축한 날씨에 폭설이 내리고 누런 거품이 섬으로 밀어닥쳤다. 바다는 하얗게 변했고 가족들은 날씨가 더 악화되기 전에 연안에 놔둔 그물을 거둬들여야 했다.

"어떻게 생각해?" 라스가 물었다. "지금 바다로 나갈까?"

"좋아." 펠릭스가 대답했다.

두 소년은 페링에 올라 스카르베 암초군 주위로 노를 저었다. 상황이 썩 좋지 않아서 막 그물을 당기기 시작하는데 펠릭스가 바다로 고꾸라졌다. 라스가 긴 보트 고리로 펠릭스를 끌어당겨 배에 올렸지만, 그러느라 기력이 다 빠져서 노를 저을 힘이 남아 있지 않았다. 라스는 해안가를 떠다니며 말을 못 하는 펠릭스를 꽉 붙잡아서 함께 누웠고 보트는 바뢰이와 몰톨만 사이 해협에서 바뢰이 해안가에 부딪혔다. 라스는 펠릭스를 보트에서 내려 집으로 데려가면서 페링까지 챙기는 두 가지 일을 동시에 하려고 했다.

라스는 내리는 눈을 뚫어져라 쳐다보며 한기를 느꼈다. 육지로 들어온 것이다.

그런데 집까지는 얼마나 멀지?

펠릭스를 들쳐업고 걷기 시작했다. 먼 길이었고 펠릭스는 몹시 힘들어했다. 잉그리드가 집에서 동생들이 오는 것을 보고 뛰어나갔다. 둘은 펠릭스를 주방으로 옮겼다. 바브로가 펠릭스의 옷을 찢고 주무르며 벤치에 뉘어 오리털 이불로 감싸고 다시 주물러주었다. 펠릭스는 이불을 잡고 이를 덜덜 떨었다. 라스는 하얗게 질린 채 옆에 서서 페링을 구해야 한다고 말했다. 그리고 그물도. 잉그리드는 입 좀 다물라고 쏘아붙였다. 바브로도 아들을 혼내며 당장 옷을 벗으라고 했다.

라스는 다시 페링을 구해야 한다며 밖으로 나갔다. 잉그리드는 코트를 걸치고 눈폭풍을 헤치며 라스를 쫓아 해협으로 내려갔다. 옆구리에 커다란 구멍이 난 페링이 바다에 내던져져 있었다. 키도 부러졌다. 다행히 노는 두 쪽 다 있고 텅 빈 라인 튜브 두 개도 그대로였다. 라스는 스웨터를 벗어 구멍을 막았다. 그리고 잉그리드와 함께 노를 가지고 페링을 들어서 물이 넘실거리는 해협 중앙으로 밀고 나갔다. 그러다가 스웨덴 사람들이 지은 보트 하우스가 있는 곳을 향해 방향을 틀었고, 그곳에 도착해 물을 뺀 다음 있는 힘껏 페링을 해안가로 끌어올렸다.

라스는 다른 페링을 타고 바다에 나가 그물을 찾아야 한다고 소리쳤다. 잉그리드가 정신이 나간 거냐고 물었다. 라스는 미친 사람처럼 이리저리 길길이 뛰었다. 잉그리드는 지금 상태로는 다시 바다에 나갈 수 없다고 외쳤다. 라스는 오들오들 떠는 몸으로 씩 웃으며 펠릭스가 죽을 거 같냐고 물었다. 잉그리드는 아니라고 대답했다.

잉그리드도 추위에 몸이 떨려서 침대에 누워야 했다.

펠릭스는 의식이 혼미한 상태로 주방 벤치에 누워 있었다. 바브로가 밤새 옆을 지켰고 수잔도 그렇게 하고 싶어 했다. 잉그리드는 옆자리에 수잔이 없는 걸 알고 침대에서 일어나 주방 스토브 앞에 누우며 바브로에게 자신은 괜찮아졌다고 말했다. 하지만 바브로는 잉그리드를 방으로 돌려보냈다. 얼마 후 잠든 수잔을 뉘러 왔는데 잉그리드가 안 자고 깨어 있자 침대 끄트머리에 앉아 어둠이 무섭냐고 물었다. 잉그리드는 아니라고 대답했다. 바브로는 혹시 귀신 같은 걸 본 거냐고 물었다. 잉그리드는 봤다고 말했다. 바브로는 열이 나서 그런 거라고 알려 주었다. 하지만 지금은 더 이상 열이 나지 않았다. 바브로는 이마를 짚어 보고 알았다. 하지만 잉그리드는 고개를 끄덕였다. 다음 날 아침 수잔이 깨서 잉그리드에게 뜨개질하는 법을 알려 달라고 했다.

"넌 귀찮게 구는구나." 잉그리드가 짧게 말했다.

"엄마도 그렇게 말했어." 수잔이 대답했다.

"엄마가 누군데?" 잉그리드의 질문에 수잔이 멍하게 쳐다보자 확인하듯 물었다. "날 말하는 거야?" 수잔은 머뭇거리다 미소를 지었다. 잉그리드는 뜨개질하는 걸 구경해도 좋고 때가 되면 저절로 요령을 익혀 빨리 할 수 있게 될 거라고 말해 주었다. 수잔은 생각만 해도 기분이 좋은 듯했다. 그때부터 수잔은 손가락을 접었다 폈다 하는 게 아니라 바늘땀을 살피면서 숫자 세는 법을 배웠다.

48

라스는 금세 회복했다. 날씨가 좋아지자 밖으로 나갔고 눈 덮인 페링을 움직일 수 없다는 걸 알고 바브로에게 갔다. 둘은 페링을 돌려 버팀다리 두 개 위에 올리는 데 성공했고 라스는 양쪽에서 선체에 난 구멍을 살필 수 있었다. 구멍은 생각한 것보다 컸고 한쪽 갈빗살도 부러져 있었다. 바브로는 고개를 저었다. 라스는 펠릭스가 죽을 거 같냐고 물었다.

바브로는 아니라고 대답한 뒤, 한스가 배를 수리할 때 좀 더 잘 봐둘 걸 그랬다고 생각하지 않느냐고 물었다.

"그걸 어떻게 알았어요?" 라스가 놀라서 물었다.

"이틀이 걸릴 거야." 바브로는 날카롭게 말하고는 집을 향해 걷다가 다시 몸을 돌려서 못을 박을 때 널빤지를 들어 주는 정도는 도와줄 수 있지만 나머지는 직접 하라고 소리쳤다.

라스는 보트 하우스로 가서 한스가 쟁여 둔 자재들과 옹이가 없는 가문비나무 널빤지 몇 개를 찾았다. 적당한 크기로 자르고 보트 안쪽의 부서진 널빤지를 뽑아서 형판으로 썼다. 그러고 나니 두 개가 더 필요해서 몇 차례 들락거리며 치수를 재고 톱질하고 앞뒷면을 살피고 위치를 표시하고 또 치수를 쟀다. 거의 다 마무리했지만 널빤지를 보트 안에서 구부리는 일만큼은 도저히 혼자서 할 수가 없었다.

바브로가 오더니 널빤지를 집으로 가져가서 젖은 수건으로 싸두고 스토브 아래 통에 하루 이틀 넣어 두면 한층 잘 휘어질 거라고 말해 주었다. 라스는 엄마가 그렇게 해 줄 수 있는지 물었다. 주방에서 펠릭스가 컥컥거리는 소리를 듣고 싶지도 않고 밥 먹으러 가고 싶지도 않았다. 바브로는 라스가 직접 해야 한다면서 대신 낡은 천조각을 찾아 주겠다고 말했다.

라스는 그렇다면 그냥 놔두라고 말했다.

"아니, 안 돼, 안 돼." 바브로가 단호하게 말했다. 어쨌든 라스는 밥을 먹어야 했다.

라스는 주방에 들어가서 엄마가 시키는 대로 하며 자신이 온 줄 모르고 벤치에서 몸을 떠는 펠릭스를 흘끗 쳐다보았다. 밥을 먹고 다시 스웨덴 보트 하우스로 돌아와 새로운 갈빗대를 만들 만한 자재를 찾았다. 그러나 아무것도 찾지 못했다. 건물에는 창문이 두 개인데 하나는 북쪽, 다른 하나는 남쪽이었다. 라스는 북쪽 창 밖을 한동안 바라보았다. 바다는 검고 부드러웠다. 납처럼. 타르처럼.

질릴 때까지 그 자리에서 멍하니 바라보며 서 있었다.

그리고 밖으로 나와서 아무에게도 들키지 않고 보트 창고로 이어지는 언덕 뒤쪽으로 걸어가 다른 페링을 꺼냈다. 구멍 난 배보다 더 낡았고 여기저기 새는 상태로 오랫동안 방치된 배였다. 하지만 노를 젓기는 쉬웠다. 라스는 섬의 북쪽으로 노를 저어 가다가 해협을 통해 남쪽으로 길을 잡았고, 그 순간 섬에 있는 바브로를 보았다. 그녀는 양팔을 흔들었다.

라스는 노를 저어 지나가려고 했지만 바브로의 목소리가 해안가로 이끌었다. 무슨 일이냐고 묻자 바브로가 혼자서는 그 배를 몰 수 없다고 말했다. 라스는 다시 노 앞에 앉았고 바브로가 배에 올라 아들을 옆으로 밀고 대신 노를 잡았다. 그리고 스카르베를 지나 첫 번째 닻줄을 잡았다. 라스가 줄을 당기는 동안 바브로는 노 위에서 쉬며 배 안으로 넘친 물을 퍼냈다. 그들은 조용히 작업했다. 갈빗대 하나와 절반 정도 물고기가 찼는데, 대부분이 오래되고 반쯤 먹혔지만 그래도 쓸모가 있었다. 그들은 장비도 다 챙겼다.

모자는 노 한 짝만 써서 부두로 돌아와 물고기를 내렸다. 라스가 배를 갈랐고 바브로는 상자에 차곡차곡 담은 뒤 눈을 뿌렸다. 작업을 끝내자 파울루스가 곳으로 와서 부두에 배를 대고 우유와 생선을 실었다. 양이 얼마 되지 않고 배를 가른 솜씨도 서툴지만 그는 괜찮다고 말했다. 라스는 며칠 동안 더 이상은 못 잡을 것 같다고 하며 그 이유를 말하려는데 바브로가 끼어들어 파울루스에게 페링을 수리해야 한다고 했다.

파울루스는 고개를 끄덕이고 다시 배에 올랐다.

그날 저녁 펠릭스는 헉헉거리던 가쁜 숨을 멈췄다. 눈이 충혈되고 게슴츠레했지만 오리털 이불 너머로 미소를 지으며 먹을 것과 마실 것을 달라고 했다. 그런데 많이 먹지도 못하고 이내 곤히 잠들었다. 라스는 다시금 펠릭스가 죽는 게 아니냐고 물었다.

대답은 똑같았다.

다음 날 아침 라스가 가장 먼저 일어나 스토브에 불을 지폈고 펠릭스가 거친 숨을 몰아쉬는 걸 알아차렸다. 펠릭스는 눈을 뜨고 라스를 쳐다보았다. 라스는 말을 할 수 있는지 물었다. 펠릭스가 고개를 끄덕였다.

"몸은 좀 어때?"

"괜찮아."

펠릭스는 앉고 싶어 했지만 그럴 수 없었다. 라스가 지금은 어떠냐고 다시 물었다. 펠릭스는 이번에도 괜찮다며 등을 대고 누웠다. 라스는 스코그숄만에 가서 새 보트 갈빗대를 만들 나무 좀 찾아볼 예정이라고 말해 주었다. 펠릭스가 고개를 끄덕였다. 라스가 소나무여야 하지만 노간주나무도 괜찮을 거라고 말했다. 펠릭스는 반짝이는 창살에 눈이 쌓인 걸 슬쩍 쳐다보고는 날씨가 어떤지 물었다. 라스는 좋다고 대답했다. 펠릭스는 눈을 깜박였다.

라스는 보트 작업장으로 가서 낡은 페링을 몰았다. 여전히 물이 새서 잠시 멈춰 물을 퍼내야 했지만, 섬 내륙 쪽의 작은 만을 찾아서 한스가 박아 둔 못에 배를 묶은 뒤 도끼와 톱을 들고 섬에 올라 찾아보았다. 어느덧 날이 밝아 오기 시작했다.

라스는 날이 환해질 때까지 나무를 찾았다.

눈이 머리 위로 조용히 무겁게 쌓이면서 다시 어둠이 내렸다. 바다는 여전히 타르처럼 검었다. 다시 빛이 환해졌을 때 오래되어 굽은 노간주나무를 찾았다. 언 땅에 박힌 거친 뿌리를 도끼로 잘라 내고 무딘 가장자리를 다듬으며 계속 욕을 했지만 뿌리를 하나씩 자르고 바닥에서 1미터 위로 솟은 몸통을 톱으로 자르니 청년의 팔뚝 정도 되었다.

라스는 보트로 돌아가 물을 퍼내고 집으로 향했다. 몰톨만을 도는데 자신을 기다리는 바브로가 눈에 들어왔다. 라스는 거기서 뭘 하는 거냐고 물었다. 그녀는 고기를 잡았냐고 되물었다. 라스는 아니라고 하며 펠릭스가 어떤지 물었다.

"괜찮아." 바브로가 대답했다.

모자는 보트를 해안가로 올렸다. 라스가 노간주나무를 들어 스웨덴 보트 하우스로 가져가 형태를 잡기 시작했다.

"우선 말려야 해." 바브로가 알려 주었다.

"왜요?"

그녀는 다른 선택의 여지가 없다면 노간주나무가 가문비나무보다 낫지만 생나무는 갈빗대로 쓸 수 없다고 설명해 주었다. 라스가 그 이유를 묻자 노간주가 수축이 덜 되는 만큼 확장도 덜 되고 수지가 들어 있으며 단단하기 때문이라고 말해 주었다. 라스는 어떻게 해야 할지 엄마의 의견을 물었다. 바브로는 이 노간주나무는 쓸 만할 거 같다고 말한 뒤 집으로 돌아갔고, 라스는 부서진 갈빗살을 본으로 삼아 망치질을 시작했고 어둠이 내릴 때까지 작업했다.

라스가 밥을 먹으러 집에 왔을 때 펠릭스는 벤치에 이불을 덮고 똑바로 앉아 기침을 하고 있었다. 눈은 여전히 충혈되었지만 음식을 조금이나마 삼킬 수 있었고 거의 들리지 않는 목소리로 적당한 나무를 찾았는지 물었다. 라스는 그렇다고 대답하며 내일 그 조각들을 마무리 지을 거라고 덧붙였다. 그리고 바브로에게 스토브 아래 통에 담가 둔 나무에 물을 더 부었는지 물었다. 그녀는 그렇다고 대답했다. 라스는 밖으로 나가 잘 시간이 될 때까지 일했다. 그때쯤 펠릭스는 홀로 주방에서 잠이 들었다.

다음 날 깨어나 보니 창밖이 어두웠다. 라스는 옷을 입고 아래층으로 내려갔고 펠릭스가 여전히 잠들어 있는 걸 보았다. 숨소리를 통해 펠릭스가 죽지 않고 살아 있는 걸 확인했다.

라스는 요기를 좀 하고 보트 하우스로 가서 못을 몇 개 꺼내고 망치 두 자루를 챙겨 모루에서 못 박는 연습을 했다. 타르와 삼도 찾았다. 타르는 양동이에 넣어 휴대용 화로에 데우고 삼은 두 길이로 잘랐다. 저녁을 먹은 뒤 바브로가 와서 보트 아래에 러그를 깔고 돌을 들어 주자 라스가 그 안쪽에 누워 못질을 했다. 보트에 밝은색 널빤지를 덧대자 역시나 타르로 검게 변한 다른 목재들과 대조를 이루었다. 그들은 보트를 바다에 띄우고 올라타서 바람을 맞으며 떠다녔다. 물이 몇 방울 스며들었다. 바브로는 잘 고쳤다고 아들을 칭찬한 뒤 키의 상태를 물었다. 라스는 내일 고칠 거라고 대답했다. 그들은 노를 저어 곳으로 향했고 페링을 해안가에 올린 다음 곧게 세워 고정했다. 바브로는 걸어서 집으로 갔다. 라스는 널빤지가 팽창할 수 있도록 양동이에 바닷물을 담아서 수리한 곳이 덮일 정도로 뿌렸다. 작업을 마무리할 즈음 바람이 불었다. 이번에는 부두 창고로 가서 건져 온 낚싯줄을 풀고 수리했다. 이것들도 씻어야 할지 궁금했다.

필요할 때 씻을까?

라스는 그러지 않기로 결정하고 다른 장비들과 함께 부표를 미끼 작업대에 올렸다. 날이 어두워지고 폭설이 내리자 천천히 집으로 걸었다. 주방 창가에 얼굴 하나가 보였다. 펠릭스가 자리에 앉아 라스를 기다리고 있었다.

49

하늘 높이 해가 뜨고 새들이 다시금 불협화음을 냈다. 온 섬에 눈이 반짝이며 흩날려서 얼룩말이 뛰어다니는 것처럼 보였다. 바 브로는 다시 의자를 들고 나가 그물을 만들었다. 수잔은 잉그리드 옆에서 잠시도 떨어지려 하지 않았다. 잉그리드는 날이 밝자마자 아빠뿐 아니라 엄마도 영원히 떠났다는 걸 깨닫고 그 사실이 거센 바람처럼 사무쳐 참기 힘들었다. 아무리 다른 생각을 해도 부모님이 머릿속에서 떠나지 않았고 언제나처럼 부모님이 있을까 봐 눈으로 섬 이곳저곳을 살폈다.

그리고 다른 것도 깨달았다.

러브스피니 근처 햇살 아래서 잠이 들었는데 깨어나 보니 혼자인 것이었다.

잉그리드는 벌떡 일어나 주변을 살폈고 어디에도 수잔이 보이지 않았다. 정신을 차리고 찾아보았지만 없었다. 전력질주하는 말처럼 북쪽으로, 다시 남쪽으로 뛰었다. 큰 소리로 수잔을 불렀다. 숨을 헐떡이고 뛰어다니며 아이를 찾다가 속에서 무언가가 울컥했고, 자신이 누구이며 지금 무엇을 하고 있는지도 알 수 없었다. 그러다 섬 남쪽 해변 뗏목 옆에 앉아서 조개를 줍는 수잔을 발견했다. 그 애는 눈처럼 희고 두 아이의 손을 합친 것보다 큰 홍합 껍데기를 들고 좋아했다.

잉그리드는 자신이 엄마가 되었다는 사실을 알았다.

끔찍한 감정이었다.

좀 있으면 외양간에 여물을 줄 시간이었다. 앞치마에 조개껍데기를 챙기고 수잔과 함께 집으로 걸었다. 잉그리드는 수잔을 보며 어릴 때는 조개껍데기가 돈이라 생각했고 섬에서 찾을 수 있는 가장 완벽한 것이었다고 말했다. 껍데기를 엄청나게 주워서 집과 헛간 창틀에 쭉 늘어놓았는데 어느 날 엄마가 보물을 묻을 장소를 따로 찾아 주었다고 덧붙였다. 그리고 수잔을 데리고 다시 그것들을 찾아보기로 했다. 수잔은 이번 겨울에 네 살이 되지만 생일을 알 수 없었다. 수잔과 생일과 찾지 못한 보물을 생각하면 다른 문제를 잊을 수 있었고, 그제야 섬이 원래의 모습으로 보였다.

아이들만 남자 섬의 모든 것이 달라졌다. 바브로까지. 바브로는 결코 완전한 어른이 될 수 없었다. 조금 그렇긴 하지만. 한편 잉드리드는 어른이 된 지 10년이 되었다. 라스는 태어난 이후 쭉 성장하고 있었다. 지금 이 섬에는 어른 셋과 아이 둘이 살고 있다. 그들에게는 새로운 새끼 양 열다섯 마리가 있고 그중 한 마리만 땅에 묻었다. 검은색 양인데 어미가 젖이 없어서 두 번째 새끼부터는 우유를 먹여야 했다. 그들에게는 송아지도 세 마리 있고 바브로가 직접 새끼를 받았다. 잉그리드는 한스가 그랬던 것처럼 그제소야에 계속 도랑을 파야 한다고 말했다. 하지만 라스는 삼촌과 함께 집을 나설 때 둘 사이의 침묵을 기억했고 한스와 마찬가지로 바다만 바라보았다. 이는 펠릭스도 마찬가지였다. 언제쯤이면 그들이 카르비카의 폐허에 있는 돌을 옮겨서 스웨덴 사람들의 보트 하우스 남쪽에 방파제를 지을까?

잉그리드는 다른 사람의 이야기가 귀에 들어오지 않았다.

가족들은 낡은 감자밭에서 바브로와 함께 소를 끌어 쟁기질을 했다. 가끔은 라스가 하기도 했다. 하지만 이곳에는 당근이 자라지 않아서 다들 어떻게 해야 할지 몰랐다. 그들은 어구를 씻고 솜털오리의 집을 수리했다. 그리고 아직 마무리하지 못한 그제소야의 도랑 파는 일을 언제 끝낼지 의논했다. 잉그리드와 수잔은 갈매기 알을 모으고 물속에 넣어 상한 것이 아닌지 확인한 다음 젖은 모래를 담아 둔 크고 작은 통에 보관했다. 잉그리드는 수잔에게 오리털 두 줌을 주면서 보통과 좋은 것의 차이를 가르쳤다. 라스와 펠릭스는 지쳐 쓰러지고 더는 견딜 수 없을 때까지 토탄을 캤다. 라스는 이것이 세상에서 가장 힘든 일이라고 외쳤다. 그들은 차가운 구덩이 속에서 일했지만 날이 덥고 습해 마치 탄광에서 작업하는 것 같았다. 비가 내리자 젖은 채로 한스의 낡은 연장을 들고 구덩이 속에서 씨름하며 토탄에 박힌 돌을 풀 위로 던졌다. 게다가 그 돌을 쌓을 사람이 아무도 없어서 간간이 올라가 직접 돌을 쌓아야 했다.

그러다 파울루스의 볼린더 모터 소리가 들리자 연장을 내려놓고 구덩이에서 나와 부두로 향했다. 거의 동시에 잉그리드와 바

브로와 수잔도 집을 나섰다. 다 함께 도착해 보니 빈 우유통 말고
도 원피스에 망토를 걸친 여자 둘이 갑판에 서 있는 게 보였다. 그
들은 언제나처럼 노를란의 섬세하고 환한 햇살을 받고 서 있는
캐런 루이스 맘베르게트를 알아보았다. 하지만 다른 한 사람은
좀처럼 알아보지 못했는데, 병원에서 퇴원한 마리아 헬레나 바뢰
이였다. 잿빛 머리카락에 빛이라고는 전혀 쐬지 못해 무덤 속 시
신처럼 피부가 창백했다.

가족들은 미처 마리아를 알아보지 못했지만 그녀는 자신을 기
억하지 못하는 펠릭스와 수잔을 포함해 그들을 확실히 알아보았
다. 마리아는 천천히 부두로 올라와서 그들의 머리에 손을 올리
고는 파리하게 웃어 보였다. 한스와 마찬가지로 영원히 그녀를
가슴에 묻고 흐느끼는 잉그리드에게도 맥없이 미소를 지었다. 바
브로는 차마 쳐다보지 못하고 수레와 우유통 쪽으로 고개를 돌
렸다.

그리고 파울루스가 부두로 올라와서 말린 생선이 있다면 교역
소에서 받는 것과 값을 똑같이 쳐 주겠다고 말했다.

"어떻게 같을 수 있어요?" 라스가 물었다.

"배송비가 있으니까." 파울루스가 대답했다.

"기름값을 대는 사람은 당신이 아니잖아요." 라스가 지적했다.

파울루스는 그 말이 맞을지도 모른다고 했다.

"아무튼 품질은 최고지?"

"맞아요." 라스가 대답했다.

파울루스는 품질에 대한 결정은 등급선별자가 하는 거라고 말

했다.

라스는 몰라보게 달라진 마리아와 흐느끼는 잉그리드를 슬쩍 쳐다보았다. 잉그리드는 아무도 범접할 수 없는 비구름을 주변에 두른 엄마의 손을 잡고 다른 사람들과 함께 집으로 향했다. 라스는 캐런 루이스 맘베르게트가 펠릭스에게 어둠의 왕자와 닮았다고 말하는 걸 들었다.

"어쩌다 이렇게 검어졌니?"

라스는 펠릭스가 웃는 소리를 듣고 파울루스에게 몸을 돌려 말린 생선을 직접 교역소에 가져가서 팔고 돈을 받겠다고 말했다.

"아, 그래, 교역소로 나갈 돈은 있고?" 파울루스가 그럴 줄 알고 있었다는 듯 물었다.

라스는 이번 겨울 로포텐에 보낸 어구의 수익금이 있다고 말했다. 파울루스는 이미 돈을 받았냐고 물었다. 라스는 그렇다고 대답하며 얼링이 한 달 전에 왔을 때 장비를 돌려받았고 다음 겨울을 대비해 수리할 거라고 했다.

"현찰로 받았어?" 파울루스가 믿을 수 없다는 듯 물었다.

"맞아요." 라스는 대화가 늘어진다고 느꼈다. 다른 사람들을 쫓아가 마리아를 알아볼 수 있을지 알고 싶었다.

그런데 파울루스가 모자를 벗고 자신의 건조대에는 2등급 물고기만 있다고 말했다.

"청파리 때문인가요?" 라스가 물었다.

"맞아."

"거긴 너무 더워요."

파울루스는 이상한 표정을 짓고 배에 올랐다. 라스는 계류용 밧줄을 풀면서 무언가를 생각하다 세상과 물고기 가격과 적어도 교역소의 새 주인에 대해 자신이 알지 못한다는 걸 깨달았다. 그래서 집으로 가지 않고 보트 창고로 가서 페링을 타고 본토 쪽으로 방향을 잡은 다음 교역소에 도착했다. 마침 베르겐 부두에서 온 연락선도 도착해서 떠나는 사람들로 부두가 시끌벅적했다.

라스는 계단을 올라서 호기심 많은 아이처럼 이리저리 돌아다니다 소금에 절인 물고기가 실리는 것을 보았고, 새 주인이 아주 젊은 20대 남자라는 걸 알았다. 라스는 전에 살짝 그를 본 적이 있었다. 톰메센이 항상 넥타이를 매고 조끼를 걸친 것과 대조적으로 일꾼처럼 입었는데 일꾼과 다른 점이라고는 그가 다른 사람들보다 좀 더 크게 말하고 손을 주머니에 찔러 넣는다는 것뿐이었다.

또한 운 좋게 기회를 포착하여 등급선별자가 쌓아 둔 물고기 상자 사이를 걸어 다니며 일꾼들에게 상자를 내려 바닥에 펼치라고 지시한 뒤 물고기의 비율을 산정해 2등급으로 표시하고, 이렇게 부분 점검한 것을 전체 탁송물에 적용하는 방식을 알았다. 라스는 이 광경을 전에 본 적이 있으며 연말 결산을 하는 교역소의 재정에 아주 중요한 순간임을 파악했다. 교역소장인 뱅 요한센의 이름을 기억했다가 그에게 말린 생선을 살 것인지, 그렇다면 얼마에 살 것인지 물었다.

뱅 요한센은 라스를 내려다보았지만 미처 라스가 무슨 말을 했는지 알아듣지 못했다. 오로지 쌓인 물고기를 가리키는 등급선별자에게 시선이 집중되어 있었다. 적어도 뱅 요한센의 눈에는 등급선별자가 호의적으로 결정하는 것처럼 보였기에 얼굴에 웃음을 띤 채 라스에게 다시 말해 보라고 했다. 라스는 다시 물었고, 뱅 요한센은 웅얼거리며 셈을 한 다음 외운 대사를 말하듯, 혹은 사업가들이 흔히 말하듯 지금은 어려운 시기이며 수송비가 비싸다는 등의 이야기를 했다. 하지만 그가 제시한 가격은 파울루스의 정보를 토대로 라스가 감히 꿈도 못 꿀 가격보다 더 높았다. 라스는 언제 가져다주면 좋은지 물었다. 뱅 요한센은 마침내 라스에게 집중하고 지금 무슨 소리를 하느냐고 진지하게 물었다. 라스는 그가 다음 질문을 하길 기다렸다.

"네가 물고기를 가지고 있다고?" 뱅 요한센이 물었다.

"네."

"섬에서 왔니?"

"네."

"그렇다면 아버지를 보내렴."

라스는 '내가 가장이에요.'라고 대답하려다 뱅 요한센이 바보 같은 말을 했다는 걸 깨닫고 다시 물을 때까지 기다렸다.

"물량이 어느 정도인데?"

"지금은 정확히 몰라요."

"좋아. 일단 가져오렴."

"오리털은요? 오리털도 받나요?"

"오리털도 있어?"

"네."

"얼마나 있는데?"

"지금은 정확히 몰라요."

"좋아. 일단 그것도 가져와서 같이 살펴보도록 하자."

라스는 바뢰이산 오리털은 살피고 자시고 할 것 없이 금보다 더 귀하다고 말하려다가 그 생각을 떨구고 다시 물었다. "갈매기 알은요?"

뱅 요한센은 크게 웃더니 기꺼이 받아 주겠다고 말하며 물었다. "그런데 어떻게 하면 그렇게 검게 탈 수 있는 거니?"

라스는 집으로 돌아오는 길에 한스가 했던 질문을 떠올렸다. 어느 더운 여름밤 두 사람이 스캡에이커에 앉아 새 부두와 창고에 관해 이야기할 때 라스는 바뢰이에 부족한 것이 무엇이냐는 질문을 받았다. 라스는 바뢰이는 지금 이대로 있어야 한다고 생각했다. 한스는 보트라고 말했다. 엔진이 달린 보트. 소형 어선. 소형 쾌속정. 어쨌든 모터가 달린 배 말이다. 부두는 바위로 이루어졌고 새 부두 창고가 있는데 완전히 정박할 수 있는 어선이 없다면 부질없는 일이었다.

"바보 같은 항구라서 그래." 작년인가 재작년, 우유수송선이 폭풍우 때문에 정박하지 못한다는 소리를 듣고 한스가 말했다. "하지만 우리에게는 바위가 있어. 스웨덴 보트 하우스 옆 곳에서 4.5~5.5미터 나온 방파제를 짓는 거야. 그러면 해협의 파도와 조류를 바꿀 수 있어."

라스는 삼촌이 죽은 뒤로 이 이야기를 떠올리며 카르비카의 폐허와 그곳에 있는 모든 돌을 생각하고 집으로 돌아가는 길에 머릿속에 그려 보았다. 뱅 요한센과의 만남도 삼촌의 계획을 떠올리게 했는데, 주머니에 손을 넣은 남자가 말린 생선의 가격을 알려 준 덕분이었다. 노를 젓는 근사한 리듬에 맞춰 더 많은 생각이 떠올랐고, 바뢰이에 더 필요한 것들이 있는지 찾아내는 게 지금 자신이 해야 할 새로운 일이었다. 가령 바뢰이를 다른 섬이나 지역과 비교해 본다든가 해야겠지만 그건 도저히 상상이 안 되고, 겨우내 이런저런 생각만 많았을 뿐 어느 것도 뚜렷하게 드러나지 않았다.

50

라스가 교역소에 간 사이 잉그리드는 주방에서 엄마를 쳐다보았다. 엄마는 자기 의자에 앉아 창밖을 보다 딸과 다른 사람들에게 눈길을 돌려 여전히 옅은 미소를 유지한 채 핏기 없는 입술과 쾡한 얼굴로 외국을 방문한 사람처럼 커피를 좀 달라고 하더니 레프세도 달라고 했다. 바브로가 폴란드 도자기에 담아 주었다.

마리아는 컵과 컵받침을 들어 유심히 살핀 다음 자기 집에 온 손님 그 이상이 된 것처럼 고개를 끄덕이고는 손을 무릎에 올리고 가만히 있었다.

잉그리드는 바깥에 있을 때는 흐느끼고 주방에 들어와서는 미소를 지어 보였다.

캐런 루이스가 잉그리드를 따라 들어와 마리아의 상태가 아니라 돈 이야기를 좀 하자고 했다. 잉그리드의 아빠 한스는 바뢰이의 자산인 농장 등록번호 55호와 타이틀 1호로 대출을 받았고 그 전에도 대출을 받은 적이 있는데, 한 번은 맘베르게트 목사가 대출 보증을 서 주었고 한스가 제때 갚아서 별일 없었다. 다만 저축은행에서 빌린 다른 대출 만기가 7월 1일에 돌아오는데 총액이 300크로네이며 그들이 겨우내 상점에서 외상으로 산 물품 금액도 상당했다. 잉그리드는 은행이 바뢰이섬의 소유주가 되면 어떻게 되는지 생각했고 최악의 상황은 아닌 듯 보였다. 그들은 본토에 새로운 땅을 사면 될 것이다. 캐런은 이미 파울루스와 이야기한 터였고, 그는 농부가 아니라서 기꺼이 적당한 가격에 땅을 팔겠다고 했다며 숨도 쉬지 않고 얼굴이 달아올라서 말했다. 그리고 올겨울 그들이 얼마나 끔찍한 시간을 보냈을지 잘 안다며 마치 환자를 달래듯 말을 맺었다.

결국 캐런은 교구에 속한 공무원이라 잉그리드는 그녀의 말을 반박할 수 없었다. 잠시 기다리라고 한 뒤 남쪽 방으로 가서 얼링 삼촌에게 받은 300크로네를 가져와 캐런 루이스 맘베르게트에게 건네며, 자신을 대신해 은행에 갚을 수 있는지 물었다. 상점의 외상값은 별로 많지 않으니 겨울에 현금으로 갚겠다고 말했다.

캐런 루이스의 뺨이 더욱 빨개졌다.

잉그리드는 양팔로 몸을 감싸며 캐런이 돈을 받았고, 이 돈이 다른 누구도 아닌 은행에 갚을 대출금이라는 영수증을 써 달라고 말했다. 캐런 루이스는 이렇게 큰돈이 어디서 났는지 물었고 영수증이 꼭 필요하냐고 웅얼거렸다.

잉그리드는 주방에 들어가서 엄마 옆에 앉아 관자놀이에 생긴 상처 두 개가 무엇인지 물었다. 마리아가 미소를 지었다. 캐런 루이스가 따라 들어와 자리에 앉아서 식은 커피를 마신 다음 더 주겠다는 바브로에게 괜찮다고 말하고는 잉그리드의 무릎에 기어올라 마리아를 슬쩍 쳐다보는 수잔을 바라보았다.

"저 사람은 누구야?" 수잔이 물었다.

"우리 엄마야." 잉그리드가 대답하고는 수잔을 마리아의 무릎에 앉힌 뒤 거실 서랍장으로 가서 종이와 잉크를 가져와 영수증을 쓰기 시작했다. 캐런 루이스는 못마땅해하며 영수증을 읽고 날짜를 잊어버렸다며 언제 지불할지 물었다. 잉그리드가 날짜를 썼다. 캐런 루이스는 서명을 하고 정말로 이럴 필요까지는 없다고 말했다. 다시금 파울루스의 볼린더 소리가 들렸다.

그건 우유수송선이 아니라 라스가 부드럽게 노를 젓는 소리였다. 라스는 페링을 묶어 두고 언덕을 올라 주방으로 들어오더니 마치 무덤에 들어온 사람처럼 두리번거리고는 영수증과 돈이 놓여 있는 테이블을 쳐다보았다.

"저게 왜 저기 있어?" 라스가 물었다.

"가서 손부터 씻어." 잉그리드가 대답 대신 말했다. "그리고 펠릭스 좀 데려가고."

"저게 왜 저기 있어?" 라스가 다시 물었다.

잉그리드는 대답하지 않았다. 캐런 루이스는 초록색 진주 장식이 달린 갈색 가죽 가방에 돈을 집어넣었다. 잉그리드가 종이를 접고 또 접으며 가만히 있자 캐런 루이스가 자리에서 일어나 라스에게 밖으로 나가자고 했다.

잉그리드는 창문에서 두 사람을 지켜보았다. 라스는 목사의 아내 옆에 서서 부두를 향해 걷다가 멈추고 입을 벌렸다가 그녀를 향해 뭐라고 소리를 질렀다. 캐런 루이스는 양손으로 귀를 막으며 몸을 앞으로 숙였다. 라스는 계속 소리를 쳤고 그녀는 몸을 더 앞으로 숙였다가 곧게 펴고 서둘러 부두로 향했다. 라스는 몸을 돌려서 재빨리 주방으로 뛰어 들어와 빗자루를 들고 잉그리드의 머리를 내리쳤다. 잉그리드의 피가 탁자와 영수증으로 튀고 몸이 휘청거렸다. 라스의 목소리가 귀에서 울렸다. 그리고 뒤를 돌아 바브로가 라스를 말리는 걸 보았다. 라스는 몸을 비틀며 저항하고 소리쳤다. 잉그리드는 비틀거리며 이마에 상처가 난 걸 느꼈고 흘러내리는 피를 보았다. 정신을 차리고 빗자루를 잡아 라스의 이마를 두 번 내리쳤다. 그러자 바브로 역시 비명을 지르며 라스를 옆으로 밀치고 잉그리드를 꽉 붙잡았다. 잉그리드는 바둥거리며 바브로를 물었다. 펠릭스는 눈이 휘둥그레져서 둘을 쳐다보았다. 수잔은 손가락을 빨면서 빙그레 웃었다. 마리아는 수잔을 내려놓고 일어나 싱크대로 걸어가서 펌프 손잡이를 잡고 이리저리 움직이며 물맛을 보더니 빠르게 펌프질을 했다. 바브로가 잉그리드를 놔주고 마리아에게 팔을 뻗어 물 트는 것을 막았다.

"물이야. 물……."

그리고 한동안 침묵이 이어졌다.

라스는 이 더운 날 밖에 놔둔 생선을 살펴야 한다는 생각이 퍼뜩 들었다. 열심히 자신을 뒤따라오는 펠릭스와 함께 건조대로 향했다. 펠릭스는 이마에 난 상처가 아픈지 물었다. 라스는 흘린 피를 핥으며 건조대 아래로 기어가 물고기 배를 살폈다. 파리가 알을 까는 등 별다른 일이 없는 것도 확인했다. 펠릭스가 다시 물었다. 라스는 대답하는 대신 계산을 하고 숫자를 세고 무언가를 확인하려는 듯 섬을 살폈다. 그리고 말했다.

"엄마한테 가서 따뜻한 물을 좀 얻어야겠어."

라스는 잉그리드와 마리아가 마당으로 나가는 것을 보았다. 마리아는 밝은색 원피스 차림이고 잉그리드도 원피스를 걸쳤는데 어린아이처럼 엄마의 손을 잡고 있었다. 수잔도 근처에 있었다. 그들이 에이커를 지나 섬의 남쪽을 향해 걷자 새들이 부산하게 솟아올랐다가 흰 종이가 떨어지듯 아래로 내려왔다. 라스는 그들의 목소리를 들을 수 있었지만 무슨 말을 하는지 알 수 없어서 다시 펠릭스에게 엄마한테 가서 뜨거운 물을 좀 얻자고 말했다.

51

그들은 본섬에 두 가지 볼일이 있었다. 첫 번째는 목사와의 일이었다. 라스가 그토록 바랐지만 결국 잉그리드는 혼자 갔고, 라스와 펠릭스가 페링에서 말린 생선과 갈매기 알을 감시하는 동안 목사관에 앉아서 적잖은 충격을 받았다.

목사는 비록 친절했지만 지난 수년간 한스의 재정 상태가 어떻게 나빠졌는지 가감 없이 모두 알려 주었다. 한스가 세상에 적응하려고 무진장 애를 썼는데 그는 단지 살아가는 것뿐 아니라 바뢰이섬을 발전시켜서 자신이 물려받은 것보다 더 많은 것을 물려주려고 했으며, 목사는 그것이 삶의 사슬이자 법칙이라고 보았다. 어쨌든 이 말은 잉그리드가 평생 동안 바다 위 움직이지 않는 바위라고 생각해 온 것이 사실은 썩어 가는 뗏목이었고, 자기 아빠가 계속 떠 있게 만들려고 애썼다는 것을 의미했다.

잉그리드는 의자에 푹 파묻혀 엄마가 이 사실을 알고 있는지 궁금해졌고, 그래서 물어보았다. 목사는 모르겠다고 대답했다. 잉그리드는 그 표정을 보며 누가 됐든 다른 사람에게도 물어봐야 한다고 생각했다. 그리고 만일을 대비해 더 이상 말하지 않았다.

맘베르게트 목사는 일어나서 조용히 카펫을 걸으며 잉그리드에게는 라즈베리 주스를 건네고 자신은 커피를 마시고는 다시 자리에 앉아 서랍을 열고 담보증권, 일부 영수증, 한스의 사망증명서와 바뢰이 자산 증권을 건넸다. 이제부터 바뢰이섬의 합법적인 소유주는 잉그리드였다. 한스가 아들이 없고 정신이 온전한 배우자도 없는 관계로 그녀가 유일한 상속자이며, 그들에게는 오히려 이 단독 절차가 잘된 일이고 이름 없는 사도가 벽간에서 내려다보는 조용한 방에서 제대로 진행된 것이었다.

잉그리드는 겁이 났다. 하지만 충분히 성숙했기에 증권에 적힌 모든 내용을 읽고 자기 왕국의 크고 작은 모든 섬과 암초의 목록을 꼼꼼히 살폈다. 잉그리드가 합법적인 나이가 되면 재배할 수 없는 땅, 재배할 수 있는 땅, 바다와 토탄과 열매와 물고기와 목재와 표류물에 대한 권리를 지니고……. 그 밖에 고딕체로 쓰인 글귀와 점선, 파란 잉크, 우아한 검은색 손글씨, 붉은 직인까지 모두 살폈다.

목사는 엄마의 상태가 어떤지 물었다.

잉그리드는 고개를 들어 생각하고는 이제 엄마랑 자지 않고 수잔, 고양이와 함께 남쪽 방에서 자기 때문에 잘 모른다고 대답했다. 마리아는 잉그리드의 옛 방에서 혼자 지내는데 낮에는 주방에 있거나 바브로가 그랬듯 햇살이 비치는 곳에 의자를 두고 앉아 있으며 아주 가끔씩 외양간에 가고 매우 드물게 천천히 요리를 하기에 그들은 마리아를 한 시간 일찍 깨워야 했다.

목사는 고개를 끄덕였다.

"저희는 소가 너무 많은데 땅이 작아요." 잉그리드가 말을 이었다. "그리고 말도 필요해요. 아빠가 큰 낫으로 2만 234제곱미터를 벨 수 있는 인간 기계였다는 사실을 토대로 계산해 보니 지난해 라스는 4047제곱미터도 제대로 베지 못했고 바브로 고모는 2023제곱미터, 엄마는 그 4분의 1을 했더군요. 소에게 낡은 예초기를 끌게 할 수 있지만 일이 너무 많고, 그러면 우유가 나오지 않을 수도 있고, 게다가 소는 보습과 흙밀이판만 쓰는 경우 감자밭에서 쟁기도 끌어야 하고, 목초지와 경작지가 꽤 많아서 원래대로 하려면……."

맘베르게트 목사는 각기 다른 전략의 플러스마이너스가 조심스럽게 더해져 잉그리드가 바뢰이를 제대로 운영하려는 황금 공식을 찾았다는 감이 왔다. 동물과 육지와 사람과 바다 사이 최적의 비율은 조심스럽게 고안된 균형 속에서 유지되어야 많지도 적지도 않은 지금 인구로 사는 그 섬이 돌아가는 것이라 목사는 미소를 지었다.

둘은 마무리 단계에 들어갔다. 목사는 잉그리드의 성숙함을 칭찬하며 다시 서랍을 열었고 테이블에 더 많은 서류를 꺼내 놓았다. 펠릭스와 수잔의 출생증명서 사본이었다. 그는 가을에 펠릭스를 하브스테인의 학교에 보내야 한다고 덧붙이면서 자신이 이미 펠릭스를 등록했다고 말했다.

잉그리드는 자리에서 일어나 상황이 어려울 걸 알지만 동의했다. 그해 잉그리드가 엄마가 된다면 라스도 곧 아빠가 되어야 하는 나이인데 어떻게 그럴 수 있을까! 그리고 라스는 다시 학교에 갈 생각이 없었다.

그렇지만 이번 만남을 통해 잉그리드는 한층 더 성장했다.

잉그리드는 두 명의 출생증명서 사본을 부동산 등기필증과 아빠의 사망증명서가 들어 있는 봉투에 함께 넣었다고 해서 해결책에 더 가까워지는 것이 아님을 잘 알고 자신의 가장 힘든 문제를 거론하지 않았다. 그리고 목사 역시 아이들의 미래에 관한 해결책을 제시하지 않았기에 무릎을 가볍게 굽히며 작별 인사를 했다.

라스와 펠릭스는 교역소에서 걸음을 옮겨 상점 밖 코르크 통에 앉아 있었다. 라스는 팔에 봉투를 끼고 여교사처럼 목사관에서 내려오는 잉그리드가 발에 스프링이 달린 것처럼 가볍게 움직인다고 생각했다. 라스는 통에서 일어나 엔진이 달린 배를 살 수 있는지, 그럴 형편이 되는지, 목사가 보증인이 되어 줄 것인지 물었다.

잉그리드는 배가 아니라 말을 살 거라고 말했다.

"말이라고?"

라스는 그렇게 바보 같은 말은 들어 본 적이 없었다. 그들은 전에 말이 한 필 있었는데 한 달 일하고 남은 열한 달을 놀고먹었다.

"네가 바뢰이의 모든 풀을 다 벨 거야?" 잉그리드가 물었다. "낫으로?"

라스는 대답할 수 없었다. 잉그리드는 말을 빌릴 거라고 했다.

"말비카의 아돌프네 말 한 마리를 빌릴 거야. 그는 세 마리를 키우거든."

"그 말을 어떻게 데려올 건데? 수영시켜서?"

잉그리드는 파울루스가 암소와 수소를 실어다 준 것과 같은 방법으로 말을 실어다 줄 거라고 설명했다.

"그러려면 돈이 들잖아." 라스가 지적했다.

"하지만 우리는 소 두 마리밖에 없어."

"그게 왜?"

잉그리드는 소 두 마리는 우유수송선이 섬에 계속 올 수 있을 만큼의 우유를 생산할 뿐이고 지금 자신들은 이 돈벌이에 의존하고 있다고 설명했다. 하지만 우유수송선이 학교 가는 아이들을 태워다 준다는 말은 일부러 하지 않았다. 달랑 소 두 마리로는 외양간에서 할 일이 별로 없을 거라는 계산도 말하지 않았다. 바브로가 그물을 만들면 잉그리드가 그것을 챙기고 열매도 따고…… 마리아가 저러고 있을 동안 나머지 일은……. 엄마에 대한 언급도 하지 않았다.

"그리고 우리는 양을 더 많이 키울 거야."

지금부터 양은 바뢰이섬에서 짧은 시간만 방목하고 스코그숄만, 크누텐, 그제소야에서 더 길게 풀을 뜯을 것이다. 눈이 녹을 때부터 다시 눈이 내릴 때까지 최대한 길게 그렇게 할 것이다.

라스는 이 부분에 대해서도 별로 할 말이 없었다. 그들은 교역소에 도착해 두 번째 사업 문제를 해결하려고 했다.

라스가 페링을 크레인 아래 정박했다. 갈매기 알이 1톤가량 든 통을 해안가로 들어 올린 다음 말린 생선을 옮겼다. 뱅 요한센은 부두에서 덜커덩거리는 소리가 나자 무슨 일인지 보러 나왔다.

그가 갈매기 알을 물속에 넣어 상태를 확인해 보고 싶어 하자 라스가 통 뚜껑을 벗기고 모래를 살짝 치운 다음 갈매기 알 네 개와 솜털오리 알 두 개를 꺼냈다. 뱅 요한센이 그걸 양동이가 아닌 1미터 깊이의 헹굼 수조에 넣어서 전부 가라앉는 것을 보고 가장자리를 기울여 다시 꺼내려고 몸을 반쯤 숙이자 상반신이 흠뻑 젖어 버렸다. 바뢰이 가족들이 그 모습을 보며 웃었고 그가 미소를 지으며 물었다.

"통에 알이 얼마나 들었지?"

"여든 개요." 라스가 대답했다.

"더 있어?"

"한 통 더 있어요. 내일 가져올게요."

뱅 요한센은 고개를 끄덕이며 팔레트에 차곡차곡 쌓인 말린 생선을 살피기 시작했고, 역시나 어떤 결함도 찾지 못했다. 하지만 가격은 시장 변동 때문에 지난번보다 낮았다.

"빌어먹을 놈." 펠릭스가 욕을 했다.

"뭐라고?"

펠릭스가 다시 반복하려고 하자 잉그리드가 아이의 귀를 감쌌다.

"그 말이 무슨 뜻인지도 모르잖아."

"알아." 펠릭스가 고집을 부리자 잉그리드가 다시 귀를 막았다.

라스는 부두의 널빤지를 내려다보며 웃었고 뱅 요한센은 고개를 저으며 버릇없는 녀석이라고 한 뒤 다시 생선 쪽으로 눈길을 돌리면서 어떻게 할 것인지 물었다. 잉그리드는 물고기 무게를 재고 전표를 써 달라고 했다. 알도 그렇게 해 달라고 했다. 그는 모두가 지켜보는 가운데 무게를 쟀고 그들이 집에서 대저울로 달아 온 무게와 같은 킬로그램을 받았다. 그리고 그가 영수증 두 장을 써 주었다.

"그런데 오리털은?"

잉그리드는 침착한 어조로 오리털에 대해서는 나중에 이야기하자고 말했다.

"왜 그래야 하지?"

그의 질문하는 태도, 눈동자와 표정을 보고 잉그리드가 물었다. 정말로 오리털을 원해요? 그는 당연하다고 말했다. 잉그리드는 아빠와 함께 왔을 때 이런 얼굴을 본 적이 있었다. 상인은 그저 지정된 가격을 말했고 아빠는 예, 아니오로 대답하며 필요한 경우 빈손으로 자리를 떴다. 잉그리드는 올해 오리털 가격이 얼마인지 물었다. 뱅 요한센이 말해 주자 생각해 본다고 대답하고는 우선 남은 생선을 가져올 텐데 아마 사나흘 걸릴 것이고 알도 함께 가져오겠다고 했다.

뱅 요한센이 고개를 끄덕였다. "그래, 알도 가져와."

섬으로 돌아오는 길에 펠릭스와 라스가 노를 저었다. 잉그리드는 무릎에 갈색 봉투를 올리고 고물에 앉아 머리카락을 간질이는 훈훈한 여름 바람을 느꼈다.

"뭘 그렇게 씩 웃고 있어?" 라스가 물었다.

"아무것도 아니야." 바뢰이의 여왕이 말했다. 잉그리드는 자신의 생각을 전혀 모르는 두 사람이 저어 주는 배를 타고 왕국으로 향하고 있으며 계획이 실행되기 전까지 그들은 대답을 들을 수 없을 것이다. 잉그리드는 그걸 아빠한테 배웠다. 침묵. 기적을 부르기도 하는 침묵을. 봉투에 들어 있는 증권과 사본들. 아니, 잉그리드는 그걸 엄마에게 배웠다. 그런가? 기억이 나지 않았다. 그리고 더 이상 미소를 짓지 않았다. 잉그리드는 두 사람을 잃은 뒤로 그 어느 때보다 부모님이 그리워졌다. 그때 라스가 고개를 돌렸다.

52

한스 바뢰이에게는 세 가지 꿈이 있었다. 모터가 달린 보트를 갖고 싶었고 더 큰 섬과 다른 삶을 꿈꿨다. 두 가지 꿈은 모두에게 즐겨 말했지만 마지막 꿈은 심지어 자기 자신에게조차 한 번도 말한 적이 없었다.

마리아에게도 세 가지 꿈이 있었다. 아이를 더 많이 낳는 것, 더 작은 섬과 다른 삶. 남편과 달리 그녀는 종종 마지막 것을 생각했고 이 갈망이 자라서 처음 두 가지가 흐려지고 시들해졌다.

남편이 죽었을 때 그녀는 후회하기 시작했다.

사람이 꿈을 가진 걸 후회하면 전에 없이 쇠약해진다. 그녀는 바뢰이섬이 너무 커서 끝도 없이 일해야 하기에 아이가 많으면 좋겠다고 생각한 걸 후회했다.

그 후 그녀의 마음속에서 천천히 위기감이 느껴졌으며 범죄자가 섬에 와서 그들이 갖고 있는지도 몰랐던 무언가를 훔쳐 가고 그들의 삶에 오점을 남긴 뒤로 무언가가 바람을 타고 왔다. 새와 바다와 눈과 주방의 수도와 독수리가 자리 잡은 부두 창고의 지붕까지. 그녀는 바닥을 가로지르는 고양이의 발자국 소리를 들었고, 그것이 동물의 심장 박동처럼 부풀었다가 수축하는 단단한 리듬이 되었다.

"엄마, 내가 손을 잡아 줄게요." 잉그리드가 말하고는 어린 시절의 방문 앞에 서서 마리아가 일어나 옷을 입길 기다렸다.

모녀는 주방으로 내려가 커피를 마시고 바브로가 테이블에 차려 둔 아침을 먹었다. 바브로는 이미 가축을 살피러 나갔다. 지금은 가축을 들에 풀어 놓았는데 젖이 가득 차면 건물 근처로 다가와 우렁차게 울어서 사람을 깨웠다. 올여름에는 바브로가 가장 먼저 일어나서 욕을 하며 나와 우유를 짰고, 잉그리드는 다른 일로 바빴다.

잉그리드는 위층으로 올라가서 수잔을 깨우고 자기가 어릴 때 입던 옷을 입는 그 애를 지켜본 뒤 다시 내려와 식사를 마치고 날씨가 어떻든 들판으로 나갔다.

가족들은 섬을 돌아다니며 풀이 자란 정도를 살피고 아직 벨 정도가 아니라는 걸 파악했다. 그리고 작은 섬들로 배를 타고 나가 양을 셌다. 마리아는 더러 알아보는 것도 있지만 전부는 아니었다. 잉그리드가 기억하지 못하는 것을 보고 "아, 맞아."라고 말하기도 했다. 그녀는 자신에게 아이가 몇 명인지 물었다. 잉그리드가 셋이라고 대답했고, 마리아는 아니라고 말했다. 그녀는 잉그리드와 대화하는 내내 말을 연습하는 사람처럼 한 단어만 썼다. 배, 등대, 말……. 하지만 말린 생선을 싣고 교역소에 갔다 온 페링을 보더니 "아이들이 오는구나."라며 제대로 말했다. "영수증은 챙겨 왔지?" 하고 잉그리드가 소리쳤다. 라스는 대답하지 않고 사다리를 올라 곧장 집으로 요기를 하러 갔고 펠릭스가 그 뒤를 바짝 따랐다.

마리아가 미소를 지었다.

지금껏 보지 못한 웃음이었다.

모녀는 부두에 앉았다. 마리아는 처음 만났을 때 남편이 어떤 옷차림에 무슨 말을 했고 생각이 어땠는지 기억해 냈다. 잉그리드는 피곤해서 눈이 감겼지만 계속하라고 했다. 말, 모래, 벽난로……. 수잔은 바다로 돌을 던지고 부두 끝에서 균형을 잡았다. 잉그리드가 그만두라고 말렸다. 마리아는 머리를 단정하게 빗고 인형처럼 차려입은 어린 소녀가 얼마나 사랑스러운지 말했고, 잉그리드는 이제 막 자신의 매력을 보여 주는 법을 알아 가는 어린 소녀가 마리아의 시선을 끌기 위해 옷을 더럽힐 게 뻔하다고 생각했다. 그날 저녁 잉그리드는 가족들과 우유를 짤 것이고, 지금은 소가 보솜에이커에 있어 예초기를 쓸 수 없기 때문에 풀이 더 높게 자랐다. 한 해 가장 평화로운 날이 밤 없이 이어지는 동안 풀이 자라고 비가 내리고 태양이 반짝이고 갈매기들이 비명을 지르고, 그러다 파울루스가 말을 데려왔다.

한사리에 한밤중이라 모든 소리가 유리 플라스크 속에 있는 것처럼 들렸는데 그건 밝은 밤의 소리였다. 잉그리드는 파울루스가 다리와 상반신과 머리를 조타실과 돛대의 난간에 묶어 둔 말을 보고 마리아의 눈빛이 달라지는 걸 알아차렸다. 말은 나무로 만든 장난감처럼 그 자세 그대로 서서 갑판에다 엄청나게 똥을 쌌다.

그들은 펠릭스와 라스가 만든 통로로 나갔고, 잉그리드는 말이 해안가로 와서 다음 한사리까지 머물 것이고, 아마 복중일 거라고 가늠했다. 그러니 다음 여름에 감자를 심을 새 땅을 쟁기질할 수 있을 것이다.

파울루스는 상점에서 산 배송물도 가져왔다. 잉그리드는 모든 것이 제대로인지 확인하려고 하다 다시금 마리아의 눈길을 보았다. 마리아는 동물을 환영하는 듯 손을 말갈기에 올려놓고는 불안한 시선으로 고개를 숙이고 이리저리 흔들며 매달렸다가 다시 고개를 들어 잉그리드를 쳐다보더니 그제야 잠잠해졌다. 잉그리드가 말에게서 엄마를 떼어 내어 집으로 데려가려고 하자 마리아가 스스로 손을 놓더니 말의 목을 쓰다듬으며 말했다.

"그들이 말을 쐈어."

"누가?"

"그들이 말을 쐈고 우리는 못 봤어."

다른 가족들이 말을 끌고 갔다. 마리아와 잉그리드는 걸어서 집으로 왔고 빗물저수조 뚜껑에 앉았다. 마리아는 더 이상 땋지 않는, 백발이 된 머리에 한밤의 햇살을 가득 맞았다. 그녀는 병원에서 여러 차례 제제니와 이야기를 했고, 혹은 하려고 했는데 그녀는 돌아오지 않을 거라고 말했다.

잉그리드가 고개를 끄덕였다.

"내가 한 말이 무슨 뜻인지 알아?"

"응." 잉그리드가 대답했다.

마리아는 목사와 모든 서류를 정리했는지 물었다.

잉그리드가 고개를 끄덕였다.

"잘했어."

잉그리드는 남쪽 방으로 다시 옮기고 싶은지 물었다. 마리아는 그럴 필요가 없다고 대답했다. 그녀는 의사와 쿵쿵거리는 고양이 발자국 소리에 대해 이야기하고 싶었는데 의사는 남편에 대한 말만 듣고 싶어 했다면서 한 가지 에피소드를 기억해 냈다. 한스는 잠시라도 떨어지는 게 싫다며 식탁에서 늘 그녀 맞은편에 앉았는데 그게 불과 한두 해 전이라고. 그리고 마리아가 잠이 들었다 깨어 보니 손이 말 위에 올려져 있어 그 뜨거운 살갗 아래로 근육이 움직이는 게 느껴졌다고 했다. 잉그리드는 이해한다고 대답했지만 걱정스러웠다. 그리고 아빠가 자신이 죽을 걸 미리 알고 있었는지 물었다. 마리아는 몰랐을 거라고 대답하며 그는 죽어야 할 때 죽었기에 좋은 죽음이고, 다른 좋은 것들과 마찬가지로 미리 아는 건 불가능하다고 말해 주었다.

53

말은 카이저를 따서 빌헬름이라고 불렀다. 가족들이 전에 키운 말과 달리 처음부터 섬에 있는 것을 신경 쓰지 않고 발길질도 하지 않으며 천성이 게으르고 느긋해서 고삐만 풀어 주면 늘어지게 누워 잤다. 펠릭스와 수잔도 그 말을 탈 수 있었다.

말과 함께 아마인유 두 통, 가루가 든 크고 작은 자루 두 개, 붓 몇 개도 같이 오자 잉그리드는 집에 칠을 하고 싶었다.

"이 집을 하얗게 칠할 거야."

초록색 창문에 박공널도 달 것이다.

가족들이 풀을 베고 건초를 말리지 않을 때 칠을 시작했다. 마리아도 함께 했다. 그녀는 느리지만 공들여 창문을 칠했다. 바뢰이의 집을 칠하는 건 처음이었다. 그건 단순히 집을 바꿀 뿐 아니라 바위와 모래와 풀과 동물과 나무가 있는 섬 전체를 변화시키는 것과도 같았다. 가족들은 칠을 마치고 곧바로 쳐다보지 못했다. 어쨌든 그들은 눈앞의 광경이 믿기지 않았다. 낡은 잿빛 집은 막 쏟아진 눈 속에서 새로 태어난 것처럼 하얗고 본토 시내의 집처럼 엄청나게 고급스럽고 어느 누구의 방해도 없이 홀로 휘황찬란하게 빛나는, 이국의 주택 같은 모습이라 보기만 해도 기뻐서 배를 잡고 웃을 것 같았다.

가족들은 저녁에 들로 나가 몸을 돌려서 집을 쳐다보며 저곳이 우리가 사는 집이라고 감탄했다. 그들은 아침에 일어나서도 가장 먼저 그렇게 했다. 밖으로 나가 집을 쳐다보고 그 모습을 통해 기운과 희망을 얻고 이전과 다른 좋은 기분을 느끼는 것이다. 집 안보다 바깥에 있는 것이 좋았다. 집은 러브스피니에서 볼 때와 프로스트아이나 카르비카에서 볼 때가 다 달랐으며 다른 섬에서도 두드러져 바다 위의 랜드마크이자 아이콘이 되었다. 사람들은 보트를 저으며 지나가는 길에 들러서 바뢰이섬 사람들의 집을 보고 감탄하며 페인트가 비싼지, 오래가는지, 칠하기 어려운지 묻고는 머릿속 가득 여러 생각을 품고 돌아갔다.

집은 교역소에서도 잘 보였다. 하늘에서도, 바다에서도, 본토의 산에서도, 오슬로와 보르네오의 정부 청사에서도 잘 보였다. 이 집을 보지 못한 사람이 없을 정도였다.

가족들은 게으른 말을 일으켜 세워 예초기를 끌게 해서 로즈에이커와 스캡에이커와 에덴동산의 풀을 잘랐다. 그들은 건조대 기둥을 꽂을 수 있는 낡은 구멍을 찾았고, 언제나처럼 바람에 날아가지 않도록 북쪽에서 남쪽으로 세우고 회색과 초록색 선이 물결 모양으로 돌벽을 가로지르게 했다.

여름이 되자 전에는 꿈도 꾸지 못한 많은 일을 했다. 얼링 삼촌이 가족들과 함께 찾아왔고 학교 문제에 대해 잉그리드의 의견에 찬성했다. 라스는 삼촌과 로포텐으로 일하러 가기까지 1년을 더 참아야 했다. 헬가 숙모도 처음에는 마리아를 알아보지 못했고 실망감을 티 나게 드러냈다. 그녀는 수잔이나 펠릭스도 못 알아봤는데 마지막으로 봤을 때 수잔은 기저귀를 찼고 포동포동하던 펠릭스는 갈고리처럼 비쩍 말라서 곧 여덟 살이 되지만 그보다 더 성숙해 보였기 때문이다. 출생증명서 사본에 적힌 아이들의 이름은 잉그리드가 시간이 나는 즉시 톰메센에서 바뢰이로 바꿀 것이다.

파울루스가 말을 데려가려고 왔을 때 그들은 조상들이 다 알았던 사실을 깨달았다. 말은 섬에 한시적으로만 머물 뿐이고, 장소의 크기가 중요하기에 타협을 보기 어려우며, 말을 들이려면 풀과 돈과 야망과 일과 신성함을 모두 다 계산에 넣어야 한다는 것이다.

결국 그들은 다시 얻은 그제소야의 땅 역시 경작하기로 결정했다.

물론 그 작업은 낫으로 해야 한다.

가족이 총출동했다. 그들은 이곳에도 건조대를 세울 것인지 의논했다. 잉그리드는 그래야 한다고 말했다. 라스는 반대했다. 잉그리드는 건초가 젖은 풀보다 옮기기 쉽다고 설득했다. 라스는 그런 경우 기둥과 줄을 양쪽으로 다 세우고 큰 망치와 쇠지레가 있어야 한다고 설명했다. 마리아는 잉그리드의 말에 동의했다. 수잔도 그렇게 했다. 바브로는 라스 편을 들었다. 펠릭스도 그랬다. 잉그리드는 곧 학교가 시작된다고 말했다. 펠릭스는 기대된다고 대답했다. 라스는 아무 말도 하지 않았다. 두 곳에 야영지가 있었다. 한 곳은 마음대로 썼다. 더운 늦여름 날 갑자기 잿빛 바다안개가 지평선에서 벽처럼 일어나 천천히 그들을 향해 다가왔고, 섬을 차례로 푸르스름한 잿빛 어둠 속에 가두고 삼켜서 모든 사람과 사물이 차가운 담요에 말려 있는 것처럼 만들었다. 그 전까지는 사방이 막힘없이 보였는데 지금 그들은 양 떼는 물론 건조대나 덤불이나 등대나 바뢰이의 반짝이는 흰 집도 보이지 않았다. 바로 앞에 난 풀잎만 겨우 눈에 들어올 정도이며 비가 오지 않는데도 온몸에서 물방울이 떨어졌다.

바다안개는 대낮에 그 어둠을 가져와 일식으로 시야를 가렸다. 가족들은 조용히 연장을 내려놓고 따뜻한 옷으로 몸을 감싸고 바위에 앉아 이런저런 생각을 하며 내면의 빛을 밝혀서(눈먼 사람들이 어쩔 수 없이 마음을 들여다보는 것처럼) 아무도 이해할 수 없고 남과 공유할 수도 없고 아무 소용도 없는 기억이나 파편을 살폈다.

눈이 보이지 않으면 다른 감각이 더 살아나기에 쐐기풀과 늪지와 해초와 젖은 울의 냄새가 강하게 피어오르고, 안개는 바다처럼 짜고 낯선 차가움으로 피부를 감싸고, 솜털오리조차 육지로 올라와 날개를 땅 위로 펼치고, 곤충과 동물들은 이곳 사람들처럼 침묵하여 소라 껍데기에서 들리는 소리나 죽은 쥐를 곱게 내린 눈 위로 질질 끌 때 나는 소리처럼 이상한 소리만 안개 속에서 휙휙거렸다.

한두 시간이 채 지나지 않아 해가 다시 고개를 내밀었다. 처음에는 삶은 대구의 눈처럼 게슴츠레하게 먼 북쪽에서 나타나더니 점점 더 노란색으로 바뀌고 한층 황금빛으로 변해 마지막 남은 안개를 모조리 몰아내고 야생마처럼 사방으로 그들의 시야를 터 주었다. 일할 수 있는 시간이 반으로 줄었지만 어쩌면 하루 안에서 새로운 날이 다시 주어진 것이라 가족들은 낫을 들고 작업에 들어갔다.

보이지 않는 것들

초판 1쇄 발행 | 2021년 3월 8일

지은이 | 로이 야콥센
옮긴이 | 공민희
펴낸이 | 이정헌, 손형석
편집 | 이정헌
교정 | 노경수
디자인 | 이정헌
인쇄 | 공간코퍼레이션

펴낸곳 | 도서출판 잔
출판등록 | 2017년 3월 22일 · 제409-251002017000113호
주소 | 경기도 김포시 김포한강3로 432 502호
팩스 | 070-7611-2413
전자우편 | zhanpublishing@gmail.com
웹사이트 | www.zhanpublishing.com

표지 일러스트 ⓒ 이고은

ISBN 979-11-90234-13-9 03850

N NORLA
NORWEGIAN LITERATURE ABROAD
본 도서는 NORLA(Norwegian Literature Abroad)의 후원을 받아 출간되었습니다.